山林の語り部

1

しばらくペルーとペルーの人々を忘れるためにフィレンツェにやってきたが、今朝、思いがけなく、その不幸な国が眼の前に現れた。私は、修復されたダンテの屋敷やサン・マルティーノ・デル・ベスコボ教会や、ダンテが初めてベアトリーチェと出会ったという、伝説の狭い通りに足を運んでいたが、サンタ・マルゲリータ通りのショーウインドウの前で突然足がとまった。弓矢、削った櫂《かい》、対称的な絵模様の壺、粗木綿のクシュマを着た人形。しかし、にわかにペルーの密林《セルバ》の気配が蘇ってきたのは、二、三枚の写真を見たときだった。広い川、巨きな樹木、頼りなさそうなカヌー、杭の上の崩れそうな掘立小屋、身体《からだ》に彩色を施した半裸の男女の群れ、それは光沢のある台紙の上から私をじっと見つめていた。

私は、自然になかに入っていった。不思議なくすぐったさ、何か愚かなことをしているのではないかという予感に捉えられながら、ささいな好奇心のために、これまでよく練りあげ実行してきた計画――二か月寄る辺のない孤独に浸りながら、ダンテとマキアヴェリを読み、ルネサンスの絵画を鑑賞するという――を台無しにしてしまうばかりか、時折、生活をひっくり返してしまう災禍を招くような危険を感じた。だが、ためらうことなく入っていった。

画廊は狭かった。天井の低い一室には、写真をすべて展示できるように、二つのパネルが持ち込まれ、その両面に所狭しと写真が掛かっていた。小さな机のうしろに坐っている華奢《きゃしゃ》な、眼鏡をかけた女性が私を見た。《アマゾンの密林の自然》の展示を見せてもらえますか?

「もちろんですわ《チェルト》。どうぞ《アヴァンティ》、どうぞ《アヴァンティ》」

画廊には、写真以外に展示品はなかった。少なくとも五十枚、それもほとんどが、かなり大きな写真だった。説明書きはなかった。だれか、おそらく写真家のガブリエレ・マルファッティ自身が書いたと思われる一対の四つ切り大の紙があって、それには写真はペルー東部のクスコ、マードレ・デ・ディオス両県のアマゾン地方を二週間旅行したときに撮ったものであると記されていた。写真家は、ほんの数年前まで文明と接触することもなく一、二の家族単位で分散して暮らしている一部族の日常生活を《誇張も美辞麗句も使わずに》伝えようとしていた。ただ、その部族は、我々の時代になってようやく写真に記録されたような地域に集まりはじめたが、今でもかなりの人々が密林のなかにとどまっていた。部族の名前は、los machiguengas（マチゲンガ族）とスペイン語で誤たず表記されていた。

写真は、十分にマルファッティの意図を表していた。そこではマチゲンガ族の数人の男が川岸から銛《もり》を投げたり、繁みに半分身体《からだ》を隠して、ロンソコやウアンガーナを狩るために弓の用意をしていた。そこでは、できたばかりの村々――おそらく長い歴史のなかで初めての村――の周辺に散らばっている猫の額ほどの畑で、ユカ芋を収穫したり、山に山刀《マチェーテ》で分け入り、家の屋根を葺《ふ》く椰子《やし》の葉をかき集めていた。女たちは輪になって、ござや籠を編んでいた。別の輪の女たちは、木の輪にオウムや金剛インコのけばけばしい羽をとめて、冠を作っていた。そこでは、顔や身体をアチオテからとった染料で丹念に化粧したり、焚き火をしたり、革を乾かしたり、マサト酒（ユカを醱酵させて造る酒）の材料になるユカを舟形の容器に入れて醱酵させていた。写真は、人々を取り巻く空と水と植物の広大な舞台のなかで彼らがいかにちっぽけな存在にすぎないか、さわると壊れそうな質素な生活、孤絶、原始、無援を雄弁に物語っていた。それは、たしかに、《誇張も美辞麗句もない》真実であった。

これから話すことは、あとで創り上げた話でも、まやかしの思い出でもない。私は一枚の写真から次の写真へと、あるときには苦痛にさえ変わる感情におそわれながら、歩を進めた。どうかしたのか？　この写真のなかに、そのような不安を理由づける何があるのか？

初めのほうの写真のなかにヌエバ・ルスとヌエボ・ムンドの二つの村がある密林の空隙——そこには、もう三年行ってなかった——をすぐに認めた。そして、ヌエボ・ムンド村の全景写真を見たとき、あの朝、マチゲンガ族の子供たちが逃げまわるなかを、言語学研究所の我々のセスナ機が曲芸飛行《アクロバット》のようにそこに着陸したときに感じた、大詰めを迎えた感覚が記憶のなかから蘇ってきさえした。また、シュネル氏に通訳を頼んで話をした、何人かの男女の顔がそこにあるように思えた。それは、記憶に残っている脹《ふく》れた腹と生きいきとした眼そのままの、ウタという皮膚病（リーシュマニア症）で口と鼻の崩れた少年を別の写真のなかに見つけたとき、確信に変わった。少年は、その傷を我々に示したときと同じように、どこか神秘的な猛獣を思わせる、犬歯、口蓋、扁桃腺が見える腔内を、無邪気に、屈託なくカメラのほうに向けていた。

画廊でひそかに期待していた写真は最後のほうにあった。アマゾン風に輪になって——胡坐《あぐら》をかき、背筋をまっすぐ伸ばし、東洋人のように——坐り、夜へと移りはじめ、明かりを失いかけた夕暮れの光を浴びている男女の一団は、催眠術にかかったように精神を集中していることが一目見てわかった。彼らはぴくりとも動かなかった。すべての顔は、円の半径が円の中心に向かうように、マチゲンガ族の男女の輪の中心に立って腕を動かしながら話している影になっている男に、磁石で引き寄せられるように向けられていた。背筋に戦慄が走った。《マルファッティは、どうやって彼らの許しを得たのか？　どうやって？》と思った。私はかがんで、写真に顔を近づけた。眺めたり、匂いを嗅いだり、想像力と眼で穴の開くほど見つめた。そのとき、画廊の女性が小机から立ち上がって、いぶかしげにやってくるのに気づいた。

平静さを保とうと努めながら、写真は売っているのですかと訊いた。いいえ、売りものではありません。リッツォーリ社のものです。これを本にするそうです。私は写真家と連絡を取ってくれるように頼んだ。残念ですけど、できませんわ。

「ガブリエレ・マルファッティさんは亡くなられました《イル・シニョール・ガブリエレ・マルファッティ・エ・モルト》」

亡くなった？　ええ。熱病にかかって。密林でウイルスに感染されたのです、おそらく。お気の毒に。ファッション関係の写真家で、〈ヴォーグ〉や〈ウオモ〉で、モデルや家具や宝石や洋服の写真を撮って、仕事をしていましたわ。彼は、アマゾンへの旅のような、他人と違った、何か個人的なことをするのを夢見ていたんです。最後にやっとそれができ、作品が本として出版されるときに、亡くなられるなんて。失礼《ミ・ディスピアーチェ》、食事の時間ですの。閉めなければ。

私は彼女に礼を言った。そこを出て、フィレンツェの旅行者の感嘆の声や群れに今一度ぶつかる前に、写真に最後の一瞥を投げかけることができた。そう。間違いなく、それは語り部だった。

2

サウル・スラータスは、モップの毛のようなぼさぼさした赤毛で、顔の右半分を完全に覆う葡萄酢のような暗い紫色の痣《あざ》のある男だった。痣は、耳も唇も鼻もところかまわず静脈の腫れのように広がっていた。彼はこの世でもっとも醜い、と同時に、もっとも人あたりの良い善良な青年だった。私は、彼のように、初めから気さくで、包み隠さない、無欲で、性格の良い印象を与える、どんなときも素直さと誠実さを失わない人物に会ったことがなかった。私たちは大学の入学試験のときに出会い、善良すぎて少し近づきがたいところがあったが、文学部で一緒に授業を受けた最初の二年間、私はサウルとかなり親しい交わりを結んだ。知り合った日、彼は笑いながら自分の痣を指さして言った。

「ねえ、君、みんな、マスカリータ（マスカリータは小さなマスク、小仮面の意）と呼ぶんだ。どうしてだかわかるかい？」

サン・マルコス大学で私たちも彼をその綽名で呼んでいた。

彼はタララの生まれで、だれにでも気軽に話しかけた。サウルの口をついて出るどのフレーズからも、街中の仲間言葉や俗語がとびだし、親密な会話にも、どこか冗談めいた雰囲気を与えていた。彼の話によると、目下の悩みは、父親が村の店で一儲けし、ある日、リマに移り住む決心をしたことであった。首都に出てくると、老人のユダヤ教が昂じてきた。サウルが憶えている限りでは、ピウラの港町ではそれほど信仰に厚くはなかった。たしかに、ときどき聖書を読んでいるのを見かけることはあった。だが、マスカリータに向かって、村の他の少年とは異なった人種と宗教に属していると力説したことはなかった。ところが、リマでは態度が一変した。ちぇっ、年寄りの冷や水さ。つまり、アブラハムとモーセの宗教なんだ。やれやれ。我々カトリックは幸運だった。カトリックは単純なバターつきのパン、日曜日ごとの三十分の短いミサ、あっというまに過ぎていく月初めの金曜集会だった。それにひきかえ、彼は欠伸《あくび》をこらえ、教師《ラビ》の説教――ちっともわかりっこないさ――に興味を持ったふりをして、結局、善良で年老いた父を失望させないように、土曜日に会堂《シナゴーグ》のなかで何時間も我慢していなければならなかった。もう神などとっくに信じていないとか、早い話が選民に属しているなんてどうでもいいとマスカリータが言ったとしたら、哀れなドン・ソロモンは卒倒してしまっただろう。
父親のドン・ソロモンに会ったのは、サウルと知り合ってまもない、ある日曜日のことである。その日、私はサウルから昼食に招かれていた。家は、ブレーニャの、ラサール校の裏手で、アリカ通りからうらぶれた横道を入ったところにあった。奥行きのある、古い家具だらけの住まいで、《マスカリータ！　マスカリータ！》とサウルの綽名を休みなく繰り返す、カフカの作品から名前をとったオウムがいた。父と息子は、二人で暮らしていたが、タララから付いてきた家政婦が食事の用意のほかに、リマで開店した食料品店でドン・ソロモンを手伝っていた。《ねえ、君、六角の星のある、金網が張ってある店だよ。ダビデの星にちなんで、エストレーヤ（星）というんだ。気がついたかい？》
私は、ローマ時代の編み上げサンダルのような履物《はきもの》を履き、腱膜瘤《けんまくりゅう》で歪んだ脚を引きずっている、腰の曲がった年寄りの、無精髭の父親にサウルが示す愛情や気配りが印象に残った。ロシアかポーランド訛《なま》りの強いスペイン語を話し、すでにもう二十年以上ペルーで暮らしていると語った。彼は洒落の好きな、好感のもてる人物だった。《子供の頃は、サーカスの空中ブランコ乗りになりたかったのですよ。結局、商売人で終わりですよ。やれやれ、がっかりだね》子供はサウルだけなのですか？　そうです。

マスカリータの母親は？　彼女は一家がリマに出てきた二年後に亡くなっていた。そう、気の毒に。この写真で見ると、君のお母さんはかなり若かったようだね、サウル？　うん、若かったよ。たしかにマスカリータは母親の死を悼んでいた。しかし、一方では彼女にとっては、死んでよかったのかもしれなかった。なぜなら、哀れな母親は、リマでは苦しみが絶えなかったからである。傍《そば》にくるように合図すると、小さな声で（ドン・ソロモンは食堂の揺り椅子で深い眠りに落ちていたし、私たちは部屋で話していたから、そんな用心をする必要はなかった）マスカリータは話しだした。

「ぼくの母は、タララで暮らしてきた田舎娘だった。父が難を逃れてこの地に現れて、まもなく母と出会ったんだ。ぼくが生まれるまでは二人は同棲していたらしい。それから結婚したのさ。ぼくたちのあいだでは異教徒《ゴイエ》と言うが、ユダヤ教徒がキリスト教徒と結婚することがどういうことか想像できるかい？　おそらく君には想像もつかないよ」

そのことは、タララではまったく問題にならなかった。その地の二つのユダヤ人家族は、地方社会のなかで半ば風化していたからである。しかし、リマで生活を始めると、サウルの母親には、さまざまな問題が生じた。彼女は故郷を、その暑さ、雲のない空、年中照りつける太陽、親戚や友達を恋しがった。一方で、ドン・ソロモンを喜ばせようとして、浄めの洗礼を受け、改宗の儀式に必要な作法を教師《ラビ》から教わったが、そうした努力にもかかわらず、リマのユダヤ人社会は彼女を受け入れなかった。実際――サウルはいたずらっぽく目配せをした――彼らの共同体は異教徒《ゴイエ》だということよりも、教育のない、ほとんど字も読めない、素朴なタララの田舎娘だという理由で彼女を認めなかったのである。なぜなら、ねえ、君、リマのユダヤ人は、今ではブルジョアジーだからさ。

そう言ったときのサウルは、見たところやむをえないことを静かに受けとめるかのようで、恨みがましい気配も大げさな感慨も混じっていなかった。《ぼくと母は切っても切れないほど気があったんだ。母も会堂《シナゴーグ》で死ぬほど退屈していた。父に気づかれないようにしながら、おごそかな土曜日が早く過ぎてくれるように、ぼくたちはこっそりとじゃんけんをしたものさ。離れてね。母は回廊の最前列にいて、ぼくは階下の男たちのあいだにいた。ぼくたちは同時に手を動かした。時々、笑いがこみあげてきて、敬虔な人々は眼をまるくしていたよ》彼女は、急性の癌で二、三週間で亡くなった。その死はドン・ソロモンに深い痛手を与えた。

「あそこで昼寝をしている父は、二、三年前までは、完璧で、活力にあふれ、生きることに愛着を持っていた。母の死が心の支えを奪ってしまったんだ」

サウルはドン・ソロモンを喜ばせようとして、弁護士になるためにサン・マルコス大学に入った。彼にすればエストレーヤで父親の手伝いをすることに不満はなかっただろう。店の仕事は、父親にはかなり頭痛の種だったし、その年齢では手に余ったからである。しかしドン・ソロモンの決意は固かった。サウル、おまえは帳場に出なくていい。客の相手もしなくていい。商売人になる必要はない。

「でも、おやじ、どうしてだい？　この顔だと客を逃がしてしまうのが心配なのかい？」サウルは笑いながらこう言った。「じつはね、今はいくらか金がたまったから、ドン・ソロモンは一門の地位があがることを願っているのさ。スラータスという名をぼくが外交官の世界か、議会に携えていくのを、頭のなかで描いているんだ。いいかげんにしてもらいたいよ！」

何か自由な職業を営みながら、一門の名が世間に知られていくということを、サウルはそれほど望んではいなかった。彼は人生で何に興味を持っていたのだろう。おそらく、まだそれを知らなかった。私たちの友情が続き、マスカリータや私の世代が大人になっていった五〇年代の年月、オドリア将軍の独裁政治の欺瞞的な平穏さから、不安定で新しいものをかかえた民主体制――サウルと私が大学三年生だった一九五六年に復活した――へと移行していくペルーのなかで、彼は関心事を徐々に見つけていった。

その頃には間違いなく、彼は人生の関心事を見出していた。突然閃いたのでも、その後のような確信に充ちたものでもないが、いずれにせよ、思いもよらぬメカニズムがゆっくりと、そして、確実に動きだし、ある日、彼をここに駆り立てていくかと思えば、別の日にあちらへと誘動し、その後マスカリータが足を踏み入れたまま決して抜け出すことのなかった迷宮が築かれていった。一九五六年、彼は法律学と同時に民族学を学んでいた。また、何度か密林《セルバ》にも旅をしていた。森林に住む人々や荒らされていない自然、帯状にのびる山地の小高い丘の上やアマゾンの原野に散在する、未開のちっぽけな文化に魅せられて、その虜《とりこ》になっていたのだろうか？　原住民は、広いゆったりとした川の流域で、ふんどしをしめ、身体に入れ墨をして、木の精、蛇、雲、稲妻を崇拝しながら、迫害や凌辱に耐えて、いつとも知れない大昔から暮らしていたが、人間性のもっとも深い光のあたらない部分で芽生えた、私たちの同胞にたいする連帯の炎が、すでに彼のなかで燃えていたのだろうか？　そうだ、すべては始まっていた。そのことに気づいたのは、知り合って二、三年目の、ビリヤード場でのあの騒ぎのあとである。

私たちは大学の授業の合間に、ヒロン・アサンガロにある飲み屋を兼ねた、古ぼけたビリヤード場に、時々、玉を突きにいった。サウルと通りを歩いていると、人々の横柄な態度や悪意のために、彼の人生がどんな煩わしさを抱えなければならないのかがわかってきた。人々はふり返ったり、彼の前で立ち止まって、しげしげと痣を眺めたり、眼を瞠《みは》り、彼の顔から受ける驚きや不快感を隠さなかった。とくに、子供たちがからかうのは珍しいことではなかった。彼は気にしている様子はなく、いつも嘲りにたいして冗談まじりの機知で応《こた》えていた。その日、ビリヤード場に入っていったとき、騒ぎを起こしたのも、彼ではなく、大天使ならぬ私だった。

その酔っぱらいはカウンターで飲んでいた。私たちを見ると、よろめきながら近よってきて、両手を腰に当てサウルの前に立ちはだかった。

「おい、化けものめ。おまえ、どこの動物園から逃げてきたんだ?」

「どこかって? ねえ、君、このへんじゃバランコにしか動物園はありませんよ」と、マスカリータは答えた。「走って見にいけば、檻の戸が開いていますよ」

彼は通り過ぎようとした。だが、酔っぱらいは、両手を彼のほうに伸ばし、子供が母親のことを言われたときのように指で侮辱する仕草をした。

「おまえは入るんじゃない、化けものめ」男は急に怒りだした。「その顔で、通りに出るんじゃない。人が驚くぜ」

「この顔の代わりがないときは、どうしろというんですか?」と、サウルは微笑んだ。「通してください。もういいでしょう」

そのとき、私は我慢できなかった。男の襟をつかんで揺さぶった。殴り合いの気配、人々の騒ぎ、押し合いに、結局、マスカリータと私は、ビリヤードをしないで、逃げ出さなければならなかった。

彼から手紙と一緒に贈り物が届いたのは、その翌日のことである。品物は、レンガ色というより黄土色の、対称的な図案が刻み込まれた菱形《ひしがた》の白い小さな骨だった。等間隔に引かれた大小の棒線――太い線が細い線を包んでいる――の図形は、二つの並んだ迷宮を表していた。そして、快活で謎めいた短い手紙には次のようなことが書かれていた。

親愛なる友へ

この魔法の骨が君の怒りを鎮め、哀れな酔っぱらいを殴るのをとめてくれるだろう。この骨は、バクの骨で、図案は馬鹿げて見えるかもしれないが、幼稚な棒線ではなく、象徴的な銘だ。それは、雷神のモレナンチイテがジャガーに神託として与え、ジャガーがピチャ川上流の密林に住む、ぼくの友人の呪術師に伝えたものだ。君が、この象徴を川の渦だとか、とぐろを巻くように身体《からだ》をからませあって昼寝をしている二匹の大蛇だと思うのは、無理からぬところだ。しかし、それはほかでもない、この世界を支配している秩序である。怒りに支配される者は、この線を曲げてしまうだろう。もし曲がってしまったら、もうそれはこの世を支えることはできない。自分のせいで生がばらばらになり、善の神タスリンチと悪魔のキエンチバコリの息吹きから万物が誕生した、原初の混沌に戻ることを君も望むまい。ねえ、君、そう思わないかい？　だから、これ以上怒ってはならない。ぼくのことでなら、なおさら。だが、とにかく、ありがとう。

チャオ
サウル

―――

私は、雷やジャガーや曲線やタスリンチやキエンチバコリのことをもっと話してくれるようにサウルにせがんだ。ある午後、ブレーニャの家で、クスコ県やマードレ・デ・ディオス県の密林に散らばっている部族の信仰や習慣の話をして、彼は私を楽しませてくれた。

私は彼のベッドの上に身体をのばし、彼は肩にオウムをとまらせてトランクの上に坐っていた。オウムは彼の赤毛をくわえ、しばしば威張ったようにかん高い声で話を遮《さえぎ》った。《マスカリータ！》《静かに！　グレゴール・ザムザ》彼はオウムを静かにさせた。

ねえ、君、原住民の道具やクシュマに描かれた図案や、顔や身体の入れ墨は、気紛れでも飾りでもないんだ。それは暗号文字で、人間の秘密の名前や、禍《わざわ》いから事物を守るいくつかの神聖な詔《みことのり》や、また、それを通して、世界の支配者と交信する呪文を含んでいる。その絵文字は、騒々しい、顎ひげをはやした雷神のモレナンチイテが宣《の》べたもので、丘の高みから嵐のさなかにジャガーに神託として授けたんだ。これが、原住民があらゆる儀式で茎を煮て飲んでいる幻覚剤のアヤウアスカで、《脱魂》状態になった祈禱者、シャーマンに伝達される。ピチャ川上流のその呪術師が――《というより知恵を持つ者だよ、兄弟！　君にわかりやすい言葉を使えば、呪術師さ》――今日まで部族が生き延びてくるのを可能にした哲学について、ぼくに教えてくれたんだ。彼らにとって大切なことは、冷静さを失わないことだ。大きなことでも、ちょっとしたことでもね。どんなことにしろ極端な感情に走ってはならない。なぜなら、人間の精神と自然の精神とのあいだには、不吉な符合があるからだ。自分の感情を抑えられないと、自然界に何か破局をもたらすのだよ。

「ある男が痙攣《けいれん》の発作を起こしたために川があふれることだってある。人殺しをすると、落雷で村が燃えてしまうかもしれない。今朝のアレキーパ通りの急行バスの衝突は、おそらく、昨日、君が酔っぱらいを殴ったせいだよ。心が痛まないかい？」

彼がその部族についていろいろなことを知っているのに驚いた。しかし、夥《おびただ》しい知識にもまして、部族に寄せている共感を認めたときには、いっそう驚いた。彼はインディオや、彼らの習慣や神話、暮らしの舞台と神々について話したが、それには、当時の私の好きな作家、サルトルやマルローやフォークナーの作品に触れるときに私が示すような、称讃の念をふくんだ敬意がこもっていたからである。私は、彼が心酔していたカフカにたいしてさえ、そんなに感情をこめて話すのを聞いたことがなかった。

すでに、その時点で、サウルが弁護士などにならないということや、彼のアマゾンのインディオにたいする関心は、《民族学》という枠のなかに収まらないということを考えてみるべきだった。それは、簡単には言い表せないが、専門的、技術的な関心というよりも、もっと内面的な関心であった。おそらく、理性より感情に支えられた関心であり、知的な好奇心とか、民族学科の多くの仲間の資質のなかに宿っているように見える冒険への欲求とかいうものではなく、愛の行動だった。サウルの新しい領域での活動、アマゾンの世界への献身は、しばしばサン・マルコス大学の文学部の中庭で、彼の友人や同級生のあいだで話題になった。

ドン・ソロモンは、サウルが民族学を学んでいることを知っていたのだろうか？　サウルが法律の勉強に専念していると思っていたのだろうか？　マスカリータは法学部に在籍していたが、もう授業には出ていなかった。カフカ――とくに、何度も読み返し、ほとんど暗記していた『変身』――をのぞいて、彼が読んでいるものは、今は、人類学に関係したものばかりだった。アマゾンの部族について書かれたものがあまりないと嘆いたり、雑誌や抜き刷りなどでときどき取り上げられる文献にあたろうと思っても、サン・マルコス大学や国立図書館に必ずしも入ってこないと、サウルが不満を言っていたことを私は思い出す。

あるとき、彼が話してくれたところによると、すべては国の祭日にキジャバンバに旅行したことが発端だった。ピウラから移住し、畑を耕すかたわら材木を商っている母親の従兄弟にあたる叔父の招きで、そこを訪れたのである。叔父は、インディオの人夫や伐採人を自分の下で使いながら、マホガニーやローズウッドを求めて山中に入っていた。マスカリータは、その旅で現地のインディオ――大部分はほとんど西欧化していた――と知り合い、一行に加わって、ウルバンバ川上流、マードレ・デ・ディオス川上流、また、その支流を含む広い流域の宿営地を泊まり歩いた。山脈の二つの支脈のあいだでおし狭《せば》まったウルバンバ川が、奔流と渦の迷宮に変わるマイニケの急流《ポンゴ》を筏《いかだ》に乗って横切ったことがどんなであったかを、あるとき一晩中、彼は興奮しながら話しつづけた。

「恐怖のあまり、急流《ポンゴ》を下るとき、牛のように筏に身体を括りつける人夫もいる。ねえ、君、それがどんなものかわかるかい！」

キジャバンバのドミニコ会のスペイン人の伝道師は、地域に散在する不思議な石に刻まれた線画をサウルに見せてくれた。また、サウルは、猿や亀や虫を食べたり、ユカから造ったマサト酒で正体を失くすほど酔ってしまった。

「この地域の原住民は、マイニケの急流《ポンゴ》で世界が始まったと信じているんだ。そこには聖なる気が立ちこめている。君の髪の毛が逆立ってしまうような霊気がね。君には想像もできないよ。凄いぜ！」

その経験は、だれにも予想できないような結果をもたらした。サウルにも、それはわかっていなかっただろう。

彼はクリスマスにキジャバンバに戻り、ひと夏を過ごした。七月の休暇に、そして、次の十二月にふたたびそこを訪れた。サン・マルコス大学でストライキがあるたびに、わずかの日数であれ、トラックや汽車や乗り合いタクシーやバスで密林に出かけた。彼は、その旅行から発見した宝物への感嘆で眼を輝かせ、興奮し、雄弁になって戻ってきた。その地域のことになると、どんなことでも興味を掻き立て、特別に強い刺激を与えたのである。例えば、伝説的な人物フィデル・ペレイラと出会ったのもその一つだった。クスコの白人とマチゲンガ族の女性のあいだに生まれたこの男は、封建領主と原住民の酋長《カシーケ》を兼ねあわせた人物だった。十九世紀の最後の三十年、クスコの良家の男が裁きを逃れて密林に入り、そこでマチゲンガ族にかくまわれた。男は部族の女性と結婚した。

彼らの息子のフィデルは、白人のなかでは白人、マチゲンガ族のなかではマチゲンガ族として、二つの文化を行き来して暮らした。数人の正妻のほかに多くの妾を持ち、数えきれないほどの娘や息子がいたが、一家眷族《けんぞく》を使って、キジャバンバからマイニケの急流《ポンゴ》にかけてコーヒー園や農園を拓いていった。農場では部族の人々がほとんど無報酬で働いていた。しかし、こうした振舞いにもかかわらず、彼にたいしてマスカリータは好意的だった。

「もちろん、部族の人々を利用しているよ。しかし、少なくとも、彼らを蔑みはしない。彼らの文化を熟知しているし、それを誇りに思っている。だれかが彼らを蹂躙でもしようものなら、仲間を守るよ」

話している逸話のなかで、サウルは興奮し、ささいなこと——例えば、森林での焼畑とかガミターナの漁とか——も英雄的な出来事に変えてしまった。しかし、とりわけ彼の心を捉えていたのは、単純な習慣と質素な生活、アニミズムと呪術のインディオの世界のようだった。キジャバンバのドミニコ伝道会のインディオの生徒に手伝ってもらって、彼は原住民の言語を学びはじめたが——一度、種の入った瓢箪《ひょうたん》でリズムを取りながら、物悲しい、繰り返しの多い意味のわからない歌をうたってくれた——、今になって考えると、そのインディオというのがマチゲンガ族だった。また、ダイナマイトを使う漁の危険を訴えた、ブレーニャの彼の家に山積みになっていた小さな写真のついたポスターは、亡きガブリエレ・マルファッティが二十五年後にカメラに収めたインディオの、日々の糧となっている生き物を保護する目的で、彼がウルバンバ川上流の白人や混血――フィデル・ペレイラの息子、孫、甥、庶子、継子――に分けてやるために刷らせたものだったことを私は知っている。

時間の流れのなかにおいて、その後に起こったことがわかってみると――私はこのことについてよく考えてみたが――、サウルは回心したと言えるだろう。文化的な、また宗教的な意味で。それは、私が通った学校の修道士が公教要理の時間に《恩寵を受ける》とか、《恩寵に触れる》とか、《恩寵の罠《わな》に落ちる》とかいう表現で教えようとしたことが意味を帯び、実現していく具体的な経験であり、私が近くで観察することのできた唯一の経験だった。アマゾンとの最初の接触以来、マスカリータは、精神的な罠にかかって、別の人間へと変わったのだ。それは、彼が法律学に興味をなくし、民族学に変わったためや、グレゴール・ザムザのほかはどんな文学上の人物も痕跡を残していないが、今までとは違った読書のせいだけではなく、そのときから、その後の年月、ただ一つのテーマとなった二つの問題――アマゾンの文化の現状とその文化を育んでいる森林の荒廃――に関心を抱き、取り憑かれはじめたからだった。

「また、その話か、マスカリータ。もう、君とはほかのことは話せないぜ」

「いけない！　たしかに、君には少しも喋《しゃべ》らせなかったね、大兄。どれ、よかったら、トルストイか、階級闘争か、あるいは、騎士道小説について話を聞かせてくれよ」

「君は少し大げさじゃないかい、サウル？」

「ねえ、君、そんなことはない。ぼくは控え目に言っているくらいだ。誓うよ。アマゾンで起きていることは犯罪だよ。どこへでも行ってみたまえ。正当化などできないよ。笑わないで、ぼくの言うことを信じてくれ。一秒でもいい、彼らの問題を考えてみてほしい。彼らはどこへ行くことができるだろう。もう何百年というもの、自分の土地から追われ、その都度、奥地へ奥地へと追い立てられている。数々の災難にもかかわらず、消滅しなかったのは驚異だよ。奥地で常に滅ばないように闘っている。なんて頭の下がることなんだろう。おっと、またその話になってしまった。じゃあ、サルトルについて話そう。腹が立つのは、だれもあそこで起きていることを問題にしていないことだ」

　なぜ彼にとってそんなに重要だったのだろう？　いずれにせよ、政治的な理由からではなかった。マスカリータは世のなかの政治に無関心だった。政治の話をするとき、彼が私を喜ばせようと努めていることに気づいた。というのは、私は、その頃、革命に夢中になっていて、マルクスを読むことや生産における社会的関係を取り上げることで頭がいっぱいだったからだ。こうした問題は、サウルにとって教師《ラビ》の説教と同じくらい退屈なものにすぎなかった。また、密林のインディオの状態が国内の社会的不穏に影を投げかけているという趣旨の、人種問題一般に興味があったというのでもなかっただろう。サウルは、自分の前にほかの不正があっても、同じような反応を示さなかったばかりか、その存在をさえ認めなかった。例えば、アマゾンの数千人というわずかな数の原住民にたいして、アンデスの数百万人のインディオの状態や、ペルーの中産、上流階級がそうした従僕や下女に与える報酬や待遇について、彼は意識さえしていなかった。

そういうものではなかった。当時、私には理由がよく理解できなかったが（彼自身もそうだっただろう）、ほかのものへの関心を一掃し、次第にサウル・スラータスの思想的立場を決定づけていったのは、密林の人々、樹木、動物、河川を傷つけている人間の無自覚、無責任、残酷性が具体的に問題になってきたからだった。彼が善良で、寛大で、奉仕的な人間でなかったなら、私も足繁く訪ねようとは思わないほど、彼は極端になっていった。なぜなら、彼はもう物事の別の側面を見ようとはしなかったからである。

時々、私はサウルがどこまで《主題》を持ちつづけられるものか試そうとして、それで結局、どういう提案ができるのかと彼を挑発した。大半が石器時代に生きている部族の信念や生活の様式を守っていくために、ペルーの残りの人々は、アマゾンの開発を見あわせなければならないのかい？　六万から八万人のアマゾンのインディオがだれからも妨げられることなく、矢を射かけたり、干し首にしたり、ボア・コンストリクトール（学名コンストリクトール＝締め殺し屋という大蛇）を崇めて暮らしていくために、千六百万人のペルー人が国土の四分の三の資源を放棄しなければならないのかい？　もう何百年も前から進化もせず、ただ人間の物好きで続いているとしか思えない贈与《ポトラッチ》のシステムや、親族体系や、成人、結婚、死去の儀礼を民族学者が研究して楽しむために、地域の農業、牧畜、商業の可能性を無視すべきだとでもいうのだろうか？　いや、マスカリータ、国は発展しなければならない。進歩に流血はつきものだとマルクスは言わなかっただろうか？　感傷に流されず、それを受け入れなければならない。ほかに途はないよ。数千人の裸族が髪の毛を切り、入れ墨を消し、混血化する、つまり、民族学者のいやな言葉を使えば、文化的になることが、千六百万人のペルー人の発展と産業に必要だとしたら、それは仕方のないことさ。

　マスカリータは腹を立てなかった。何にたいしても、だれにたいしても腹を立てたことはなかったし、君は自分の言っていることがわかっていないようだから、勘弁してやるよというような、相手を見くだした態度も取らなかった。しかし、こうして挑発すると、まるで父親のドン・ソロモン・スラータスが非難されているかのように苦しんでいるのが私にはわかった。もちろん、それをまったく表には出さなかった。おそらく、世界を支えている平行した線を曲げないように怒ってはならないというマチゲンガ族の理想を信条としていたからだろう。それに、彼はこのことにしろ、ほかのどんな問題にしろ、イデオロギー的な言葉で一般論を語ろうとはしなかった。あらゆる種類の抽象的な言葉に、もともと抵抗感を持っていた。問題は、いつでも具体的に立てられ、自分の眼で見たことや、理性のある人ならだれでも将来起こると推論できる結果に基づいていた。

「例えば、爆薬を使った漁だよ。禁止されていると思うだろう？　だが、ねえ、君、行ってみるといい。密林の川や谷のいたるところで、ビラコチャ——彼らは、ぼくたち白人のことをそう呼んでいる——や山から来た連中が時間の無駄を省くためにダイナマイトを使って安易に乱獲している。時間の節約。それがどんな意味かわかるかい？　明けても暮れても、魚の群れがダイナマイトで吹っ飛ばされる。魚がどんどん減っていくんだ、大兄」

私たちは、コルメーナ通りのバル・パレルモのテーブルで、ビールを飲みながら議論していた。外は、太陽のもと、人々は急ぎ、うるさく警笛を鳴らして車がのろのろと進み、私たちの周囲には、リマの中心街のカフェの揚げた油やトイレの臭いの混じった、煙った空気が漂っていた。

「でも、毒を使った漁はどうなんだい、マスカリータ？　それは部族のインディオが考えだしたことじゃないか。彼らだってアマゾンの略奪者だということにならないのかい？」

私は、けしかけるためにわざとそう言った。当然、彼は反撃に出てきた。それは違うよ、大間違いだよ。バルバスコ（低木で、その根をつぶして、殺虫、殺魚剤として使われる）やクーモで漁をしているが、それを使うのは、小川や川の支流や水が退いたあとの、島のなかに残った水溜まりさ。それに、一年のうちのきまった時期だけだよ。魚の成長をよく知っているから、産卵の時期には決してしないんだ。ねえ、君、見ればびっくりすると思うけど、産卵期には網や銛や罠を使うか、素手で捕獲しているんだ。だが、クリオーリョ（もとは植民地生まれのスペイン人を指すが、ここでは、原住民にたいして地方社会で実権を握っている白人や混血）連中はところかまわず、年中、バルバスコやクーモを使っている。この数十年間に何千回となく川に毒を流してきた。ぼくの言うことがわかるだろう。産卵期に稚魚を殺してしまうだけじゃない。岸辺の樹木や植物の根も腐らせてしまうんだ。

彼はインディオを理想化していたのだろうか？　私はそうだと思う。それにわざとではないにしろ、自分の理論を正当化するために荒廃を誇張していた。しかし、バルバスコの茎やクーモの毒でやられたサバロやなまずの稚魚や、ロレート、マードレ・デ・ディオス、サン・マルティン、アマソナス各県の漁師のダイナマイトで殺されたパイチェは、まるで彼のお喋りなオウムが犠牲になったかのようにサウルを悲しませた。むろん、貴重な樹林を消滅させていく材木商――《言いたくないが、叔父のイポリートも材木商なんだ》――による樹木の大量伐採に触れるときも同じだった。マスカリータは、ビラコチャや山から来た連中の行動を長々と話した。密林を征服するためにアンデスの山を降りてきて、火を放ち、広大な土地を灰にして、森林を掃討する。だが、一、二度、収穫すると、植物の腐植土の不足と水による浸食で、土地は荒れてしまうのさ。ねえ、君、動物の絶滅だってひどいものだよ。皮革への気狂いじみた欲望のために、例えば、ジャガーや鰐《わに》やピューマや蛇など、何十種類という生物学的に希少な動物が絶滅の途をたどっているんだ。話は延々と続いた。しかし、何本かビールを空け、チチャロン（豚の腿肉に味をつけて長時間煮込んだもの）をはさんだパン（それが彼の好物だった）をたくさん食べたあとで、会話の最後に出てきたあることが理由で、彼との話を忘れることができないのである。木々や魚のことから、彼の長広舌は、常に警鐘の中心にあるもの――部族――に戻っていくのだった。このままでは彼らも滅んでしまうよ。

「一夫多妻制や、アニミズムや、干し首や、煙草の煎じ薬を用いた祈禱が、より高度な文化を代表していると、君は本気で思っているのかい、マスカリータ？」

山から出てきた少年がバル・パレルモの赤い敷石の上の唾や汚物におが屑をかけてい

くうしろを、中国人の男が箒で掃いていた。サウルは答えずに、しばらく私を眺めていたが、ようやく首を横に振った。

「いや、すぐれているわけではない。そう言ったことも、思ったこともない、兄弟」彼は真面目な顔をした。「幼児の死亡率、女性の地位、一夫一婦制とか一夫多妻制といった婚姻の形態、技術や産業などの観点から見れば劣ったものだ。ぼくは彼らを理想化しているわけではない。そんなことをしても何の意味もないさ」

彼は黙ってしまった。席についてから私たちと調子を合わせるように興奮したり、しずまったりしている近くのテーブルの口論のせいか、何かに気をとられたようだった。しかし、そうではなかった。彼は記憶のなかを探っていたのだ。彼の表情が急に曇ったように思った。

「放浪をしている部族であれ、ほかの部族であれ、ショックに感じることは、いくつかあるさ、君。そのことを否定するつもりはない」

例えば、マラニョン川上流のアグアルナ族やウアンビサ族は、娘が初潮を迎えると、手で処女膜をつかみ出して、口に放り込むし、多くの部族のなかには奴隷制度がある。別の部族では、年寄りが衰弱してきた兆しをいったん見せると、魂が呼ばれているのだとか、運命が完結するのだとかいって放置されて死んでしまう。しかし、ぼくたちにとって最悪で、もっとも理解できないのは、ちょっと皮肉をこめて言うと、アラワク系の部族の完全主義ってやつさ。サウル、何だい、その完全主義って？　ねえ、君、ぼくも最初はそうだったけど、君ならとても残酷だと思うにちがいない。手足が不自由だとか、眼が見えないとか、指の数が違うとか、口唇裂などの身体上の欠陥のある赤ん坊は、母親が川に投げ込んだり、生き埋めにして自分で殺してしまうのだよ。もちろん、この風習はだれにもショッキングだ。

彼はどう言おうか適切な言葉を探しているかのように、考えこみ、黙ってしばらく私を見つめていたが、突然、手で顔の痣にさわった。

「ねえ、君、ぼくだったら篩《ふる》い落とされていたね。ぼくなら、抹殺されていただろう」と、彼はつぶやいた。「スパルタ人も同じことをしたそうじゃないか。怪物やグレゴール・ザムザのような人間は、タイイエトスの山（スパルタ西の鋸状の険しい山）の上から突き落とされたんだ」

彼は笑った。私も笑った。しかし、それは冗談でもないし、どこにも笑う理由がないことも私たちは知っていた。不思議なことに、生まれつき欠陥のある赤ん坊に情け容赦のない人々も、子供や大人になってからの事故や、病気で身体上の欠陥が生じた場合には、寛大であるということを彼は説明した。少なくとも、サウルは、部族の不具者や精神異常者にたいする差別を、それまでに見たことはなかった。彼は顔の半分の紫色のざらざらした部分をさわりつづけた。

「しかし、これがあるべき姿だから、それを尊重しなければならない。森と調和して何百年も暮らしてこれたのは、そうしてきたからだ。彼らの信念を理解できないとか、ある種の習慣に良心の痛みを感じるからといって、彼らを滅ぼす権利はない」

あの朝、バル・パレルモで、どんなに上品につくろっても、その痣は行く先々で嘲笑や吐き気を起こし、結局は生涯悲劇で終わるということを、そして、人間関係とくに女性との関係を損なうということを、冗談ではなく真剣な表情で、いくぶん芝居がかって仄めかしたが、サウルがそんなことを漏らしたのは、後にも先にもあのときだけだったと思う（彼は女性には消極的だった。大学では避けるようにし、話すのは、女子学生から声をかけられたときだけなのに気づいた）。サウルは、やっと、痣にさわったことを悔いているかのように、疎ましそうに顔から手を離すと、また話しだした。

「車や大砲や飛行機やコカコーラがないからといって、彼らを滅ぼす権利があるとでもいうのだろうか？　ねえ、君は《未開人《チュンチョ》を文明化する》ということを信じているのかい？　どうやって？　兵隊にでもするのかい？　フィデル・ペレイラのようなクリオーリョの奴隷にして畑で働かせるのかい？　伝道師が望んでいるように、言葉や宗教や習慣を変えさせるのかい？　それで、何が得られるだろう。今まで以上に搾取されるだけさ。リマの通りで見かける、中途半端に文化を押しつけられたインディオのように、ゾンビか、できそこないの人間に変えられてしまうだけだよ」

バル・パレルモでおが屑をかけていく高地出身の少年は、タイヤのゴムでできた一枚の靴底と二本の紐で結わえた行商人が作った靴を履き、継ぎあてのあるズボンを紐の切れ端でとめていた。それは、年寄りのような顔の、髪がぼうぼうの子供で、爪は黒く、鼻には赤いかさぶたができていた。ゾンビ？　戯画？　毛織帽《チュージョ》に草履を履いて、ポンチョをまとい、スペイン語など知らずアンデスの高地にいた方が少年にとって良かったのだろうか？　私にはわからなかったし、今でも疑問に思う。しかしマスカリータはわかっていた。彼は、興奮も怒りもせず、物静かに確信を抱いているかのように話した。長い時間をかけて、その残酷さの別の側面を説明した。彼の考えでは、それは《生き延びていくために払わねばならない代価》であり、その文化のなかで称讃に値するものだった。文化によって多少違いがあるが、どの部族も同じようなものがあるよ。自分たちが沈潜して暮らしている世界との暗黙の了解、古い実践から生まれた知恵だよ。その教えが、親から子供に変わることなく、伝えられてきた儀式や禁忌や畏怖や習慣などの完成された体系を通して、生き延びるために依存してきた、見かけは豊饒だが、実際は、脆く、死んでしまう自然を保護してきたのさ。彼らが生き延びてきたのは、自然を侵害したり、大きく手を加えたりせず、自然によって滅ぼされないよう最低限必要なものに甘んじて、彼らの習慣や慣習が自然のリズムと要求に素直に従ってきたからだ。それは、水を奪われたら萎《しぼ》んでしまう花のように、生存に必要な諸要素を浪費している我々文明人と正反対の存在なんだ。

私は、話を聞きながら、彼の言葉に興味があるふりをしていた。だが、心のなかで彼の痣のことを考えていた。アマゾンの原住民にたいする気持を説明しながら、なぜ突然、それに手を触れたのだろう？　そこにマスカリータの回心の鍵があるのではないだろうか。シピボ族、ウアンビサ族、アグアルナ族、ヤグア族、シャプラ族、カンパ族、マシユコ族のことを、ペルー社会のなかで、だれも彼以上に理解できなかった。彼らは、ほかの人々にとっては、同情か、嘲笑の対象になる例外的なもので、身体や習慣や信念において《正常》の世界にいる人に与えられる尊敬や畏敬の念を向けられることのない不気味な存在だった。密林の部族も彼も、そのほかのペルー人にとっては異常だった。彼の痣は、遠い土地で、半裸で、シラミを食べて、理解できない方言を喋って暮らしている未開人にたいして、心の奥底で私たちが呼吸している感情に似たものを、私たちペルー人のなかに引き起こした。それがマスカリータの未開人《チュンチョ》への一目惚れの理由なのだろうか？　通りに出ていくたびに自身を疎外する癌が理由で、彼は疎外された人々と無意識に同化していったのだろうか？

私は、気分をよくしてくれるかどうか考えながら、この解釈を話した。事実、サウルは笑いだした。

「君はゲリータ教授の心理学の単位は取れたのかい？」と、彼はからかった。「ぼくなら単位はやらなかったね」

そして、いつまでも笑いながら、私より頭の良いドン・ソロモン・スラータスが、この問題にユダヤ的な解釈を加えたことを話してくれた。

「父に言わせると、ぼくは、アマゾンのインディオと、常に少数で、宗教や社会のほかの人々と異なる風習のために、常に迫害されてきたユダヤ人社会とを重ねているというのだ。どうだい？　君のフランケンシュタイン症候群とでもいうのより、ずっと高尚だと思わないかい？　ねえ、君、だれでも自分の説に固執するものさ」

私は、二つの解釈は、お互いに排除しあわないものだと抗弁した。彼は、楽しそうに考えに耽りだした。

「そう、ちょっと考えると、君の言ってることも一理ある。君のような正常な人間よりも密林の人間の運命に敏感なのは、ちょっと考えると、半分ユダヤ人で、半分怪物であることと関係があるかもしれない」

「哀れな密林の人々。君は自分の涙を拭くために使っているんだ。君も彼らを利用しているんだ。いずれわかるよ」

「いいだろう、今日はここでやめておこう。授業があるから」彼は別れを言うと、立ち上がったが、もうそのときには気分を害した様子はなかった。「だが、今度は、その《哀れな密林の人々》というところを訂正してもらうよ。ねえ、君が間違っているということがはっきりわかる話をしてやるよ。例えば、ゴムブームの時代に白人がインディオにしたことを。それに耐えてきたのだから、哀れだとは言えないはずだよ。むしろ、彼らは超人だよ。まあ、わかるさ」

彼は自分の《主題》についてドン・ソロモンに話しているようだった。老人は法廷に立つ代わりに、サウルが大学の教室や人類学研究の分野でスラータスの名を高めるということで満足することにしたのだろう。それが生涯でなろうと決めたことだったのだろうか。教授に？　あるいは、研究者に？　ある午後、当時サン・マルコス大学の民族学科の学科長で、彼の指導教官の一人であったホセ・マトス・マル博士が、彼がその資格を備えていることを話しているのを耳にはさんだ。

「あの青年、スラータスは首席でした。休暇中に三か月間ウルバンバで過ごして、マチゲンガ族のフィールド・ワークで、すばらしい資料をまとめてきましたよ」

マトス・マルは、私が午後仕事を手伝っていた歴史家のラウル・ポラス・バレネチェアに話していた。バレネチェアは、民族学や人類学を毛嫌いしていて、道具が人間に代わって文化の主役となり、スペイン語の散文の伝統（ついでに言うと、彼は素晴らしい文章を書いた）を壊してしまうものだとして、そうした研究には批判的だった。

「そうか、じゃあ、石をカードに整理などさせておかないで、その青年を歴史家にしよう、マトス教授。ここは私欲を捨てて、彼を史学科にまわしてくれたまえ」

一九五六年の夏にサウルがマチゲンガ族のなかでまとめた研究は、後にさらに拡充されて学位論文となった。彼がそれを提出したのは、私たちが五年生のときである。私はドン・ソロモンの誇らしげで、心の底からの喜びにあふれた表情を憶えている。彼は上着の下に糊のきいた胸飾りという礼服姿で、学位授与室の最前列に坐り、サウルが結論を読みあげ、マトス・マルを委員長とする審査委員会の口頭試問に答えているのを、小さな眼を輝かせて見守っていた。サウルは合格すると、学位認定のリボンを受けた。

この出来事を祝うために、ドン・ソロモンは、サウルと私をリマの中心街にあるライモンディに昼食に招待してくれた。だが、ユダヤ教の食事の戒律を意に反して破ることをおそれて、彼は料理に手をつけなかった（チチャロンや魚介類を頼むとき、《ねえ、君、こうやって呑《の》み込むとき、罪を犯していると思うと、君にはわかるまいが、格別な味がするんだよ》というのがマスカリータがよく言う冗談だった）。ソロモンは息子の学位に喜びを隠しきれなかった。だが、食事の半ばで、彼は噛むような中央ヨーロッパのアクセントで私に話しかけてきた。そして、強い調子で私に訴えた。

「奨学金を受けるように、息子を説得してくださらんか」私の驚いた顔を見ると、事情を話しだした。「寄る年波で身のまわりのことができないとでもいうかのように、私を一人にしないがために、ヨーロッパに行かないのです。そんな理由を振りまわすのなら、フランスに行って気兼ねなく専門の勉強ができるように、私が死ねばよかろうと言ったのですよ」

こうして、私はマトス・マルがボルドー大学の博士課程の奨学生にサウルを選んだことを知った。マスカリータは固辞していた。父親を一人にしたくないというのが、その理由だった。だが、本当にそれがボルドーに行かなかった理由だろうか？　当時、私はそうだと思っていた。しかし、明らかに嘘をついていたのだ。だれにも言わずに完全に隠していたが、あの回心は彼の内部で醗酵し、ついに神秘的陶酔、おそらく殉教者名簿の探求という性格を帯びていった。論文を仕上げ、民族学の学士号を得たけれど、それは、決して民族学者になるつもりだったのではなく、ただ父親を満足させるためだったということは、今では疑う余地はない。その頃、ヨーロッパに行くことができるような奨学金を手に入れようと、さまざまな策を講じていた私は、そのような機会を逃さないように、彼を何度か説得しようとした。《そう何度も機会がまわってくることじゃないよ、マスカリータ。ヨーロッパだぜ、フランスだぜ。いつまでも野蛮人でいるのかい?》だが、彼はとりつくしまもなかった。行けないんだ。父にはぼくしかこの世で身寄りがないから。あの歳だから二、三年も放っておけないんだ。

私は彼の言葉を疑いもしなかった。だが、彼のために奨学金を獲得し、研究の分野で多くの期待を寄せていた指導教官のマトス・マルは、彼の言うことを真に受けていなかった。マトス・マルは、ある午後、いつものように意見を交換し、カステラをお茶うけにお茶を飲みにポラス・バレネチェアの家に現れると、情けなさそうに話を切りだした。

「困ったことになりましたよ、ポラス教授。ボルドーへの留学は、今年は史学科で使ってください。私の学科の該当者が取り下げたのです。どう思われます?」

「私の知っている限り、フランス留学を断るなんて、サン・マルコスでは初めてのことだよ」と、ポラスは言った。「一体、どうしたというのだね、その青年は?」

二人が話をしている部屋で、発見と征服の年代史家の黄金郷やシボラの七都市についての神話を、カードに整理していた私は、取り下げの理由は、サウルがドン・ソロモンを一人にしておきたくないからだと口をはさんだ。

「たしかに、サウルはそう言っているがね。それが本当であってほしいものだ」と、マトス・マルは疑い深そうな様子でうなずいた。「しかし、奥に何かあるんじゃないか？　彼は調査やフィールド・ワークを疑いだしていた。倫理的に」

　ポラス・バレネチェアは、顎を突き出して、人を非難するときにいつもするように、狡《ずる》そうに眼を細めた。

「そう、もしスラータスが、民族学は人間性を破壊するためにグリンゴ（ギリシア人の意から、異邦人、よそ者。中南米ではアメリカ人に対する蔑称）が創り出した似非《えせ》科学だということに気がついたとしたら、彼は期待以上の知性の持主だよ」

　しかし、マトス・マルは微笑まなかった。

「いえ、ポラス教授、冗談じゃないんですよ。まったく惜しい。なぜなら、その青年は申し分のない条件を備えているからです。頭が切れ、洞察力のある、優れた研究者で、多くの仕事がこなせる。ところが、考えてみてください。彼は、私たちがしていることが倫理的でないと言いだしたのです」

「倫理的でないって？　習慣を研究するという口実で、善良な未開人《チュンチョ》のあいだで君たちは何をしているのだろう？」と、ポラスは笑った。「もちろん、私も民族学者の徳を信じて、火のなかに手を突っ込む勇気はないがね」

「インディオの文化を攻撃し、侵害しているというのです」マトス・マルはポラス教授の言うことを無視して話を続けた。「テープレコーダーや筆記用具を武器にして、果物に忍び込み、それを腐らせてしまう虫と同じだと」

数日前に民族学科で論議があったことをマトス・マルは話した。サウル・スラータスは、民族学者の仕事はカウチェーロ（ゴムの採取人）や材木商や軍隊の徴募人やそのほかの部族を滅ぼしていく白人や混血の行動と同じだと言って、みんなを当惑させた。

「我々は、植民地時代の伝道師がやり残した仕事を引き継いだのだと」彼は付け加えた。「福音という言葉を科学という言葉に置き換えて、インディオを地上から消す先兵になっているのだと言うのです」

「サン・マルコス大学の構内に、三〇年代の狂信的なインディヘニスモが蘇ったのかね」と、ポラスはため息をついた。「インフルエンザのように時期が来ると流行《はや》るのだから、とくにどうってことはないが。スラータスは、ピサロやスペインの征服や異端審問の罪を攻撃するビラを書いていたね。史学科では彼のような学生はご免こうむるよ。その奨学金を受けて、フランスに帰化し、《黒い伝説》を旗印にして研究するとよいのだ」

私は、その日、ミラフローレスのコリーナ通りのポラス・バレネチェア教授の家の書物がぎっしりつまった埃をかぶった書棚と、ドン・キホーテとサンチョ・パンサの小さな彫像のあいだで聞いた、マトス・マルの言葉をたいして気にとめなかった。だから、サウルにもそのことは話さなかったと思う。しかし、今、ここフィレンツェで思い出し、ノートをとってみると、その逸話が当時持っていた意味は大きい。あの共感、連帯意識、魂の惑乱、それをどう呼ぶにしろ、その頃、それは極点に達し、別のものに変化していたのだ。近視眼的にせよ、密林のインディオの世界観を彼ら自身の言葉で理解する必要性を自覚している民族学者に疑いをさしはさむことで、マスカリータは一体何を守ろうとしたのだろう？　土地にたいする不可侵の権利を原住民に与えて、ペルーの残りの人々に、密林を立入禁止区として宣言するというような妄想的なことを考えていたのだろうか？　我々の文化の堕落した毒気でアマゾンの文化が汚されるのを避けるために、だれもそこに近づいてはいけないというのだろうか？　サウルのアマゾン純粋主義は、そのような極論に達していたのだろうか？

大学で過ごした最後の日々、私たちはそれほど会わなかった。私も卒論を書くことで忙しかった。彼は法律学を事実上放棄していた。当時、民族学科と隣接していた文学部にたまに現れるとき、時々、彼と会うことがあった。私たちは、大学公園にある大きい屋敷の黄色い椰子《やし》の木の下で、コーヒーを飲み、煙草をふかしながら話した。成長して、異なった活動や計画で別の道を歩むようになってみると、最初の頃には親密だった友情も、散発的で表面的なものに変わっていきつつあった。私は彼に旅行について訊いてみた。というのは、いつでも彼は密林から戻ってきたところか、密林に出かけるところだったし、それに、マトス・マルのポラス教授への報告を聞くまでは、彼の大学での研究、すなわちアマゾン文化へのサウルの深まる専門化を、私は彼の旅と結びつけて考えていたからである。しかし、別れの言葉を交わし、彼が言語学研究所とシュネル夫妻を痛烈に批判したあの最後の会話をのぞいて、一九五三年から五六年にかけて何度も楽しんだいつ終わるともしれない、自由で信頼感にあふれた、隠しだてのない対話を二度とすることはなかった。

もし対話を続けていたとしたら、彼は、自分のもくろみを包み隠さず教えてくれただろうか？　たぶん教えてはくれなかっただろう。その種の決心、聖者や精神異常者の決心は公けにはならない。そのような決定は、人それぞれの理性の傾向のなかで、ぶしつけな視線に晒《さら》されることなく、心の襞《ひだ》で徐々に形を取り、他人の賛同を取りつけることもなく——他人はそれに賛同など決してしない——行動に移るものだ。また、その過程——計画の立案と行動の転換——において、悟りを開いた者であれ、精神異常者であれ、聖者は、人々から疎遠になり、ほかの人々が踏み入ることのできない孤独のなかに立て籠るだろう。私たちがもうそれぞれ別の人間になっていた、サン・マルコス大学での最後の数か月、マスカリータがそのような内的な革命を生きることができると、私は思ってもみなかった。ほかの人々よりも引っ込み思案というか、青春が終わった慎み深い存在――それが私の知っている彼であった。しかし、それは、彼と世界とのあいだに怖るべき醜さをさしはさんで、人との関係を難しくしているあの顔に、もっぱら理由を求めたからだ。彼は、それまでと同じように陽気で、愛想のよい、善良な人間だっただろうか？　彼はもっと真面目になり、無駄口が減り、以前ほど闊達《かったつ》ではなくなったように思う。もちろん、私はこのことについて記憶に自信はない。おそらく一九五三年に知り合ったときと同じように、にこやかで、お喋りなマスカリータであったのに、彼について書きたいというよからぬ誘惑に囚われて、その後の彼、もうそれからは私の知らない、それゆえに創造しなければならない彼とつなぎあわせるために、私の空想が彼を別の人間につくり変えてしまったのかもしれない。

しかしながら、服装や身体の特徴について、記憶に誤りはない。頭のてっぺんで渦をまいた、櫛《くし》の入れにくい赤毛は、炎のように揺れて、顔の上にかかっていた。顔の痣のない方は青白くそばかすが多かった。左右の眼は同じ大きさで、歯ならびはきれいだった。背が高く、痩せていて、大学の卒業式の日以外は、決してネクタイをしていなかったと思う。いつも、粗い木綿の安物のスポーツシャツで、冬はその上に不釣合な色のセーターを着、色褪せ、しわになったジーパンをはいていた。靴にはブラシがかかっていなかった。彼には親友がいたようにも、心を打ち明けられる友情があったようにも思えない。たぶん他の友情も私たちを結びつけていたものと同じように、きわめて鄭重ではあったが、表面的なものにすぎなかっただろう。たしかに、たくさんの知り合いが大学にも、彼の地区にもいた。しかし、考えや計画を、だれも彼の口から直接聞くことはなかっただろう。慎重に練った計画が、いつのまにか立ち消えになってしまったのは、自らの選択というより、状況のせいだったのだろう。私は、そのことをこの何年かよく考えた。だが、むろん、私にも永久にわかることはないだろう。

3

その後、地上の人々は、太陽が落ちていくほうへまっすぐ歩きはじめた。昔は、人々もじっとしていた。天の眼である太陽は動かなかった。眠ることもなく、いつも眼を開けて、私たちを見つめ、世界を暖めていた。その強い光をタスリンチは受けとめることができた。禍《わざわ》いも、風も、雨もなかった。女たちは清らかな子供を産んだ。何か食べたければ、川に手を突っ込むと、尾鰭《おびれ》をはねたサバロをつかむことができた。狙いも定めずに矢を放ち、山に踏み入ると、そこにシャクケイや、しゃこや、トロンペテロが矢に当たっていた。食べ物がなくなることは決してなかった。争いもなかった。川は魚であふれ、森は動物でいっぱいだった。マシュコもいず、地上の人々は強く、賢く、穏やかで、結束していた。安らかで怒りもなかった。それが昔の人々の暮らしだった。

行く者は、より良き者の霊に入って戻ってきた。だから、だれも死ぬことはなかった。《私の行く番だ》と、タスリンチは言った。彼は川岸に降りて、乾いた葉や枝で寝床とウングラビの屋根をこしらえた。それから、川岸を徘徊するロンソコに死体をかじられないように、尖った茎で柵を作った。横になり、旅立った。そして、しばらくすると、猟の名人や、すぐれた戦士や、習わしを守った者の上に乗って戻ってきた。地上の人々は一緒に暮らしていた。穏やかに。死は死ではなかった。それは、行き、還ってくることであった。弱めるどころか、それは人々をたくましくし、残った人々に旅立った者の知恵と力を付け加えた。《私たちは今日も、明日も生きていく》と、タスリンチは言った。《私たちは死ぬのではない。行く者は還ってきた。彼らはここにいる。彼らは私たちだ》

では、そんなに清らかなのに、なぜ地上の人々は放浪の旅に出たのか？　ある日、太陽が落ちはじめたためである。太陽が落ちてしまわないように、立ち上がれるように、太陽を助けてやるためである。そうタスリンチは言っている。

それが少なくとも私の知っていることだ。

太陽は月のカシリともう闘っただろうか？　おそらく。太陽は目を瞬《しばた》き、動きだした。光は消え、ほとんど見えなくなった。人々はふるえ、身体《からだ》をこすりあわせた。それが寒さだった。こうして、その後のことが始まったらしい。それから、薄暗い世界に慣れないでおどおどして、人々は自分の作った罠《わな》にはまり、バクの肉だと思って鹿の肉を食べ、ユカ畑から自分の家に帰る道がわからなくなってしまった。ここはどこだろう？　彼らは絶望し、盲人のようによろめき、さまよい歩いた。家族はどこにいるのだろう？　世界では何が起こっているのだろう？　風が吹きはじめた。風は唸り、手を差し出し、椰子《やし》の木のてっぺんを吹きさらい、ルプナを根元から引き抜いた。雨は、激しい音をたてて降り、洪水を引き起こした。溺れたウアンガーナの群れが、川のなかを足を上にして流れていくのが見えた。川は水路を変え、流木が溜め池を壊し、沼は川に変わっていた。魂は落ち着きを失くしていた。それは、もう旅立ちではなかった。それは死だった。何かしなければならないと人々は言った。何を、何をすればと、人々は左右を見まわして言った。タスリンチは《放浪に出よう》と言った。禍いに囲まれ、人々は真っ暗な闇の中にいた。ユカは不足しはじめ、川の水は悪臭を放っていた。行く者は、禍いに追いかけられ、雲と私たちの世界のあいだで迷い、もう還ってこなかった。踏みしめている大地の下では、死者の川、澱んだカマビリア川が流れているのが聞こえた。近づいてくるように、呼びかけるように。放浪に出ていくのか？　《そうだ》と、煙草をふかして夢の中に調べにいったセリピガリが言った。《出ていくんだ。出ていくんだ。放浪をやめたら、すべてが死に絶えてしまうことを忘れてはならない。太陽を引きずり降ろしてしまうことを》

こうして始まった。移動が、行進が。雨の日も、雨でない日も、土の上を、水の上を、山を登り、谷を降りて。深い森は、昼間なのに夜であった。平原は湖に似て、悪魔のカマガリーニに髪の毛を抜かれた頭のように、一本の草もなかった。《まだ太陽は落ちていない》と、タスリンチは人々を励ました。《よろめいたり、起き上がったりしているぞ。気をつけろ、居眠りをしているのだ。眼を覚まさせ、助けてやろう》ある者は病いに倒れ、ある者は死んでいった。だが、私たちは歩きつづける。何度月が出て、沈んだか、数えるために空の星で足りるだろうか？　おそらく足りない。だが、私たちは生きている。私たちは進んでいく。

人々は放浪しながら暮らしていくために、身軽になり、身のまわりのものを捨てなければならなかった。自分自身を捨てた。家を、家畜を、種播《たねま》きを、取り巻いている豊饒さを。肉がしょっぱい亀をひっくり返しにいく川辺の小さな砂場や、鳥がいっぱい囀《さえず》っている山を捨てた。必要な物だけを持ち、放浪に出発した。その行進は、森の与えた罰なのだろうか？　いや、乾季に魚捕りや猟に行くのと同じで、それは祝典だった。弓矢、毒の入った角、アチオテの染料を入れた筒、小刀、太鼓、身につけたクシュマ、袋、子供を背負う帯を携えていた。新しい生命は、放浪のなかで生まれ、年寄りは放浪のなかで死んでいった。朝の光が差しこんでくるなかを、身体に触れて揺れる茂みをかきわけながら、すでに一列になって歩いていた。男は武器を持ち、女は桶や籠を手に、みんな太陽を見つめて。私たちは進む道を見失わなかった。決心が固かったから、私たちは清らかでいられたのだろう。太陽は落ちていない、落ちきっていない。幸い、魂のように行き、戻ってくる。世界を暖めている。地上の人々も滅びなかった。ここに私たちはいる。真ん中にいる私、私を囲んでいるあなたたち。私は語り、あなたたちは耳を傾ける。私たちは生き、旅をする。それが幸福というものらしい。

しかし、人々は昔、この世界のために身を捧げなければならなかった。ほかの村だったら滅んでしまったような禍いや、苦難や、害悪に耐えなければならなかった。

そのとき、放浪する人々は休息しようとして立ち止まった。夜になると、ジャガーが吠え、雷神は嗄《しわが》れ声でいびきをかいた。不吉な兆しがあった。家のなかに入ってきた蝶が食べ物の桶に近づかないように、女たちはござを振って追い払った。ふくろうやチクアが鳴いているのが聞こえた。何が起こるのだろうと人々は驚いて言った。はたして夜半、川の水嵩が増え、翌朝には荒れ狂う水、数限りない流木、灌木、雑草、岸辺にぶつかってばらばらになっている死体が、人々を取り囲んでいた。小さな島と化したこの地上を、洪水が呑《の》み込んでしまわないうちに、木を切り、筏《いかだ》やカヌーを急いでこしらえた。泥水に飛び込み、漕ぎださなければならなかった。必死になって漕いだ。ある者は竿を押し、ある者は、右手から襲う流木や、左手の渦の口を指さして大声を張り上げた。漕手を呑み込もうとしてカヌーをひっくり返そうとする瞬間、ここだ、ここが水の下で罠をかけてじっと待ち伏せている王蛇ヤクママの尻尾だと叫んだ。森のなかでは悪魔の主のキエンチバコリは、大喜びで、マサトを飲み、多くのカマガリーニに囲まれて踊っていた。多くの人々が押し寄せる水で溺れ死んだ。水の下に隠れた流木で筏が砕かれ、家族がさらわれて。

その人々は還ってこなかった。腫れあがり、ピラニアに嚙まれた死体は、時々岸辺で見つかったり、川岸の木の根のあたりにひっかかっていた。見かけにだまされてはならない。こうして行く者はもう還ってこない。そのことをセリピガリは知っていたのだろうか？　もう知恵は戻ってきただろうか？　鳥や獣《けもの》が殻を食べてしまったら、魂は帰り道がわからなくなってしまうようだ。それは、どこかの世界で迷子になり、カマガリーニのような悪魔となって、一番下の世界まで降りていくか、サアアンカリテのような善い神となって、一番上の世界まで上がっていく。だから、人々は、昔、川や沼を、いやそれどころか浅い小川でさえ信頼していなかった。それには敵意を持っていた。川の上を進むのは、すべての道が絶たれてしまったときだけだった。おそらく、死にたくなかったからだろう。水は裏切り者だと彼らは言っている。水の中を進んでいくことは、死ぬことなのだと。

それが少なくとも私の知っていることだ。川の底、激流《グランポンゴ》の下は私たちの死体であふれている。それは、おそらく数知れないだろう。そこは、昔、息を吹き込まれたところ、死ぬために戻ってくるところだ。石にぶつかったり、尖った岩にあたって飛び散る水の嘆きに、死者は下の世界で耳を傾けているらしい。だから、激流《グランポンゴ》から先の起伏のある土地には亀はいないようだ。泳ぎがうまいけれど、どの亀もその流れを進むことができなかったのだろう。進もうとした亀は、溺れてしまったのだろう。今、亀も流れの底で、上の世界が震えているのを聞いている。そこで私たちマチゲンガ族が生まれた、そして、そこでいつかは死んでいくようだ。その激流《グランポンゴ》で。

ほかの人々も闘った。さまざまな闘い方がある。そのとき、放浪する人々は立ち止まり休息した。疲れはて、ほとんど話す気力もなかった。安全そうな山の一隅に落ち着いた。そこを清め、家を建て、屋根を葺《ふ》いた。その高台は、人々を溺れさせようと、キエンチバコリが氾濫を起こしても、水は届かないし、たとえ水が押し寄せてきたとしても、ゆうゆうと眺め、逃げられると考えていた。山を削り、焼き払ったあと、ユカを植え、バナナとトウもろこしの種を播いた。クシュマを織る野生の綿や、蛇を追い払う匂いを放つ煙草の木が生えていた。金剛インコはやってきて、人々の肩の上で囀っていた。山猫の子は、女たちの乳首を吸っていた。母になる者は森の奥深くに行き、赤ん坊を産むと、湯浴みをして、生まれた子供と一緒に戻ってきた。赤ん坊は、手や足を動かし、太陽の暖かさに満足そうに泣き声をあげた。マシュコはいなかった。月のカシリは、まだ禍いをもたらしていなかった。カシリは、もうその頃地上にいて、人々にユカの作り方を教えていた。おそらく悪い種をどこかに放っておいたのだろう。人々はそのことを知らなかった。何もかもうまくいっているように見えた。

ある夜、眠っていると、タスリンチはこうもりに嚙まれた。二本の牙で顔に嚙みつき、拳骨で殴りつけても、放そうとしなかった。それを引き裂かなければならなかった。ぐにゃっとした柔らかい骨で手はべとべとした。《これは兆《し》らせだ》と、タスリンチは言った。この兆らせは何を意味するのだろう？　だれにもわからなかった。知恵を失ったか、あるいは、まだその頃は、そういう知恵がなかったのだろう。彼らは放浪に出なかった。怖れながら待ちつづけた。すると、ユカやとうもろこしが大きくなる前に、バナナの収穫の前に、マシュコが襲ってきた。マシュコが来るのを感じなかったし、猿の皮でできた太鼓の音も人々は聞かなかった。突然、矢や槍や石が雨のように降ってきた。突然、大きな炎で家々は焼け落ちてしまった。守ろうとしたときには、敵はすでに多くの人々の首をはね、多くの女を連れ去っていったあとだった。丘で採った塩の入った籠をすべて、マシュコはかっさらっていった。こうして死んでいった者は、戻ってきただろうか？　それとも、死んでしまったのだろうか？　だれにわかるだろう。おそらく死んでしまったのだろう。おそらく彼らの霊は、盗賊たちを怒らせ、力づけるために行ってしまったのだろう。あるいは、だれにも守ってもらえず、森のなかをさまよっているのだろう。

どれくらいの人々が還ってきていないのか、だれにもわからない。矢を射かけられた者、石で打たれた者、槍の毒や悪い夢でふるえながら死んでいった者。マシュコに襲われて、人が減っていくのを見るたびに、タスリンチは天を指さして言った。《太陽が落ちる。何か悪いことを私たちはしたのだ。同じところにいつまでもいるうちに、私たちは堕落してしまったのだ。習わしを守らなければならない。清らかにならなければならない。また放浪に出よう》幸い、滅ぶ寸前に知恵が戻ってきた。人々は種播きをやめ、家を捨て、袋に入れて持っていけないものをすべて捨てた。首飾りや冠を身につけ、ほかの物には火を放ち、太鼓を叩いて、歌をうたい、踊りながら放浪の旅に出発した。ふたたび。天の世界のあいだに落ちかかっていた太陽は止まった。すぐに、人々は、太陽が眼を覚まし、怒ったように赤くなるのを感じた。《また、地上を暖めている》と、人々は言った。《私たちは生きている》と言った。そして、彼らは歩きつづけた。

こうして、あのとき、放浪する人々は丘に到着した。そこに丘があった。高く、清らかな丘は、雲の白い世界であるメンコリパツァへつづいていた。塩分を含んだ石のあいだを五つの川が躍るように流れていた。小鳩やしゃこ、ふざける子鼠や、蜜のような甘い蟻がいる、黄色い萱《かや》の茂るいくつもの小さな森に、丘は囲まれていた。岩も、地面も、川床も塩でできていた。地上の人々は、塩が決してなくならないと知って、静かに籠や袋や網に塩をいっぱいに入れた。彼らは満足していたように見える。塩を採りに行き、戻ってきた。塩はいくらでもあった。塩を探しに登ってくる人のために、いつでも塩があった。たくさんの人々が登ってきた。アシャニンカ族、アムエシャ族、ピロ族、ヤミナウア族。マシュコ族も登ってきた。丘のことを知らない者はいなかった。私たちはそこに行ったし、敵もそこにいた。だが、私たちは争わなかった。戦いも人狩りもなく、尊敬があったと言われている。それが少なくとも私の知っていることだ。それは嘘ではない。コルパと同じように、水飲み場と同じように。土が塩分を含み、動物がそれを舐《な》めにくるようなそんな山の隠れた場所で、動物が争いをするだろうか？　コルパでクビワイノシシがマハスを襲ったり、ロンソコがシンビージョ猿に噛みついたりするのを見た人がいるだろうか？　そういうことを動物はしない。そこで出会い、一匹一匹がそれぞれの場所で、静かに地面の塩や水を満足するまで舐める。コルパや水飲み場を見つけることは、とても良いことではないか。そこなら動物を捕《とら》えることはとても簡単だ。なぜなら、どの動物も警戒せず、信頼しきって、舐めているのだから。石が飛んでくるのを感じない。矢の音を聞いても逃げない。だから簡単につかまる。その丘は人間にとってもコルパ、大きな水飲み場だった。おそらく神秘的な力があったのだろう。アシャニンカ族は、そこは聖地で、石のなかでは精霊が話し合っていると言っている。おそらくそうなのだろう。たぶん話し合っているのだろう。人々は籠や袋を持ってやってきたが、彼らを狩る者はいなかった。彼らは互いの顔を見ただけだった。すべての人々にとって塩と尊敬があった。

その後、もう丘に登ることができなくなった。その後、彼らは塩を失ってしまった。その後、登ってきた者は人狩りにあった。縛られて、キャンプに連れられていった。それが木の流血だった。しっかりやれ、馬鹿野郎！　その後、この地は、人を探し、人狩りをするビラコチャだらけになった。連れられていった人々は、木の血を採り、ゴムを担いだ。しっかりやれ、馬鹿野郎！　キャンプは暗闇や雨よりもひどいものだったようだ。それは、禍いやマシュコよりもひどかった。私たちはとても幸運だった。私たちは旅をしていないだろうか？　ビラコチャはとても狡《ずる》がしこかったと人々は言っている。

ビラコチャは、人々が籠や網を持って丘に塩を採りに登ってくるのを知っていた。だから、ビラコチャは罠を仕掛け、銃を持って、待ち伏せしていた。罠にかかった者を連れていった。アシャニンカ族であれ、ピロ族であれ、アマウアカ族であれ、ヤミナウア族であれ、マシュコ族であれ。彼らにはだれでもよかった。木の血を採るための手、木の刻み目に突っ込み、ブリキの缶を並べ、乳液を集めるための指、運ぶための肩、ゴムの塊を持ってキャンプまで走ることのできる足さえあれば、捕えた者のだれでもよかった。おそらく逃げる者もあっただろう。しかし、ほとんど逃げられなかったと言われている。それは簡単なことではなかった。走るというよりも、飛ばなければならなかった。くたばれ、馬鹿野郎！　逃げようとした者は銃で殺された。マチゲンガか、死にやがって、馬鹿野郎！　《キャンプから逃げようとしても無駄だったよ。ビラコチャは、魔法の力を持っているからだ。何かが私たちに起こりつつある。私たちは何かをしたのだろう。精霊たちはビラコチャを助け、私たちを見放している。私たちに何か罪があるのだ。チャンビラの棘《とげ》にでも刺されるか、クーモの液を飲むか、したほうがいいのだ。自分の意思で、棘か毒を使ってこの世を去るのだったら、還ってくる見込みもある。だが、銃で死んだ者は戻ってこない。それは、カマビリア川の死者のあいだを、死んだまま永久に漂っていることだろう》と、タスリンチは言った。人々は滅んでいくように見えた。しかし、幸運ではないか。ここに私たちはいる。今も放浪をしながら。いつも幸福で。あのときから、もう人々は丘の塩を採りに行かなくなった。丘はそこにいつも通り高くそびえ、魂は清く、いつも太陽を真正面から見ていることだろう。

それが少なくとも私の知っていることだ。

今は小川が湾曲したところに住んでいるが、以前は、乾季がきて水がなくなると、取り残された亀がぐったりとしている湖の傍《そば》に住んでいたタスリンチは、放浪している。私は行って、彼に会った。訪ねてきたことを知らせるために遠くから角笛を吹いた。家の近くまで来たとき、大声で叫んで知らせた。《私ですよ。やってきましたよ》私のオウムも繰り返した。《私ですよ。やってきましたよ》だが、彼は迎えに出てこなかった。もしかすると、どこか別の場所へ引っ越してしまって、そこまで歩いてきたことは無駄足だったのかなと考えた。しかし、そうではなかった。家は、小川が曲がる、そこに今もあった。私は家を背にして迎えに出てくるのを待っていた。かなり待たなければならなかった。というのは、タスリンチは下の川辺にいて、丸太でカヌーを作っていたからである。

待っているあいだ、彼の妻を観察した。その近くで、彼女は機《はた》の傍に坐って、木綿糸をよくつぶしたパリージョ（フトモモ科の木）の根で染めていた。立ち上がりもしなければ、私を見ようともしなかった。私がいないかのように、まるで私が見えないかのように働きつづけた。この前に会ったときよりも、たくさんの首飾りをしていた。《カマガリーニの悪魔が近づいたり、マチカナリの魔法使いが呪いをかけたりしないように、たくさん首飾りを身につけているんですか?》と、私は訊いた。しかし、黙ったまま、何も聞こえないかのように手を休めず、糸を染めていた。腕にも、踝《くるぶし》にも、クシュマの肩や胸にも、たくさん飾りをつけていた。頭には、金剛インコ、オオハシ鳥、オウム、パウヒル、シャクケイのカナリの羽でできた虹のような冠をしていた。

ようやくタスリンチが現れた。《やってきましたよ》と、私は言った。《そこにいるんですか?》《うん、ここだ》と、タスリンチは答えた。会えて喜んでいた。オウムも《うん、ここだ。うん、ここだ》と繰り返した。彼の妻は立ち上がって、私たちが坐るござを二枚拡げた。鍋を持ってきて、焼きたてのユカをバナナの葉の上にあけた。マサトの入った壺も持ってきた。彼女も私に会えて嬉しそうだった。私たちは次の月が出るまで、休みなく話しつづけた。

彼の妻は、今、お腹が大きい。今度は子供は予定通り生まれ、死なないだろう。夢の中で小さな神がセリピガリにそう告げた。もし今までのように子供がまた死ぬとしたら、その女のせいで、カマガリーニのせいではないと言う。セリピガリは夢でたくさんのことを調べた。以前に子供を死産したのは、時期が来る前に、胎児を殺し、流産させてしまう薬を飲んだからだ。《それは本当ですか?》と、私は訊いた。彼女は答えた。《よく憶えていないわ。そうかもしれない。でも、わからない》《間違いなく、そうだ》と、タスリンチは請け合った。もし、今度子供が死んでいたら殺してやるぞと、彼は毒づいた。《もし死産だったら、毒矢の先で私を刺し、小川の近くにおいて、ロンソコの餌にでもしてちょうだい》と、彼女は言った。そして笑った。驚いてはいず、どちらかというと、私たちをからかっているようだった。

私はタスリンチに、どうしてそんなに子供が欲しいのかと訊いた。だが、タスリンチは子供のことを心配しているのではなく、妻のことが気がかりだったのだ。《子供がみんな死んでくるというのは、あまりないことだよ》と、彼は言う。もう一度、私の前で問い詰めた。《死産したのは、薬を飲んだからではないのか?》彼女は、私に言ったことを繰り返した。《よく憶えていないわ》《時々、こいつは妻ではなく、悪魔、ソパイじゃないかと思うよ》と、タスリンチは告白した。子供のことだけじゃない。別の魂を持っていて、禍いをもたらすのだ。身につけている腕輪、首飾り、冠、装身具。身体やクシュマにそんなにたくさんの物をつけている人がいるだろうか?　一体、そんな重い物をつけて、どうやって歩くのだろう?　《ほら、今、つけている物を見ておくれ》と、タスリンチは言った。彼は妻を傍に来させ、それを一つひとつ見せてくれた。草の種を通した首飾り、しゃこの骨の首飾り、ロンソコの骨、猿の脛《すね》、マハスの歯、虫の殻、憶えきれないくらいたくさんあった。《この飾りが悪い魔法使いのマチカナリから守ってくれると言うんだ。だが、時々、傍で見ていると、こいつがマチカナリで、だれかを魔法にかける用意をしているのじゃないかと思えてくる》と、タスリンチは言った。彼女は笑って、自分は魔法使いでも悪魔でもなく、ほかの女と同じで、ただの人間の女にすぎないと言った。

タスリンチは、妻を殺して、一人になってしまうことを怖れてはいなかった。《自分の魂から分かれたものを全部掠めていくような人間と暮らすくらいなら、それの方がずっといい》と言った。しかし、本心からそうなると考えてはいなかった。というのは、夢で占ったセリピガリによると、子供は生まれてきて、歩くようになるからである。《たぶんそうなるわ》と、木綿糸から眼を上げないで、彼女が楽しそうに笑って言うのを聞いた。二人は元気でいる。放浪している。タスリンチは、糸で編んだこの小さな網をくれた。《魚を捕るのに使うんだよ》と言った。ユカやとうもろこしももらった。《一人旅は怖くないかね?》と、私は訊かれた。《道中の不慮の事故に備えて、マチゲンガ族はいつも数人で森を通り抜けるよ》《私もいつも連れがいます》と答えた。《オウムが見えませんか?》《オウム、オウム》と、オウムが繰り返した。

この話を、以前ミタヤ川に住んでいたが、今はヤベロ川の奥の、山のなかに住んでいるタスリンチに話した。考えこんで、彼は言った。《私にはわからないね。その男は死産するというので、自分の妻がソパイだと疑っているのかね。ここにいる女たちは、死産どころか、時々、蛙や蜥蜴《とかげ》を産むよ。そうだとすると、この女どもは悪魔ということになる。たくさん首飾りをしているのは、悪い魔法使いだとだれが言ったのか? 私はそんな知恵は聞いたことがない。マチカナリは悪い魔法使いだ。悪魔に息吹きを吹き込んだキエンチバコリに仕えているし、ちょうど、セリピガリが、タスリンチが吹き込んだ小さな神々に、病気を治したり、呪いを解いたり、真実を見つけたりする手伝いをしてもらうように、マチカナリは、悪魔のカマガリーニの助けを借りて呪いをかけるから。だが、私の知っている限りでは、マチカナリもセリピガリも、どちらも首飾りをしているよ》

女たちは、この言葉を聞いて笑いだした。ヤベロの家には蟻のように多くの子供がいた。だから、死産するというのは本当ではなさそうだ。《食べさせなければならない口がたくさんあってね》と、タスリンチは嘆いていた。以前は、ユカを植える土地が良くなくても、いつもミタヤ川で魚が網にかかった。しかし、今はヤベロ川に流れ込む支流を遡《さかのぼ》ってなかに入っても、魚はいない。そこは暗く、蛙やアルマジロだらけの場所だ。土地は湿っていて、植物の根を腐らせてしまう。

アルマジロは、母親が不潔なので、食べると病気になったり、身体にできものができるから、その肉を食べてはいけないということは前から知っていた。だが、そこの人々は食べていた。女たちがアルマジロの皮を剝ぎ、肉をこま切れにして焼いた。タスリンチは指で摘《つま》むと、私の口に一切れ放り込んだ。私は心配になって、肉が喉につかえた。何も禍いは起こらなかったようだ。というのは、もし何かあったのなら、おそらくここを歩いていなかっただろう。

《タスリンチ、どうしてこんなに遠くに来たのですか？　あなたに会うのはたいへんでしたよ。そのうえ、この近くにはマシュコが住んでいるでしょう？》と、私は言った。《ミタヤの私の家のあたりに行ったのか？　ビラコチャにばったり出くわさなかったかね？》彼は驚いていた。《今、あのあたりはビラコチャだらけだ。とくに、以前住んでいた岸の反対側は》

よそ者たちは、何か月も前から、上っては下り、下っては上って、川を行き来しはじめた。山から来たプナルーナや多くのビラコチャがいた。彼らは通りかかったのではなかった。そこに腰をすえた。木を倒し、家を建てた。狩りをする銃の音が森に轟《とどろ》いた。

彼らと一緒に放浪している人々もやってきた。もう人間ではなくなり、着ているものも、話し方も、ビラコチャになってしまった連中、激流《グランポンゴ》の対岸を上がったところに住んでいる連中のなかから何人かが。彼らは、ミタヤ川にいる連中を手伝いに来た。タスリンチのところにも来た。一緒になって、原野を焼き、川に沿う道を拓くために石を運ぼうと、タスリンチを説得しようとした。《何にも危害を加えない》と言って、タスリンチにしきりに勧めた。《料理のできる女も連れてきてくれ。わしらを見てごらん。わしらが何かされただろうか？　もう、木の流血とは違うんだ。あの頃は、たしかにビラコチャは悪魔で、木のようにわしらの血を絞りとり、わしらの魂を盗もうとした。今はそうじゃない。この連中と好きなときだけ働けばいい。食べ物も、ナイフも、山刀《マチェーテ》も、魚を捕る銛《もり》もくれる。もしそこに残ったら、銃ももらえるよ》

かつて人間であった連中は満足しているようだった。《わしらは幸運だよ》と言った。《わしらを見てみるがいい。わしらにさわってみるがいい。あんたも、わしらみたいになりたくはないかね？　こつを覚えるのさ。わしらがしているようにやるんだよ》タスリンチはそうすることにした。《いいだろう。どれ、見にいこう》と、彼は言った。ミタヤ川を渡り、ビラコチャのキャンプまで後についていった。だが、そこに着いたとたん、計略にかかったことに気づいた。悪魔に取り囲まれていた。タスリンチ、どうしてそれがわかったのか？　なぜかというと、何をさせたいのか要領をえない説明をしていたビラコチャは、すぐに魂が汚れていることを露呈したからだ。タスリンチ、どのように？　一体、何があったのか？　そのビラコチャはタスリンチに訊いた。《あんたは山刀をうまく使えるかね？》……そして、突然、彼は顔をゆがめ、しかめて黙った。口を大きく開けて、はくしょん、はくしょん、はくしょん。立て続けに三度くしゃみをしたようだ。眼は涙がにじみ、火のように赤くなった。タスリンチは、それまでそんなに恐怖を感じたことはなかった。《眼の前にいるのはカマガリーニだ》と思った。《悪魔の顔だ、あのくしゃみは悪魔の声だ。今日でおしまいだ》と考えた。《悪魔だ、悪魔だ》まるで水から出てきたように、身体から汗が吹き出した。悪寒がして、骨はきしみ、夢で占うときのように身体のなかが見えた。動こうとして必死で力を入れなければならなかったと、彼は言う。脚がふるえて、思うようにならなかった。やっと動かすことができた。ビラコチャは、正体を見破られたことも知らないで喋《しゃべ》っていた。緑色の鼻汁を鼻から流していた。何もなかったかのように、ちょうど私が、今、話しているように、彼は話した。だが、タスリンチがみなまで言わせず、走って逃げるのを見て、ビラコチャはあわてた。その場にいた、かつて人間であった連中は、タスリンチをとめようとした。《驚くことはない。何でもない》と、タスリンチに嘘を言った。《ただのくしゃみだよ。殺したりしないよ。薬もある》タスリンチは、わかったふりをして自分のカヌーに乗った。《わかった。戻ってくる。すぐに帰ってくる。待っていてくれ》まだ歯はがちがち鳴っていたようだ。《悪魔だ》と、彼は考えた。《おそらく、今日でおしまいだ》

岸の反対側に来ると、女や子供を集めた。《禍いがやってきた。カマガリーニが取り囲んでいる》と告げた。《遠くに行かなければならない。出発だ。おそらく、今なら間にあう。今なら放浪に出ることができる》彼らはそうした。それで、今、ヤベロ川の支流の山のなかで暮らしているのだ。タスリンチによると、ビラコチャはそこまでこない。マシュコもやってこない。彼らはこういう場所に慣れることもできない。《こういう場所に住むことができるのは、放浪する人間だけさ》と、タスリンチは誇らしげに言った。私に会えて喜んでいた。《ここまで訪ねてくるとは思ってなかったよ》と、タスリンチは言った。女たちは髪を引っ掻きながら、繰り返した。《逃げることができてよかったわ。もし逃げてこなかったら、私たちの魂はどうなっていたかしら?》女たちも私に会えて喜んでいるようだった。私たちは、飲んだり食べたりして何か月も話し合った。彼らは私にいつまでもいてほしがった。《どうして行ってしまうんだね?》と、タスリンチは言った。《まだ君の話は終わっていない。話を聞かせておくれ。まだ話すことがたくさん残っているだろ》彼の勧めに従っていたら、今でもヤベロ川にいたことだろう。

家はまだ建っていなかった。しかし、すでに地面はさらえ、棒や葉を切り、屋根を葺く藁束《わらたば》も揃っていた。今いる場所には椰子の木も藁もないので、それをもっと下から運び上げなければならなかった。彼の娘の一人との結婚を望んでいる若者が近くに住んでいて、ユカの種を播くため、もっと上の方に土地を探そうとしているタスリンチを手伝っている。蠍《さそり》が多いので、二人で隠れていそうな穴を煙でいぶして、蠍を追い出している。夜になると、こうもりがたくさんでる。子供の一人は寝ているあいだに、焚き火から離れてしまったので、噛まれた。ほかでは見られないことだが、雨の降っているときでさえ、こうもりが食べ物を探しにくるそうだ。ヤベロ川のあたりは、ほかの場所とは動物の習性が違うんだよ。《いろいろわかってきたところさ》と、タスリンチは言った。《新しい場所での暮らしは大変でしょう?》と、私は口をはさんだ。《こんなものさ》と、タスリンチは答えた。《自分の場所を捨てて出ていくことは悪いことではない。かなりの年月を放浪してきたことも悪いことではない。場所が絶えず変わることも悪いことではない。もし移動をやめたら、私たちはどうなるだろう?　そういうことをすれば、どこも知れず、私たちは消えてしまうだろう。木の流血のときには、たくさんの人間にそういうことが起こった。それに比べれば、私たちがどんなに幸運か表す言葉が見つからないよ》

今度、そのタスリンチに会ったら、くしゃみをするのが悪魔で、死産をし、南京玉の首飾りをたくさんした女は、悪魔ではないということを言っておいてくれと、ヤベロ川のタスリンチは、冗談を言って女たちを笑わせた。その後、今からあなたたちにする話をしてくれた。もう何か月も前、最初の白人の神父たちが激流《グランポンゴ》のこちら側に現れはじめたときのことを。彼らは、もう対岸の、あの高いところに住んでいた。コリベニやチルンビアに家を作っていた。だが、まだこちらの下流にはやってきていなかった。最初に激流《グランポンゴ》を渡ってきた神父は、放浪している人がいると聞いて、ティンピア川の方へ行った。私たちの言葉を習得していた。何か話をしていたようだ。彼が言いたいことが人々にはわかった。彼はいろいろなことを訊いた。そこに落ち着いた。人々は彼が地面をならし、家を建て、畑を拓くのを手伝った。彼は出ていっては戻ってきた。食べ物や、釣り針や、山刀を持ってきた。放浪をしている人々は彼と打ち解けた。彼らは満足しているように見えた。太陽は自分の場所でじっとしていた。しかし、あるとき、旅から帰ってきた白人の神父は、顔は同じでも、魂は別のものになっていた。彼はカマガリーニに変わり、禍いを持ってきた。だが、だれも気づかなかった。だから、旅に出ようとしなかった。おそらく、人々は知恵を失ってしまったのだろう。それが少なくとも私の知っていることだ。

白人の神父は、ござの上に寝ていたが、人々は彼がしかめ面をしているのを見た。はくしょん、はくしょん。人々が近づいて、《何をしているのか?》《どうして、そんなに顔をしかめるのか?》《その音は何?》と訊くと、彼は《なんでもない。すぐに終わる》と答えた。だが、禍いはすべての人々の魂のなかに入ってしまったあとだった。子供、女、年寄りの。金剛インコ、パウヒル、山豚、しゃこ、すべての動物も。彼らもまた、はくしょん、はくしょん。人々は最初笑っていた。それが楽しい夢のようなものだと思っていた。彼らはふざけて、胸を叩き、押し合った。顔をゆがめて。はくしょん。鼻水を出し、口からは涎《よだれ》をたらして。唾を吐いて笑っていた。しかし、すでに放浪に出ていくことはできなかった。手遅れだった。もう魂は粉々に壊れ、頭のてっぺんから抜けはじめていた。何もかも諦めて成行きに任せるしかなかった。

まるで身体のなかで火がついたかのような熱さを人々は感じた。身体は炎が燃え上がるように熱かった。川で水を浴びたが、水は火を消すどころか、煽《あお》りたてただけであった。その後、今度は一晩中、雨に打たれたようなひどい寒さが襲ってきた。太陽は黄色い眼で見つめていたが、人々は気分が悪くなり、怯《おび》え、眼に映るものも、知っているはずのものもわからなくなっていた。指に棘が刺さったように、身体のなかに禍いが入ってしまったと思って、怒った。兆《し》らせの意味が理解できなかった。白人の神父が最初のくしゃみをしたときに、旅に出ていかなかった。シラミまで死んでしまったようだ。そこを通った蟻、黄金虫《こがねむし》、蜘蛛も死んでしまったと人々は言っている。だれ一人としてテインピア川のその場所に戻ってきて暮らしていない。山がふたたびすべてを覆ってしまったから、今ではどこだったかもわからない。そこは通らないで、避けて迂回したほうがよい。異臭を放つ白い煙や、鋭い口笛でそこだとわかる。こうやって行く者の魂は、還ってくるのだろうか？　だれにもわからない。おそらく還ってくる。そうでなければ、おそらく死者の旅路、カマビリア川の水の上を漂っているだろう。

私は元気でいる。旅を続けている。今は変わりはない。だが、私も以前、病気になったことがある。そのとき、川の傍に枝で仮屋を作るときがやってきたと覚悟した。盲目のタスリンチの家を訪ねて、カシリアリに向かっていたのだが、歩いているうちに、突然、すべての力が抜けてしまったのだ。足に斑点ができているのを見て、やっと気づいた。これはどんな禍いだろう？　何が身体のなかに入ったのだろう？　私は歩きつづけた。しかし、カシリアリまではまだかなりあった。坐って休んでいると、身体がふるえてきた。周囲を見まわしながら、どうしたものか思案した。やっとフロリポンディオの木を見つけ、できる限り葉を引きちぎった。煎じ薬を作ると、身体のあちこちに塗った。それから、もう一度、椀の水を温め、セリピガリがくれた石を真っ赤になるまで熱して、そのなかに入れた。眠気が襲ってくるまで湯気を吸い込んだ。私はそこに何か月もいた。どれくらいいたのかわからない。歩くどころか、坐ることもできず、ござの上に身体を倒して。身体の上を蟻が通っていったが、払いのけなかった。口の近くを通るやつをぱくっと食べた。それが唯一の食べ物だった。夢の中でオウムの呼ぶ声が聞こえた。《タスリンチ、タスリンチ》うつらうつらし、身体は死んだように凍えていた。おそらく、大きな悲しみを私は感じていただろう。

そのとき、数人の男が現れた。私は彼らの顔を見上げた。男たちは屈んで、私を覗きこんだ。一人は私を足でけった。私は口がきけなかった。放浪している人々ではなかった。幸いマシュコでもなかった。おそらく、アシャニンカだったと思う。というのは、喋っていることが少しはわかったからだ。彼らは私を見ながら、話しかけてきた。声が遠くに聞こえたが、私は返事ができなかった。私がカマガリーニかどうかを論じ合っているようだった。それから、森のなかで悪魔のようなものに出会ったら、どうすべきかについても話し合っていた。道で私のような者に出会ったら、禍いが起こる。だから、念のために殺してしまうのがよいと一人が言った。話はなかなかまとまらなかった。長いあいだ、話し合い、考えていた。しかし、私にも運があったのか、最後に介抱することに決まった。彼らはユカを置いていってくれたが、それをつかむ力もないのを見て、一人が口に一切れ放り込んでくれた。それは毒ではなかった。ユカだった。彼らは残りをバナナの葉に包んで、この手にのせてくれた。おそらく、すべては夢だったのかもしれない。私にはわからない。しかし、気分がよくなり、力が戻ってきたとき、そこにユカがあった。ユカを食べた。オウムも食べた。私は旅を続けることができた。時々、休みをとりながら、ゆっくりと進んだ。

　カシリアリ川の盲目のタスリンチのところへ着いたとき、自分の身に起こったことを話した。彼は私に煙を吹きかけ、煙草を煎じた。《それは君の魂がいくつもに割れてしまったんだな》と説明した。《禍いが君の身体に入った。どこかのマチカナリが、君に禍いを起こしたのさ。君がうっかりしていて、マチカナリの道を通ったからだよ。君の身体は、魂のクシュマにすぎない。蚕の繭《まゆ》のような魂を包み込むマント。君の魂は、君のなかに侵入した禍いから身を守ろうとしたんだ。魂は一つであることをやめ、たくさんの魂に分かれて、禍いを混乱させようとした。禍いは、できる限り魂を盗んだ。一つ、二つ、そして、いくつも。だが、たくさんかき集めることはできなかったのだろう。なぜなら、そうだったら君は完全に死んでいたはずだ。トエ（低木で、煎じた葉は鎮痛、麻酔の効果がある。アヤウアスカと混ぜても使う）の水で身体を清め、湯気を吸い込んだことは悪くない処置だ。しかし、もっと抜かりのないやり方を本当はすべきだった。頭のてっぺんにアチオテの汁を赤くなるまですり込むのだよ。そうしておけば、禍いは君の魂を持って出ていけなかった。そこが、出口であり、入口だから。アチオテはその道を塞いでしまうのだ。中に閉じ込められたと思うと、禍いは力を失い、死んでしまう。身体は家と同じなのさ。家に入ってきた悪魔は、魂を盗んでも、もっとも高い天井のてっぺんから逃げ出せないのではないだろうか？天井の先端の木を組むとき、なぜ細心の注意を払うのか？それは、寝ている者の魂がたとえ悪魔に盗まれても、その悪魔を逃がさないためだよ。身体も同じことだ。魂を失くしたために、身体から力が抜けるように感じたのだ。しかし、それはもう君のところへ戻ってきた。だから、君はここにいる。カマガリーニが眼を離したすきに、魂たちは、キエンチバコリのもとから逃げ出してきたのだろう。君を捜して、戻ってきたのだろう。君は魂たちの住家《すみか》じゃないだろうか？　魂は、倒れた場所で、息が切れかかり、死にかかっている君を見つけたのだろう。魂は身体に入り、君は生き返った。今、君のなかで魂は一緒になっている。今は、また一つになっている》

それが少なくとも私の知っていることだ。

カシリアリの盲目のタスリンチは元気でいる。ほとんどいつも眼が見えないが、畑をきれいにすることができる。彼は放浪している。今では、失明する前よりも、夢の中でもっと物事がはっきり見えるようになったそうだ。身に起こったことは運命なのだろう。

彼はそう考えている。眼が不自由なことで自分が困ったり、まわりに迷惑をかけたりしないように、さまざまなことに身体を慣らしている。この前会いに行ったとき、這いまわっていた末の息子が亡くなっていた。脚を毒蛇に咬まれたためだ。気がついたとき、タスリンチは薬を煎じ、子供を救おうとできる限りのことをした。だが、手遅れだった。色が変わりはじめ、ウイットのように黒くなり、死んでしまった。

しかし嬉しいことに、両親はもう一度子供に会うことができた。

それはこういうことだ。

両親は、セリピガリのところへ行って、子供を失くした悲しみを訴えた。《せがれがどうなっているか、どこの世界にいるのか、調べてくれ。一度でいいから、私たちに会いに戻ってくるように言っておくれ》と言って頼んだ。セリピガリは願いをかなえてやった。夢の中で、魂はサアアンカリテに案内されて、清らかな精霊の川であるメシアレニ川まで旅をした。そこで子供を見つけた。サアアンカリテたちが子供を洗い浄め、育ててくれていたのだ。今では家も持ち、もうすぐ妻を迎えようとしていた。だが、両親が悲しんでいるということを話して、セリピガリは一度だけこの地に戻るように説得した。彼は約束し、それを果たした。

盲目のタスリンチは、カシリアリの家に新しいクシュマを着た一人の若者が、まもなく現れたと言っている。もう、子供ではなく、立派な大人だったけれども、だれにでも彼だとわかった。盲目のタスリンチは、放つ香りで息子だとわかった。若者はみんなのあいだに坐り、ユカをほおばり、マサトを飲んだ。そして、魂が頭の上から出てからの自分の旅のことを話した。暗かったけれど、死んだ魂の川へと降りていく洞窟の入口を見わけることができた。カマビリア川に出て、沈むことなく、その澱んだ川を漂っていった。手足を動かす必要はなかった。雲のような銀色の流れに、ゆっくりと運ばれていった。おそらく岸辺には激流《グランポンゴ》の岩よりも切り立った岩のある、広いカマビリア川をほかの魂も旅していった。ついに、流れが分岐しているところに着いた。そこは、ガマイロニに降りて苦しまなければならない者を、絶壁の滝や渦がさらっていくところである。川の流れが魂を篩《ふる》いわけていった。盲目のタスリンチの息子は、水が自分を絶壁の滝から遠ざけていくのを感じてほっとした。メシアレニ川を通って、もっと上の世界、太陽の世界、インキテに昇っていく者と一緒にカマビリア川の旅を続けていくことを知ったときは、嬉しくてならなかった。そこに行くために、さらに長い旅をした。すべての川が流れ込んでくるこの地の果て、オスティアケを通らなければならなかった。そこは怪物だらけの沼地の地方である。月のカシリは、悪事を企んで時々そこに降りてくる。

魂は、空の雲が消え、星が清らかに水に映えるのを待った。それから、タスリンチの息子は、旅の仲間と光の階段メシアレニ川をインキテまで上がっていくことができた。サアアンカリテたちは、祝宴を開いて迎えた。彼は、自分がこれから育てる甘い果物を食べ、暮らす家を教えてもらった。今度向こうに戻ったら、花嫁の輿入れの支度をしてくれるそうだ。彼は一番上の世界に満足していたようだ。毒蛇に咬まれたことも、もう憶えていなかった。

《ここが恋しくなかったかい？》と、親戚の人々は訊いた。うん、少し。母親が乳を飲ませてくれたときに感じた幸せ。カシリアリの盲目のタスリンチによると、若者は、一言頼むと、母親に近づいて、クシュマを開け、生まれたばかりの赤ん坊のようにやさしく乳首を吸った。乳が出ただろうか？　さあ、どうだろう。しかし、おそらく若者は幸福だった。満足して両親に別れを告げた。

タスリンチの妻の妹も、二人亡くなった。一人はカシリアリへやってきたプナルーナが略奪していって、何か月も飯炊きや、妻のようなことをさせた。髪を切り、食べ物を口にせず、だれとも話さず、夫をも遠ざけて、純潔でいなければならない時期だった。身に起こったことで、妹を責めなかったとタスリンチは言っている。しかし、彼女は自分の運命に苦しんでいた。《もうだれかに話しかけてもらえるだけの値打ちがない》と、彼女は言った。《生きる値打ちがあるかどうか、私にはわからない》日が暮れると、ゆっくりと岸辺に行き、小枝で寝床をこしらえ、チャンビラの棘を自分に刺した。《悲しみのあまり、そんなことをするのじゃないかと思っていたんだ》と、盲目のタスリンチは言った。人々は、彼女が禿鷹《はげたか》につつかれないように二枚のクシュマで包んだ。それから、カヌーに乗せて川の真ん中で流したり、土に埋めるのではなく、木の上のほうに吊した。それはなかなか上手いやり方だが、太陽の光が朝夕彼女の骨を舐めている。タスリンチはその場所を教えてくれた。私は仰天した。《高いなあ。どうやってあんなところまで登ることができたのですか?》《私には見えない。でも、木をよじ登るためには、眼ではなく、手と足があればいいからね。私の手足はまだ頑丈だよ》と言った。

カシリアリの盲目のタスリンチの妻のもう一人の妹は、ユカ畑からの帰り、谷に転げ落ちた。タスリンチは、いつもアグチ鼠がかかるという、畑のまわりに仕掛けた罠を調べに行かせた。ところが、朝が過ぎたのに、戻ってこない。みんなで捜しに行くと、谷の底で倒れていた。たぶん、崖が崩れて足を取られたか、すべって転んだのだろう。しかし驚いたことに、深い谷ではなかった。下まで飛び降りても、転げ落ちても死なないような場所だった。それなのに死んでしまい、魂の抜けた空っぽの身体は、谷底まで転がっていったのだろう。カシリアリの盲目のタスリンチは言った。《あの子は、理由も言わないで行ってしまう気がしていたんだ》だれも聞いたことのない歌をよくうたっていた。妙に興奮して、だれも知らない場所のことを口走ることがあった。傍《そば》で聞いている人がいないと、動物から秘密を教えてもらっていたようだ。タスリンチによると、それは人がまもなくいなくなる兆しだという。《もう二人も行ってしまったので、今は分ける食べ物が前よりあるよ。ありがたいことに》と冗談を言った。

タスリンチは、幼い息子たちに狩猟を教えた。あらゆる場合に備えて、一日中、子供を鍛えている。覚えたことを私の前でやってみるように子供たちに言った。たしかに、よちよち歩きをはじめた子供でさえ、弓や刀を上手に扱える。罠を仕掛けることや魚を捕ることもうまい。《見ての通り、これなら腹を空かせることもないさ》と、タスリンチは言った。私は彼の元気なところが好きだ。どんなことも悲しまない。何日か一緒に暮らし、釣り針をつけたり、罠を仕掛けたりするのに付き合い、畑をきれいにするのを手伝った。まるで眼が見えるかのように身体を二つに折り曲げて、草取りをしていた。私たちは、なまずのスンガロがいる沼にも行った。しかし、何も捕れなかった。飽きずに私の話に耳を傾けてくれた。私に同じ話を何度もさせた。《君がいなくなったら、君が、今、話していることを、今度は私が話してやるんだ》と言った。

《私たちと違って、語り部のいない人々の生活は、どんなにみすぼらしいものだろう》と、彼は考えに耽った。《君が話してくれるから、まるで、同じことが何度でも起こるようだよ》私が話しているあいだに寝てしまった自分の娘の一人を、タスリンチは叩いて起こした。《聞くんだよ。この話を聞き逃してはいけないよ、ちびさん。キエンチバコリの悪事を知っておくんだ。彼のせいで降りかかった禍いや、カマガリーニがその気になれば今でも起こすことのできる禍いを、しっかり心にとめておくんだ》と言った。

今では、以前にはよく知らなかったキエンチバコリのことを私たちは知っている。キエンチバコリがインキロ(おたまじゃくし)のように、たくさん腸《はらわた》を持っていることを知っている。私たちマチゲンガ族を憎んでいることを知っている。彼は私たちを何度も滅ぼそうとした。マシュコから禍いまで、この世のあらゆる悪に息を吹き込んだことを知っている。尖った岩、暗い雲、雨、泥、虹は彼が息を吹き込んだものだ。シラミ、蚤、砂蚤、蛇、毒蛇、鼠、蛙。彼は蝿や、蚊や、こうもりや、へらこうもりや、蟻や、禿鷹に息を吹き込んだ。皮膚が焼けただれたり、食べることのできない植物に息を吹き込んだ。容器を作ることには使えるが、ユカを植えることができない赤土にも。私はこのことをシバンコレニ川でセリピガリから教えてもらった。おそらくキエンチバコリの息がかかったものを一番よく知っているセリピガリから。

キエンチバコリが、もう少しのところで私たちを滅ぼしそうになったのは、そのときのことだ。それはすべてが満ちあふれていた時代ではなかった。木の流血の時代でもなかった。木の流血の時代よりも前で、すべてが満ちあふれていた時代よりも後のことのようだ。一匹のカマガリーニが人間に化けて現れて、放浪している人々に言った。《本当に助けが必要なのは、太陽ではない。太陽の父、月のカシリだよ》と、カマガリーニは不安にさせるような口調でわけを説明した。強い太陽を瞬《まばた》きしないでしっかり見ようとすると、涙が出てこないだろうか？　一体どんな助けがいるのだろう。倒れたり、立ち上がったりするのは悪知恵だよ。でも、弱い光の、心のやさしいカシリは、困難な条件のもとで必死に闇と闘っている。もし、夜、月が空で見ていなかったら、完全な暗がり、深い闇が支配するだろう。人は破滅に陥り、毒蛇に咬まれ、カヌーを見つけることも、ユカを作りにいくことも、狩りにも行けなくなる。囚われ人のように同じ場所で暮らしている人々に、マシュコは忍びよってきて、矢を射かけ、首を切り落として、魂を盗んでいくだろう。太陽が落ちてしまったら、夜になる。しかし、月がある限り、夜は薄暗がりになるだけで、完全に夜にはならず、人々の暮らしが続いていく。だから、カシリを助けるべきではないだろうか？　それがもっと理に適ったことではないだろうか？　人々がそうすれば、月の光はもっと強い光を放ち、夜はそれほどの夜ではなくなり、歩くのに十分な薄明かりになる。

こういうことを言っていたのは人間に見えたが、カマガリーニだった。それは、この世に不幸を播こうとして、キエンチバコリが吹き込んだカマガリーニの一匹だった。人々は、以前はそのことを知らなかった。いつも悪魔が村にやってくるときのように、その男は大嵐のさなかにやってきたけれど。おそらく、昔は人々は理解できなかった。もし雷神がわめき、どしゃぶりの雨が降ってきたときに、だれかが現れるとしたら、それは人間ではなく、カマガリーニである。今、そのことを私たちは知っている。人々は、まだそんなことがわかっていなかった。だから、カマガリーニの言うことを信用した。習慣を変え、以前、昼間にしていたことを今は夜にし、夜にしていたことを昼間にしはじめた。こうすれば、月のカシリがもっとかがやきを放つだろうと思ったのだ。

太陽が空に眼を覗かせると、屋根の下に入って互いにこう言いあった。《休もう》《焚き火をしよう》《坐って語り部の話を聞こう》彼らはそうした。太陽とともに休み、日が暮れかかるまで語り部の話に耳を傾けた。それから、伸びをして言った。《生活をする時間だぞ》夜、旅をし、夜、狩りをし、夜、家を建て、夜、山を切り拓き、ユカ畑の草や雑草を引き抜いた。新しい生活の仕方に親しんでいった。もう光のある時間に戸外にいることができなかった。太陽の熱は肌を焦がし、太陽の炎のような眼で、人々は目がくらんだ。眼をこすって言った。《見えない。なんて強い光なんだろう。憎らしいやつだ》一方、夜、眼は暗がりに慣れていた。あなたたちと私が昼間そうであるように、暗がりのなかで見ることができた。《本当だ。月のカシリは、私たちの助けに感謝している》と、人々は言った。彼らは自分のことを言いはじめた。この地上の人ではなく、放浪する人でもなく、語る人でもない。闇の中の人間だと。

なにもかもうまくいっているようだった。人々は満足していた。暮らしに困らなかった。心は穏やかだった。行く者は還ってきた。食べ物が不足することもなかった。《私たちは義務を果たし、賢い人間だ》と、彼らは言った。だが、間違っていたようだ。知恵を失くしてしまった。みんなカマガリーニに変わりだした。しかし、いろいろな事件が起こるまで、人々は怪しまなかった。ある日のこと、夜が明けると、タスリンチの足があったところに鱗《うろこ》と尾鰭《おびれ》が生えてきた。それは馬鹿でかいカラチャマのようだった。そう、水と泥地に棲み、泳ぐことも歩くこともできる魚。難儀そうに足を引きずりながら、地上での生活には耐えられない、水が恋しいと悲しそうにつぶやくと、沼に飛び込んだ。何か月か経ったとき、タスリンチが眼を覚ますと、腕のあった箇所に羽が生えていた。彼はひょいと飛び上がった。蜂鳥のように羽ばたくと、上昇し、木々の上に消えていくのを人々は見た。タスリンチの鼻が大きくなってきた。子供たちは父親だとはわからなくて、驚いて叫んだ。《クビワイノシシだ！　あれを食べよう》タスリンチは自分がだれなのかを言おうとしたが、それは唸り、吠える声にしかならなかった。彼はひょこひょこ逃げなければならなかった。腹を空かせて《あれをつかまえよう、あれを取り押さえよう》と言いながら、矢を射かけたり、石を投げてくる人々に追われて、愚かなことに、まだほとんど使う方法もわからない四肢を一生懸命に動かした。

この地から人間はいなくなっていった。ある者は鳥になり、ある者は魚になり、ある者は亀になり、ある者は蜘蛛になり、小さな悪魔のカマガリーニの生活を始めた。《どうしたのだろう、この不幸は一体何だろう?》残った人々は、呆然として言い合った。彼らは怯え、盲人になり、気がつかなかった。また知恵を失くしたのだった。《私たちは滅んでしまう》と、彼らは嘆いた。おそらく悲しんでいたことだろう。しかも、この混乱のさなかに、マシュコが襲ってきて、人々を殺戮《さつりく》した。マシュコは人々の首をはね、女をさらっていった。破局は避けられないように見えた。だが、そのとき、絶望のなかで一人が思い出した。《タスリンチに会いに行こう》

それは、ティンピア川の滝の裏で一人暮らしている年老いたセリピガリだった。セリピガリは黙って、話を聞いていた。それから、人々の住まいまで一緒に行った。彼は世界を支配している無力と無秩序を、目やにの多い眼で眺めた。何か月も口もきかず、物《も》断《た》ちをし、心を集中し、瞑想した。夢で占うために薬を煎じた。緑色の煙草の葉を臼で挽き、前掛の上で葉を絞りとったあと、水を加え、液が濃くなり、ぼこぼこ泡だつまで鍋で煮たてた。アヤウアスカの根も突きつぶして、黒っぽい液を絞りだし、いったん煮たあと、そのままにして冷ました。人々は焚き火を消し、真っ暗になるようにバナナの葉で家を包んだ。セリピガリはみんなに次から次へと煙を吹きかけ、歌をうたった。人々も歌って応じた。そのあと、歌いながら、セリピガリは煎じた薬を飲んだ。人々は、はやる気持を抑えながら見守っていた。セリピガリは一握りの葉を揺らして、歌いつづけた。何を言っているのか人々には理解できなかった。はたして、人々は、霊に変じた影が、小屋の大黒柱を昇ると、悪魔が魂を盗んでいったときに通ったのと同じところから天井に消えていくのを見た。しばらくして、戻ってきた。自分の身体を持っていた。しかし、もう彼ではなく、サアアンカリテになっていた。怒って人々を叱りつけた。人々に昔はどのようであったか、昔は何をしたか、放浪を始めてからの多くの犠牲を思い出させた。どうして宿敵の狡《ずる》がしこさにだまされてしまったのか？　月のカシリのために、どうして太陽を裏切ることができたのか？　生き方を変えたために、世界の秩序を混乱させ、旅立った者の魂は迷ってしまった。暗闇の中ではうろうろするばかりで、魂は自分の身体がわからなかったし、間違っているのかどうかもわからなかった。おそらく、そういうわけで不幸が起こったのだろう。結局、行き、還ってきた魂は、この世の変化に戸惑い、また行ってしまった。彼らは孤児《みなしご》のように、風のなかを嘆き悲しみながら、森をさまよっている。魂という支えを失った打ち捨てられた肉体は、カマガリーニが忍び込んで、もてあそんだ。だから、羽や、鱗や、大きな鼻や、爪の鋭い足や、針が生えてきたのだ。しかし、まだ遅くはなかった。一匹の悪魔が人間の衣装を着て、人々のあいだに紛れ込み、破壊と汚れを持ち込んだ。人々は悪魔を殺すことに決めて、捜しまわった。しかしカマガリーニはもう森の奥深くへ逃げてしまっていた。人々はやっと理解した。恥を知り、昔、していたことをふたたびするようになった。こうして、世界と生活が、昔の状態に、あるべき状態に戻ったのである。彼らは恥じ、後悔し、放浪に出た。おのおのが自分の務めを果たすべきではないか？　立ち上がれるように太陽を助けながら、放浪するべきではないか？　おそらく彼らは義務を果たした。私たちは自分の義務を果たしているだろうか？　放浪をしているだろうか？　生きているだろうか？

キエンチバコリが吹き込んだカマガリーニの悪魔のなかで、一番悪いやつは、カシバレニニのようだ。この悪魔は、子供のように身体が小さく、土色のクシュマを着て現れるのは、その近くに病人がいるからである。病人に残酷なことをさせようとして、魂を盗む機会を狙っている。だから、一瞬でも病人を一人にしてはならない。少しでも油断していると、カシバレニニが自分のものにしてしまうからだ。タスリンチはそういう目に遭ったと言っている。戻ってきて、今、カミセア川で暮らしているタスリンチ。今でも人々は思い出しては腹を立てているが、彼によると、シバンコレニでの出来事は、カシバレニの仕業だということである。家を建てたカミセア川の岸辺まで私は会いにいった。私が現れたのを見ると、彼は青ざめた。銃を手元に引き寄せた。《殺しにきたのか？》と言った。《気をつけろ。これが眼に入らないのか？》彼は怒っているのではなく、悲しんでいた。《会いに来たのですよ》と、彼を落ち着かせた。《それに、話しにね。聞きたければのことだけど。帰るほうがいいのなら、失礼します》《君の話がいやだなんてことがあるかい》そう言うと、ござを二枚拡げた。《さあ、さあ、私の食べ物を全部食べてくれ。ここにあるユカを全部持っていってくれ。全部、君のだよ》彼はシバンコレニに戻るのを人々が許してくれないと、ひどく嘆き悲しんだ。近づくと、昔の親戚の者が矢を射かけたり、石を投げてくる。《悪魔め、ふてえ悪魔め》と罵《のの》しりながら。

そのうえ、人々は彼に害を加えるように、悪い魔法使いのマチカナリに頼んだ。病気にさせるか、それとも、怖ろしいことだが、殺してしまうためか、髪の毛を一束か、何か彼の物を盗みに、夜、家に忍び込んだ。タスリンチは現場を取り押さえた。マチカナリを殺してしまうこともできただろう。しかし、ただ銃を空に撃って、追い払うだけにした。彼によると、それは魂がもとに戻った証しである。《私をそんなに憎むなんてひどいよ》と、彼は言う。彼は食べ物や贈り物を持って、上流にいるタスリンチを訪ねたそうだ。山に新しい畑を拓きたいと言って、だれでもよいから娘を嫁に欲しいと頼んだ。タスリンチは罵った。《臆病者、糞ったれ、嘘つきめ、おめおめとよく来れたものだ。この場で殺してやる》彼は山刀で切り殺そうとした。

　カミセア川のタスリンチは眼に涙を浮かべて、身の不運を訴えた。人間に化けた悪魔のカシバレニニじゃないと言った。昔、一時的に悪魔であったかもしれない。でも、近づくことを許してくれないシバンコレニのマチゲンガ族と、今は少しも変わらないと。そもそも不幸は病気が原因である。病気のせいで痩せ衰え、ござから起き上がれなかった。話すこともできなかった。口を開けても声は出てこなかった。《魚になってしまう》と考えているようだった。しかし、自分のまわり、シバンコレニのほかの家々で起こっていることを、見ることも理解することもできた。驚いたことに、家のなかで人々はみんな手首や腕や踝《くるぶし》につけていた輪や飾りを外していた。《もうすぐ死ぬ。だが、飾りを外しておかないと、死んでいく前に、あいつの霊が自分の血管を紐がわりに取り出し、寝ているおれたちの飾りをつけていた箇所を縛りにくるぞ》と言っているのが聞こえた。彼はみんなを宥め、決してそんなことはしないし、死んでいくのでもないと言おうとした。だが、声にならなかった。雨のなかでそいつを見かけたのはそのときのことである。

そいつは無邪気そうに村のなかを歩いていた。土色のクシュマを着た、小僧のカシバレニニは、フロリポンディオの種で楽しそうに遊んだり、手を上下させて蜂鳥の飛ぶまねをしていた。タスリンチは悪魔だとは思わなかった。だから親戚の人々が沼に魚捕りに出かけたときも、用心していなかった。タスリンチが一人だとわかると、カシバレニニは蟻に変わり、煙草のエキスを吸い込む鼻の穴からタスリンチの身体に潜り込んだ。そのとたん、タスリンチは病気が癒るような気がした。そのとたん、力が戻り、肥ってきた。しかし、あんなことをしてやろうという衝動も、むらむらと膨らんできたのだ。彼は走っていくと、吠え、胸を猿のように叩いて、シバンコレニの家々に火を放ちはじめた。藁に火をつけ、次から次へと火を撒き散らして、嬉しそうにわめき、跳ねまわっていたのは、自分ではなく悪魔だったとタスリンチは言う。前も後ろも、右も左も炎があがり、オウムの叫び声が聞こえ、煙のなかで息が詰まりそうになったことをタスリンチは憶えていた。他の人々がやってこなかったら、今頃、シバンコレニは存在していなかっただろう。人々が駆けつけてくるのを見たとき、タスリンチは自分の過ちを後悔したという。彼はぎょっとして《私はどうなっているのだろう?》と言って、逃げなければならなかった。人々は彼を殺そうとして、《悪魔だ、悪魔だ》と叫んで、追いかけまわした。

しかし、タスリンチによると、それは昔の話だということだ。シバンコレニに火をつけるように唆《そそのか》した悪魔を、コリベニのセリピガリがひゅっと吸い込んだ。それを脇から取り出し、それからぺっと吐き出した。見ると、小さな白い骨のような形をしていた。それからは、あなたたちや私と変わらないと彼は言っている。《みんながシバンコレニで暮らすことを許してくれないのは、どうしてだと思うかね？》と、彼は言った。《あなたのことが信頼できないからでしょう》と、私は説明した。《あなたは病気が癒ったと言うが、みんなが思い出すのは、ただ、自分たちの家が燃やされたことですからね。それに、あなたが激流《グランポンゴ》の向こう側で、ビラコチャに囲まれて暮らしていたことを知っているからですよ》というのは、タスリンチはクシュマではなく、シャツとズボンを身につけていたからである。《あそこで、彼らのあいだにいると、孤児《みなしご》のような気がしたよ》と、彼は言った。《私はシバンコレニに帰ることを夢見た。今はここにいて、親戚の連中も私を孤児のような気持にさせる。いつまでもこういう孤独のなかで家族もなく、生きていくのだろうか？　私のたった一つの望みは、ユカを焼き、子供を産んでくれる女がいてくれることだ》

月が三度満ち欠けるまで、私はタスリンチといた。彼は話す相手もなく、ぼんやりとして、時々、独りごとを言っている。身体のなかでカシバレニと一緒に暮らした者は、たぶん昔の自分に戻れないのだろう。《君がやってきてくれたことが、おそらく、変化のきっかけになるよ》と言った。《もう少しすれば、放浪する人々が一緒に旅することを認めてくれると思うかい？》さあ？　と私は答えた。別れるとき、《もう人間でないと感じることほど悲しいことはない》と、彼は言った。カミセア川に沿って歩いていくとき、遠くに彼の姿が見えた。丘の上に立って、いつまでも私を見ていた。私は彼の見放されたような仏頂面を思い出したが、顔の表情はもうわからなかった。

それが少なくとも私の知っていることだ。

4

友人のロシータ・コルパンチョの口添えでアマゾンの密林《セルバ》に初めて足を踏み入れたのは、一九五八年の半ばだった。サン・マルコス大学での彼女の職務は、はっきりしていなかった。権限は計り知れなかった。教授ではないのに、教授たちと肩を並べて働き、だれもがロシータから頼まれたことに取り組んでいた。彼女の力で大学本部の古い扉が押し開かれ、手続きが省かれた。

「メキシコ人の人類学者のために言語学研究所が組織したマラニョン川上流への調査で一つ空きがあるわ。行ってみたい？」と、ある日、文学部の中庭ですれちがったとき、彼女は言った。

そのとき、私は待望のヨーロッパ留学の奨学生にようやく決まったところで、翌月、スペインに出発することになっていた。だが、ためらうことなく誘いに応じた。

ロシータはロレートの出身で、よく注意すると、彼女の声には東部ペルー人の豊かな歌うような訛《なま》りがあった。彼女は——おそらく今もそうだろうが——ペルーで四十年にわたって激しい論争の的となってきた機関、夏季言語学研究所の擁護者であり、その推進者でもあった。この文章を書いている今、研究所がこの国を去るために荷物をまとめていることを私は知っている。それは、ベラスコ将軍の独裁政治の時代にもう少しでそうなるところだったが、研究所が国外退去になったからではない。それは自発的なもので、プカルパから十キロほどのウカヤリ川の岸辺にあるヤリナコチャに基地《ベース》を置き、そこからアマゾンのあらゆる起伏の多い土地や難所に、実際に活動を展開していった研究所の使命が終わったと、研究所自身が考えているからである。

研究所の使命とは一体なんだろうか？　彼らを攻撃する人々によれば、それは、科学的調査という言葉を隠れ蓑にして、情報活動をし、アマゾンの原住民のあいだに新植民地主義的な文化の浸透をはかるアメリカ帝国主義の片腕である。このような非難は、とくに左翼から出されている。カトリック教会のある宗派——主に、密林の伝道師——も、言語学者をかたるプロテスタントの伝道者の一派だと非難し、研究所と対立している。人類学者のなかには、研究所は原住民の文化を毒し、西欧化を企て、市場経済に統合するものだとして攻撃する者もいる。保守派の人々は、ペルーにその研究所が出現したことに、民族主義あるいはスペイン伝統主義から批判的な立場をとっている。当時の私の師であり、組織の長であった歴史学者のポラス・バレネチェアは、この最後のグループに属し、私が調査隊に入ることを知ると、私をたしなめた。《グリンゴは金で買おうとするから、注意したほうがいい》彼にとっては、研究所の活動によって密林の原住民がスペイン語よりも英語を話すのを学ぶことが、おそらく耐えがたかったのである。

ロシータのような研究所の協力者は、実際的な考えから研究所を擁護していた。言語学者の作業は――アマゾン地方の言語や方言を研究し、異なる部族の語彙や文法を確定する点で――、国のために役立つし、それに、少なくとも理論上、計画を点検し、研究所が集めたあらゆる資料の控えを受け取る文部省の監督のもとに置かれている。文部省自身やペルーの大学がその努力をしないのであれば、だれかが引き受けてくれることが、ペルーにとって願ってもないことだ。また、数機の水上飛行機の小編隊やヤリナコチャの基地と部族のなかに網状に浸透している言語学者との無線による通信の施設など、アマゾンの当研究所によってなされた基盤整備は、遠い密林地帯にいる教師や、役人や、軍人が緊急時ばかりでなく、普段から頼っているように、国も恩恵に与っている。

論争は終わっていないし、むろん終わることもないだろう。

幸い参加できた二、三週間の調査の旅は、二十七年後の今となっても一部始終がありありと眼に浮かび、今、フィレンツェでしているように、それについて書く気持を抑えられないほどの大きな感動を私に与えた。私たちは最初ヤリナコチャで言語学者と話し、その後、そこから遠く離れたマラニョン川上流のヒバロ系の二つの部族、アグアルナ族とウアンビサ族の村や部落をいくつかまわった。それから、シャプラ族を訪ねて、モローナ湖まで登った。

移動には小さな水上飛行機を使った。また、あるところでは、インディオのカヌーを使って、昼日中でも、まるで夜のような感じを与える、絡《から》みあう植物群の下を潜るように流れる水の上を、細い萱《かや》をかきわけてすすんだ。自然の力と静寂――高々とそびえる木々、鏡のような湖面、広大な川――は、誕生したばかりの世界、人間の処女地、植物と動物の楽園を思わせた。一方、部族の人々が暮らしているところに到着すると、そこは先史時代だった。そこには遠い先祖の始まったばかりの質素な生活が存在していた。狩猟民、採集民、矢を使う人々、遊牧民、非合理なことを信じ、呪術に頼る人々、アニミズムを信奉する人々。それもペルーだった。私はそのとき初めて、まさにそのことを意識した。まだ人間が支配することのできない世界、石器時代、呪術-宗教の文化、一夫多妻制、干し首(シャプラ族の土地モロナコチャで、酋長《カシーケ》のタリリは、通訳を介して、その手術に必要な煎じ薬やそれに付随する複雑な技巧を私たちに説明した)。それは人類史の黎明期であった。

調査行のあいだ、私はサウル・スラータスのことを絶えず考えていたように思う。私は彼の指導教官で、調査隊の一員であり、その旅で親しくなったマトス・マル博士と彼のことを何度も話しもした。マトス・マルによると、一緒に来るようにサウルを誘ったが、研究所の活動にまっこうから反対して、断ってきたとのことだった。

その旅のおかげで、私は、その土地や人々がマスカリータを眩惑した理由をより良く理解し、彼の生活の方向を変えることになった、衝撃的な力を推し測ることができた。しかし、それに加えて、具体的な体験をすることで、事物の現場で得る知識よりも直感に基づいていた、サウルとは異なったアマゾンの文化に関する私なりの考えの正しさを確認することができた。アマゾンの部族を昔のように、昔、暮らしていたように保護したいとは、一体、サウルはどういう幻想を抱いているのだろう？　まず第一に、それは可能ではなかった。あるものはゆっくりと、あるものは急速に、西欧化と混血化の影響を受けつつあった。それに、そんな妄想的な保護が望ましいことだろうか？　昔通り、あるいは、サウルのような純粋主義の人類学者が望んでいる従来通りの生活を続けていくことが、一体、部族にどんな利点があるというのだろう？　原始主義は、むしろ彼らを最悪の収奪や残酷な行為の犠牲者にしてきただけではなかったか？

夕刻に到着したアグアルナ族のウラクサの村で、私たちは水上飛行機の小さな窓から、どこであれ部族の川辺に着水するたびに見慣れている光景を見た。エンジンの音に引きよせられて、旋回する飛行機のあとについてくる、半裸で、顔や身体に色を塗った村の全男女。彼らはみんな(その昆虫を脅《おど》かすために)両手で顔や胸を叩いていた。しかし、銅色の身体や、おさげ髪や、寄生虫で腹の脹《ふく》らんだ子供や、赤や黒の縞模様を描いた肌のほかに、ウラクサでは忘れることのできない光景が待ち受けていた。拷問にあったばかりの男。その男は、フムというその地の酋長だった。

ニエバ川河畔の交易所《ファクトリア》、サンタ・マリア・デ・ニエバ――カトリックの伝道所に寝泊まりして、私たちはそこにも行った――の白人と混血の一隊がウラクサに押しかけてきたのは、私たちが到着する一週間前のことだった。隊には、村のすべての役人と一人の国境守備隊の軍人が加わっていた。彼らは、迎えに出たフムをカンテラで殴り、額を割るような怪我を負わせた。それから、ウラクサの小屋小屋に火を放ち、手当たり次第にインディオを殴り、女性を凌辱したのである。彼らはフムをサンタ・マリア・デ・ニエバに連行し、丸坊主にして侮辱した。その後、公衆の面前で拷問にかけた。鞭打ち、熱い卵を脇の下に押しつけ、最後に川魚のパイチェを干すときのように木に縛りつけた。彼は数時間そこで晒《さら》し者にされたあと、ようやく放免されて、村に帰るのを許された。

この野蛮な行為の直接の原因は、ウラクサで起こった、アグアルナ族とここを通ったた一団の兵士とのあいだの取るに足りないいざこざだった。しかし、その裏には、マラニョン川上流のアグアルナ族の村々のあいだに、協同組合を組織しようとするフムの企てがあった。酋長は粘り強く、頭のよい男だったので、アグアルナ族のなかで仕事をしていた研究所の言語学者は、二言語の教師になるように、ヤリナコチャで学習を続けるよう励ました。これは、言語学研究所の力を借りて文部省が立てた計画だった。フムのような、村で教育的な仕事を推進させていく能力がありそうな男は、ヤリナコチャに集められた。ヤリナコチャでは――かなり表面的だと思うが――部族の仲間に自分たちの言葉でアルファベットを教えることができるように、言語学者とペルーの教師から授けられた、一種の訓練を受けたのである。その後、彼らは授業の教材や二言語の資格者というどこか楽観的な称号をもらって、自分の生まれた土地に帰されていた。

計画は、アマゾンのインディオの識字化という目標を達成するにはほど遠かった。しかしフムのなかに思わぬ結果を引き起こした。ヤリナコチャに来たこと、《文明》と接触したことで、ウラクサの酋長は――自力で、あるいは、教師の助けを借りて――取引をしている胴元《パトロノ》連中から、彼と仲間が不当に収奪されていることに気づいたのだ。アマゾンの白人や混血の胴元は、定期的に各部族をまわって、ゴムや動物の皮を買いつけていた。だが、買値も、支払いに当てる現物――山刀《マチェーテ》や、釣り針や、衣類や、銃――の値も、彼らの気紛れや都合で決まった。胴元と取引をするかわりに、かりにアグアルナ族が町まで——例えば勧業銀行の営業所に——ゴムや皮革を売りに行けば、そうした商品でもっと高い支払いが受けられることを、ヤリナコチャに来たことでフムは理解したのである。また、胴元から買っている製品も、もっと安く手に入れることができた。

金銭の価値がわかったことは、ウラクサの人々にとって悲劇だった。フムは胴元連中に取引の解除を通告した。全く単純なことだが、この決定は、私たちを鄭重にもてなしてくれたサンタ・マリア・デ・ニエバのビラコチャの破滅を意味していた。悲惨で、そのうえ、読み書きもろくにできない裸足の白人や混血は、犠牲者と変わらない忌まわしい生活状態に置かれていた。アグアルナ族にたいする残忍な、常軌を逸脱した行為によって、彼らは裕福になったのではない。ただ、加害者も生き延びる必要があった。世界の果てでの収奪は、まさしく人間以下のレベルで行なわれていた。それゆえ、ウラクサへの懲罰隊が組織され、それゆえ、フムは拷問のあいだ、《協同組合のことは忘れるんだ》と繰り返し恫喝されたのである。

事件は発生して日が浅かった。怪我はまだ化膿していた。髪の毛は伸びていなかった。ウラクサの静かな密林の空地で、通訳を介して話を聞き——フムはスペイン語のいくつかの言葉をかすれ声で言った——私は《サウルと話さなければならない》と思った。マスカリータはどう言うだろう？　こういう場合、ウラクサやフムにとって、退くのではなく、当然、前進したほうがよいと主張するだろうか？　すなわち、サンタ・マリア・デ・ニエバの文明化した連中の活動に依存することはすでにできないのだから、協同組合を設立し、都市と経済的に交流し、経済的、社会的に繁栄することだと。それとも、非現実的だが、そうではなく、ビラコチャを追放し、ウラクサの人々を昔通りの生活に戻らせることが、真の解決方法だとサウルは言うだろうか？

あの晩、マトス・マルと私は、フムの話や、私たちの国の弱く貧しい人々の劣悪な状態に関して、その話が教えている忌まわしさについて、徹夜で語り合った。そこにいて意見を述べ、論じてほしいと思っていた、眼に見えない、サウルの幻が黙って話に加わった。フムの災難について、マスカリータなら彼の見解を強化するような理由を引き出すだろうとマトス・マルは考えていた。それは、共存が不可能であり、結局はビラコチャによるインディオの支配、より弱い文化の漸進的で、組織的な破壊が避けられないということの証しである。サンタ・マリア・デ・ニエバの野蛮な飲んだくれは、ウラクサの部族民を近代化への道ではなく、消滅に導くだけである。たとえ原始的であれ、アマゾンと共存していくために——事実共存している——十分な知識と技術を発展させてきたアグアルナ族の文化より、白人の《文化》が主導権をとる資格があるとは言えない。

その原始性と歴史と倫理的な理由から考えて、その地域にたいする部族民の主権を認めてやらなければならない。そして、サンタ・マリア・デ・ニエバの外部からの侵略者は、追放すべきだと。

私は、マトス・マルのようには思わなかった。むしろ、フムの話を聞けば、おそらくサウルはもっと現実主義的な立場で、そこそこの弊害には眼をつむるだろうと思った。どんな主義を持つ政府であれ、ペルーの政府がアマゾンの部族に密林の治外法権を与えるというような可能性があるだろうか？　それはありえないことである。インディオの扱い方が変わるように、ビラコチャを変えられないものだろうか？

私たちは、ゴムの匂いに充ちた小屋(そこはウラクサの倉庫だった)のなかに蚊帳《かや》を吊って、仲間の寝息と密林の今まで耳にしたことのない音に囲まれて、一緒に地面の上に寝た。当時、マトス・マルと私は、社会主義的な思想や情熱を共有してもいた。それゆえに、議論になると、魔法の杖のように、すべての問題を説明し解決する、生産の社会的関係という有名な言葉が当然登場した。ウラクサの原住民の問題——すべての部族の問題——は、ペルー社会の階層構造から派生した一般的問題の一部として理解されなければならない。社会主義によって、労働への意欲を、経済的利潤——個人的利益——という観念から集団への奉仕という観念で置き換え、社会的関係に連帯的で、人間的な感覚を回復するとき、マスカリータが不可能と思い、望ましいことでないと考えている現代ペルーと原始的なペルーとの共存が可能になる。マルクスやマリアテギの認識から生まれる新生ペルーにおいて、アマゾンの部族は、近代化されると同時に、未来のペルー文明、すなわち文化のモザイクのなかで、伝統と習慣の本質を保持することができるだろう。だが、社会主義が呪術-宗教的な我々の文化の統合を保証するものだと、本当に私たちは信じていたのだろうか？　すでに、資本主義であれ、社会主義であれ、産業の発展は、不吉なことに未開の部族の消滅を意味しているという例は、あり余るほどあるのではないか？　その怖るべき冷酷な法則に一つでも例外があっただろうか？　過ぎ去った年月を視野に入れ、この暑いフィレンツェの見晴らし台からそのことをよく考えてみると、私たちも、古代的で反歴史的なユートピアを描いているマスカリータと変わらない、非現実的なロマンチストだった。

蚊帳の下で、椰子《やし》の葉の天井からぶら下がった黒い袋が揺れているのを見ながら——その袋は翌朝消えていた。私たちはそれが何百もの蜘蛛で、夜になると、小屋のかまどの温かさを求めてやってきて、丸くなっているのだということを知った——マトス・マルと交わした長い話は、密林の旅行の消えないイメージの一つである。また、モローナ湖のシャプラ族から釈放された敵の部族の捕虜も、その旅の思い出である。捕虜は自由に村のなかを歩きまわることができた。だが、一方、番犬は檻のなかに閉じ込められ、厳重に見張られていた。つかまえた側もつかまえられた側も、そのメタファーの意味を明らかに同じように捉えていた。つまり、檻のなかの犬が、捕虜を捕縛者に鉄の鎖よりも強い力——儀式、信条、あるいは呪術の力——で縛りつけ、逃亡を阻んでいたのだ。また、旅の行く先々で聞いた、一人の冒険家、ごろつきの悪漢、トゥシーアという日本人にまつわる噂話やファンタジーも密林のイメージの一つである。彼については、アマゾンのあちこちから少女を誘拐してきて、パスタサ川の島にハーレムを構えて暮らしていると言われていた。

しかし、なかでももっとも忘れられない、何度も甦ってくる思い出——このフィレンツェの夕方、トスカナの夏の太陽の火の塊のように激しく燃えている——は、ヤリナコチャの言語学者のシュネル夫妻から聞いた話だろう。最初、その部族の名を耳にするのは、初めてのことのような気がした。だが、すぐにそれがサウルがしばしば話していた部族、キジャバンバへの最初の旅行で彼が接触した部族、つまりマチゲンガ族であることがわかった。しかしながら、名前をのぞくと、両者には共通する部分がたいしてないように見えた。

イメージの違いの理由は、徐々に明らかになってきた。およそ四、五千人と見積もられているマチゲンガ族は、同じ部族といっても、ペルーの他の地域との関係も同族間の関係も一様ではなかったからである。それは分裂した集団だった。主な境界となっているマイニケの急流《ポンゴ》を分割線として、山岳と接している小高い山の上に散らばっているマチゲンガ族――その山岳地域には白人や混血もたくさんいた――と、アマゾンの原野が始まる急流《ポンゴ》の向こうの東部地域のマチゲンガ族とはかなり相違していた。一筋の地溝、すなわち、ウルバンバ川が泡立ち渦を巻いて荒れ狂い、水の音を響かせる山間の細い水路は、白人や混血と接触し、文化への道をたどっているそこより上の部族と、原野の森に散らばってほとんど孤立し、多かれ少なかれ伝統的な生活儀式を守っている部族との境界をなしている。前者の地域では、チルンビアやコリベニやパンチコージョのようなところに、ドミニコ会の伝道所が置かれていたし、マチゲンガ族が働いているようなビラコチャの畑もあった。それは有名なフィデル・ペレイラの支配地域であり、サウルが言っていたことと関係のある、西欧化され、外部に開かれたマチゲンガ族の世界だった。

一方、共同体の別のグループ――だが、こういう条件にあるものを共同体と言うことができるだろうか――は、ウルバンバ川とマードレ・デ・ディオス川の流域の広い地域に散らばり、五〇年代の終わり頃、頑《かたく》なに孤立し、白人とのいかなる接触も拒んでいた。彼らのところにはドミニコ会の伝道師がやってきたこともなかったし、その地域内には、さしあたってビラコチャの関心を惹くようなものもなかった。ただ、この地域の集団も均一ではなかった。原始的なマチゲンガ族にも、まわりの集団と敵対する古い集団や支族があった。いわゆる《コガパコリ族》。ウルバンバ川の支流の二つの流れ——ティンピア川とティコンピニア川——に洗われる地域に集中しているコガパコリ族は、性器を竹の筒で覆うくらいで、まったく裸で歩きまわり、同じ種族であっても領域に侵入してくる者に攻撃を加える。これは稀なケースである。というのは、ほかのどんな種族よりもマチゲンガ族というのは、昔から平和的な種族だからである。ゴムの収集地で労働力を利用するために、大規模なインディオ狩りが行なわれた昔——種族は文字通り激減し、ほとんど消滅するところだった——、最大の犠牲者となったのも、宿敵ヤミナウア族や、とくに好戦性で有名なマシュコ族との争いで、常に劣勢に立たされてきたのも、彼らが穏やかで従順であったからである。シュネル夫妻が話していたのは、この地域のマチゲンガ族であった。夫妻は、彼らから受け入れてもらおうと、もう二年半も努力をしてきたが、接触できたグループでも、いまだに不信感や、時には敵意をもって迎えられていた。

こんもりとした木々の向こうに赤い太陽が沈みはじめ、一番星が輝きだした藍色の空の下で、青い水をたたえた湖が光をはねかえしている夕暮れのヤリナコチャは、私の見たなかでもっとも美しい光景の一つである。私たちは木造の家のテラスで、シュネル夫妻の肩越しに暮れていく密林の地平線を眺めていた。その光景はたいへん美しかった。だが、だれも落ち着かず、気分が沈んでいたと思う。というのは、すべての言語学者のように、スポーツマン的で、純真で、ピューリタン的、勤勉な雰囲気を、まるでユニフォームのように身にまとった、まだかなり若い夫妻の話は、陰鬱なものだったからだ。グループの二人の人類学者――マトス・マルとメキシコ人ファン・コマス――まで、シュネル夫妻の言う、破壊されたマチゲンガ族社会が置かれている衰弱と暗い見通しに驚いていた。聞いたことから判断すると、部族は事実上、解体しつつあるように見えた。

それまで、マチゲンガ族については、ほとんど研究されてこなかった。一九四三年にドミニコ会士のビセンテ・デ・セニタゴヤ神父が出した小冊子や、教団の雑誌に掲載された部族のフォークロアや言語に関するほかの伝道師の記述をのぞいて、彼らを対象にした真に民族学的な研究はなかった。彼らはアラワク系のインディオに属し、言語の語源が似通っていたので、エネ川やペレネ川や草原地帯《グランパホナル》(ペレネ川以北、ウルバンバ川西のサバンナ地帯)のカンパ族と混同されることがあった。起源は完全に謎に包まれていた。素性は曖昧だった。彼らのことをただ漠然とアンティスと呼んでいたインカの人々は、彼らをクスコの東部から追い払うことができたものの、密林の支配地域に侵入したり、屈服させたりすることは決してできなかった。年代記や植民地の報告書にはマナリエス、オパタリス、ピルコソネスなどのでたらめな呼称で記述されている。ようやく十九世紀になって、旅行者たちが彼らの名前で呼びはじめた。初めてその呼称を用いた一人であるフランス人のシャルル・ビナーは、一八八〇年、《儀式で川に捨てられた二人のマチゲンガ族の死体》を見つけた。ビナーは、死体の首を切りとり、ペルー密林の珍しい収集品に加えた。彼らは、はるか昔から移動生活をしていて、おそらく決して群居して集団で暮らしたことがなかった。好戦的な他部族や白人のために、ある時期——ゴムや金やローズウッドや農業植民のような《ブーム》の時代——が来るたびに、大きな集団が生きていくのには不可能な、不毛で不健康な地域への移動を強いられていた。分散化は加速され、集団のなかには、ほとんど個人単位のアナーキーさえ拡がっていた。マチゲンガ族の村は一つもなかった。酋長も、それぞれの家長のほかには、いかなる権力者もいないようだった。彼らはクスコ県やマードレ・デ・ディオス県の密林を含む広い地域に、それぞれがせいぜい十人程度の小さな集団をつくって、散らばっていた。そして、この地域の貧しさゆえに、獲物が減らないように、互いにかなりの距離を保ちながら、この人間細胞は絶えず移動しなければならなかった。土地の浸食と劣化に対処して、せいぜい二年ごとにユカを播《ま》く土地を換えなければならなかったのである。

シュネル夫妻が神話や、信仰や、習慣について調べたことは、部族の生活の厳しさを暗示し、彼らの歴史の一端を窺《うかが》わせた。万物は、存在するものの創造者であるタスリンチの息吹きから誕生したが、固有の名前はなかった。名前はいつでもその場限りの相対的、一時的なもので、来る者、行く者、死んだばかりの女の夫、カヌーから降りてきた男、生まれた者、矢を放った者などと呼ばれていた。彼らの言語では、一から四までの数量を認めているだけだった。それを超えるものは《多くの》という形容詞が用いられていた。天国の概念は質素なもので、それは魚のいる川、狩りをするための動物がいる森であった。彼らは、自らの移動生活を天空の星の動きと結びつけていた。自殺率は非常に高かった。シュネル夫妻は、マチゲンガ族のあいだで見てきた、生命を絶ってしまういくつかのケース——男女、とくに、女性——を例に挙げた。彼らは、口論をしたとか、矢を射かけそこねたとか、だれか親しい人に恨まれたとかいうような、取るに足りない理由からチャンビラの棘を自分の心臓やこめかみに突き刺したり、毒を飲んだりする。ささいな対立が、マチゲンガ族の人間の自殺の原因になった。まるで生きる意思、生存の本能が萎縮してしまうようだった。

ちょっとした病気でも、よく生命を落とした。ほかのアマゾンの多くの部族と同じように風邪を臆病なくらい怖れていた。彼らの前で咳をすると常に顔色が変わった。ところが、ほかの部族と違って病気になると、治療を拒んでしまう。一度でも頭痛がしたり、出血したり、怪我をしただけで、死の支度を始める。薬を飲むことや治療を受けることを拒否するのである。《何のため？　いつかは、死んでしまうのに》これが言い分である。彼らは、魔法使い、呪術師であるセリピガリに、悪い霊や魂の禍《わざわ》いを追い払うために相談したり、訴えたりする。しかし、いったん病気の症状が出ると、ほとんど治せないものと決めてしまう。病人が川辺に行き、横になって死を待っているのは、よく見られる光景だった。

　運命論や臆病さと並んで、外来者にたいする猜疑心と不信もきわめて強かった。キャンプの前貸商《アビリタドール》（生産に必要な道具、食料を労働者に掛売する高利貸的商人。事業主のゴム林所有者が兼業している場合もある）や、ゴム林所有者に借金があるほかの部族から狙われたゴムブームの時期に共同体が経験した苦しみは、その時期——彼らはそれを木の流血と名づけた——に触れている神話や伝説のなかに恐怖を刻印していた。おそらく、言語を最初に研究したドミニコ会の伝道師のホセ・ピオ・アサ神父が言っているように、彼らは、インカと衝突して以降、敗北を重ね、徐々に地上から姿を消してきた、アマゾン流域に拡がる文明（その文明に関してはウルバンバ川上流に散らばっている不思議な岩石碑文が証拠である）の最後の名残《なごり》なのだろう。

　シュネル夫妻にとって、彼らと最初の接触の機会をつくることは容易なことではなかった。シュネル氏がマチゲンガ族の家族からもてなしてもらうことができたのは、接触を試みてからじつに一年後だった。彼は、その微妙な体験、ティンピア川の集住地の一つで、藁天井で、木の皮で屋根を葺いた一軒屋――そこにはすでに三度行って、贈り物を置いておいた――の方へ裸になって進んでいった、ある朝の不安と期待を話してくれた。だれにも出会わなかったが、茂みからじっと見ている視線を背中で感じた。数人の住人は、今回は逃げ出さなかった。

それ以来、シュネル夫妻は、一人、あるいは夫婦で、ウルバンバ川上流やその支流にいるマチゲンガ族のあちらこちらの家族と、短期間一緒に過ごすようになった。夫妻は乾季に魚捕りや猟についていったり、録音をとったりして、それを私たちに聞かせてくれた。有声の捻髪音《ねんぱつおん》、最後の音節に唐突なアクセントのある語、また時には喉を使った――夫妻は我々に歌だと説明した――調子はずれな音。シュネル夫妻は、一九三〇年代にドミニコ会の伝道師が集めた、そして、四半世紀後、自分たちがセパウア川の谷間でふたたび聞いた、歌の写しと訳を持っていた。そのテキストは、夫妻が話してくれた部族の感情を見事に伝えていた。私は、感心して写した。それ以後、その紙切れを四つに折って、お守りのように財布の隅に入れて肌身離さず持っている。今でも読み取ることができる。

悲しみが私を見つめている　*Opampogyakyena shinoshinonkarintsi*
悲しみが私を見つめている　*opampogyakyena shinoshinonkarintsi*
悲しみが私をじっと見つめている　*ogakyena kabako shinoshinonkarintsi*
悲しみが私をじっと見つめている　*ogakyena kabako shinoshinonkarintsi*
悲しみで私は怒る　*okisabintsatana shinoshinonkarintsi*
悲しみで私は怒る　*okisabintsatana shinoshinonkarintsi*
運ばれてくる風と空気　*amakyena tampia tampia tampia*
わきたつ風　*ogaratinganaa tampia tampia*
悲しみで私は激しく怒る　*okisabintsatana shinoshinonkarintsi*
悲しみで私は激しく怒る　*okisabintsatana shinoshinonkarintsi*
運ばれてくる風と空気　*amaanatyomba tampia tampia*
悲しみで私は激しく怒る　*onkisabintsatenatyo shinonka*
悲しみ　*shinoshinonkarintsi*
私に虫を、虫を持ってきた　*amakyena popyenti pogyentima pogyenti*
空気、風、空気　*tampia tampia tampia tampia*

シュネル夫妻は、マチゲンガ語をよく知っていたが、その構造の秘密を理解するためには、まだ多くの問題が残っていた。それは、古い、震える捻髪音、膠着語《こうちゃくご》の言語で、いくつかの言葉を要素とする、たった一つの長い音の組み合わせが広い考えを表すことができた。

シュネル夫人は妊娠していた。二人がヤリナコチャの基地にいたのは、そのためである。しかし、子供が生まれたら、夫妻はウルバンバに引き返すつもりでいた。男の子であれ、女の子であれ、そこで育てようと考えていた。もしかすると、自分たち以上にマチゲンガ語ができるようになりますよと言った。

シュネル夫妻は、ほかの言語学者と同じようにオクラホマ大学で学位を取得したが、同僚たちと同じように、なによりも聖書を普及させるという信仰の計画に意欲を燃やしていた。研究所の言語学者は、いろいろな教会のメンバーだったので、二人がどの宗派に属するのか正確にはわからない。しかし、彼らが未開の文化の研究を志したのは、その村の人々が、彼ら自身の音楽の拍子や抑場に合わせて、神の言葉を聞くことができるように、聖書を彼らの言語に翻訳するという、宗教的な意図からだった。それが、ピーター・タウンゼント博士――伝道師と開拓者の両方を兼ねた興味深い人物で、メキシコ大統領のラサロ・カルデナスの友人であり、彼についての書物の著者である――を研究所の設立に駆り立てた考えであり、今も行なっている辛抱強い作業に、言語学者が取り組む動機になっていた。信仰に捧げ、信仰のためにどのような犠牲をも受け入れる、堅固で動じない信念を見ると、私は常に心を動かされ、驚かされた。というのは、そういう活動からは、英雄主義と狂信が生じ、それがさらに利他主義や犯罪を誘発するからである。しかし、旅行中、出会った研究所の言語学者の信仰は、不健全には見えなかった。私は、モローナ湖のシャプラ族のあいだで何年も暮らしている、まだ少女のような女性の研究者や、ウアンビサ族のなかに居を構え、子供――赤毛のグリンゴの少年――を銅色の肌の村の子供たちと川岸で遊ばせていた家族を今でも思い出す。彼らの子供は、村の子供と同じように、喋《しゃべ》るたびに唾を吐いていた(ウアンビサ族は喋っているとき、本当のことを言っているということを示すために唾を吐く。唾を吐かない人間は、彼らのあいだでは嘘つきである)。

たしかに、部族のあいだで暮らしている生活状態がどんなに原始的といっても、飛行機、無線機器、医師、薬品などの、彼らを保護するために整えられた社会基盤の恩恵を研究者は受けていた。しかし、そうであるにせよ、普通では考えられないような深い信念と適応力を彼らは備えていた。そこで暮らしている言語学者は洋服を着て、客をもてなす側は半裸であるという違いはあったが、生活条件は、原住民とほとんど変わらなかった。掘立小屋や半ば屋外とでもいう頼りないパマカリの下で（パマカリは本来、屋形船のような平底の舟の上に作った椰子の葉で葺いた日除けの屋根だが、ここでは家屋の屋根）、粗末な食べ物や原住民のスパルタ的な体制を学者は共有していた。彼らすべてのなかには、アメリカ人の精神にしばしば見られ、どんなに違った条件や職業についている人々にも共通する分母である、冒険の気質――辺境への誘い――のようなものが存在していた。シュネル夫妻はたいへん若く、新婚生活が始まったところだったが、話してみると、彼らがアマゾンにやってきたことを一時的なものではなく、長期にわたる終身の契約と考えていることがわかった。

マチゲンガ族について、彼らが話してくれたことは、マラニョン川上流域をまわっているあいだ、心から消えていかなかった。私は、その問題をサウルと話したかった。シュネル夫妻の証言にたいする彼の意見や批評を聞く必要があった。それに、彼はびっくりすることだろう。この私があの歌詞を暗記していて、マチゲンガ語で口ずさむのだから。私は彼が驚き、心から哄笑するのを想像した……

私たちがマラニョン川上流とモロナコチャで訪ねた部族は、ウルバンバ川やマードレ・デ・ディオス川の部族とはまったく異なっていた。アグアルナ族は、ペルーのほかの社会と接触し、いくつかの村は混血化の過程をたどっていることが一目でわかった。

一方、シャプラ族は今まで以上に周囲から孤立し、少し前まで干し首の習慣を持っていたように、勇猛さで名を馳せていたが、シュネル夫妻がマチゲンガ族について指摘したような、無気力や倫理的な腐敗の兆しはなかった。

リマに帰る支度にかかるためにヤリナコチャに戻り、私たちは言語学者たちと最後の夜を過ごした。研究会議が行なわれ、その席で彼らはマトス・マルとファン・コマスに旅行の印象について質問した。会合が終わったとき、私はエドウィン・シュネルにすこし話ができないか訊いた。私は家に案内された。夫人はお茶を淹《い》れてくれた。研究所の外れの密林と縁《ふち》を接したところにある小屋の一つで彼らは寝起きしていた。規則的で耳に快い、均斉のとれた、外の虫の鳴き声が、私たちの会話の背後を包んでいた。話は、かなりの時間続き、時々シュネル夫人も口をはさんだ。銀河は、多くの神々や小さな神々が神殿から地上に降りてくる、また、死者の魂が神殿に上がっていくときに通るメシアレニ川であるという、マチゲンガ族の宇宙の川の起源について語ってくれたのは彼女である。私は夫妻に一緒に暮らしてきた家族の写真があるかどうか訊いた。彼らはないと言った。しかし、いくつものマチゲンガ族の品々を見せてくれた。猿の皮で作った大小の太鼓、葦笛。植物の繊維でかずらの細い茎を斜めにずらして固定した一種の連管笛（下唇で支えるようにして息を吹き込むと、鋭い高音から深い重い音まで幅広い音が出た)。マサトを醸《つく》るためのユカ芋を裏漉しする、細く裂いた葦の葉で編んだ籠のような篩《ふるい》。草の種や、歯や、骨でできた首飾りや数珠。アンクレットやブレスレット。オウム、金剛インコ、オオハシ鳥、パウヒルなどの鳥の羽を木の輪にちりばめた冠。弓や尖った石の矢じり、矢に塗る毒を入れておく角、入れ墨用の染料。シュネル夫妻は、マチゲンガ族が顔や身体に描く図案をカードにスケッチしていた。それは幾何学的で、あるものは単純で、あるものは迷宮のようにこみ入っていた。状況や身分にしたがって、身体に描き込むのだということだった。その役割は、幸運を招き、悪を払うためであった。これは独身の男のね、これは結婚している男、これは、狩猟に出るときのものね、ほかのものについては、はっきりとしたコンセプトはまだできていないわ。マチゲンガ族の象徴主義はじつに繊細だった。死んでいく者を表しているように見える図案——半円のなかにX字形に交差した線——もあった。

その夜のほかの話題が霞んでしまって、私がダンテや、マキアヴェリや、ルネサンスの芸術よりも、まさにこの物語の思い出や幻想を組み立てることに、フィレンツェの日々を捧げる理由となっている問題が、不意に浮かび上がってきたのは、暇《いとま》を告げようと、会話の切れ目を探していた、もう最後のときだった。なぜ、その話が出てきたのかはわからない。私は夫妻にさまざまなことを訊いたが、マチゲンガ族の呪術師や医者

（これには、二種類あり、善をなすセリピガリと悪をなすマチカナリとがある）について、いくつか質問しなければならなかった。もしかすると、このことに触発されたのだろう。あるいは、もしかすると、夫妻が旅をして集めることのできた神話や伝説や歴史について訊いたとき、連想が働いたのかもしれない。呪術のやり方については、夫妻は、セリピガリもマチカナリもほかの部族のシャーマンと同じで、マサトで酩酊した状態とたいして変わらないと思うが、脱魂と呼んでいる儀式のあいだ、煙草や、アヤウアスカや、その他の催眠の効き目のある植物──例えば、コブイニリの樹皮──を使うということくらいの知識しかなかった。マチゲンガ族は、自分たちについては、よく喋り、素晴らしい情報の提供者であったが、シュネル夫妻は、土足で荒らすようなことになるのを恐れて、そうした呪術の問題について立ち入って訊こうとはしなかった。

「それはそうと、セリピガリやマチカナリのほかに、医者でも司祭でもない珍しい人がいるのよ」と、突然、シュネル夫人が言った。夫人はためらいながら夫の方を向いた。「たぶん、その二つもすこしは兼ねているわ。そうでしょう、エドウィン？」

「ああ、君が言ってるのは……」と、シュネル氏は言い澱んだ。彼は、強く、長い、sを含む音を喉の奥から切って発音した。適当な言葉を探して彼は黙った。「どう訳すのだろう？」

夫人は、眼を半ば閉じて、指を口にあてた。彼女は赤毛で、青い眼をし、唇が薄く、いつも子供のような笑みを浮かべていた。

「おそらく、話し手。それより、語り部とでもいうのだろう……」と、ようやくシュネル氏は言った。そして、その音をもう一度発音した。荒々しく、歯のあいだで摩擦させた長い音を。

「そう」彼は微笑んだ。「それがもっとも近いね、語り部というのが」

夫妻は、それまで一人の語り部にも出会わなかった。二人はこまかな配慮から——刺激するのを避けて——マチゲンガ族のなかで語り部が果たしている役割について、宿を提供してくれる人々に詳しい説明を求めなかったし、それが一人なのか、それともたくさんいるのかとか、あるいは、そうした前提とは異なって、具体的で、現在に生きる存在ではなく、有害で、食べられない動植物の創造者で、悪魔の大王であるキエンチバコリのような架空の人物なのか、教えてくれるように頼んだこともなかった。はっきりしていることは、マチゲンガ族はだれでも《語り部》という言葉をたいへん尊敬の念をこめて言うということであり、だれかがその言葉をシュネル夫妻の前で口にすると、残りの人々が決まって話題を変えたということだった。しかし、夫妻はそれをタブーだとは考えていなかった。実際、問題の言葉は、しばしば人々の口をついて出たからである。

結局、これは、語り部が常に人々の心のなかにあるということを示しているようだった。それは共同体の責任者なのだろうか、それとも、助言者なのだろうか？　いや、まばらに散らばっている陸の諸島、マチゲンガ族の社会にたいして、彼は何の特別な権力も行使していなかった。そのうえ、この社会には本来、権力がなかったのである。この点についてシュネル夫妻に迷いはなかった。マチゲンガ族は、ただ、ドミニコ会によってコリベニやチルンビアの小さな集団が組織されたときや、大農園やカウチェーロのキャンプがつくられたときに、事業主がインディオをよりよく統制するために部族の一人を長に指名したときのように、ビラコチャから強制されて酋長を決めたことがあるだけだった。おそらく、語り部は、なんらかの精神的な指導性を発揮するだろう。おそらく、ある種の宗教的な儀式を行なうだろう。しかし、だれかの言葉や、別の人によって反復される言葉など、周囲の人々のやりとりから見ると、結局、その名前にさしはさまれている《話す》という言葉に、語り部の役割は、とくに集約されているようだった。

二、三か月前に、シュネル夫人は、コンピロシアート川の岸辺で不思議な経験をしていた。突然、一緒に暮らしていたマチゲンガ族の八人の家族——老人二人、大人一人、女性四人、女児一人——が、何の断わりもなくいなくなったのである。それまでにそういうことはなかったので、夫人は驚いた。八人は、数日後、出ていったときと同じように、忽然と戻ってきた。何も言わずにどこへ行っていたのだろう。《語り部の話を聞きに行ったのよ》と、少女が言った。その言葉の意味は明らかであった。しかし、シュネル夫人は、その言葉の先にあるものを知ることはできなかった。なぜなら、だれも詳しいことを話さなかったし、彼女も訊かなかったからだ。しかし、それから数日間、マチゲンガ族の八人の家族は気持を昂《たかぶ》らせ、始終ひそひそ声で話していた。シュネル夫人は、果てしのない話に夢中になっているのを見て、語り部を思い出しているのだと思った。

夫妻はいろいろな仮説をたて、推測した。語り部、あるいは、複数の語り部は、共同体の郵便配達夫のようなものなのだろう。マチゲンガ族が散らばっている広い地域を部落から部落へ移動し、ある人々の活動を別の人々に話し、身内の出来事や冒険や不幸をめったに、あるいは、決して会わない兄弟に交互に伝える人物。その呼び名が彼らを定義しているよ。話し手という意味だからね。彼らの言葉は、生き延びていくための闘いが四方に分かれ、散っていかなければならない社会をつなぎ合わせる紐帯だよ。語り部によって、親は子供のことを知り、兄弟は姉妹のことを知り、仲間の死や、誕生や、その他の部族の出来事を知るんだよ。

「それに……」と、シュネル氏は言った。「語り部は、現在の便りだけを持ってくるのではないという気がする。昔のことも話す。たぶん、共同体の記憶でもある。おそらく中世の吟遊詩人や歌人に似た役割を果たしているんだよ」

シュネル夫人は、そのことを判断するのは難しいことだと説明しようとして、夫の話を遮《さえぎ》った。マチゲンガ語の動詞の体系は、複雑で、分析が難しく、いろいろ理由はあるが、例えば、過去と現在の区別が簡単にはつかなかった。同じように tobaiti という《たくさん》を意味する言葉は、四をこえる量を示すために使われたり、《今》という言葉は、今日も昨日も含んでいたり、現在形の動詞がしばしば、近い過去の行為を表すときにも使われたりした。彼らにとっては、まるで未来だけが明確に区別されるかのようだった。話は言語学的な話題になり、現在と過去がほとんど区別がつかない、楽しい、かつ、どちらとも決めかねる意味を含んだ、いくつかの表現例を聞いて終わった。

互いを隔てている遠い距離をものともせず、一つの共同体を形成し、伝統、信念、先祖、不運、喜びを共有している仲間がほかにも生きているということを、部族の一人ひとりに思い出させるために、何日も、何週間もかけて、一つの話をあるマチゲンガ族から別のマチゲンガ族に、長い旅をして携え、運んでいく、クスコの東部やマードレ・デ・ディオス川流域の不健康な森にいる、一人、あるいは、複数の語り部の存在。物語を語るという単純で非常に古い技術——務め、必要性、人間の習癖——によって、マチゲンガ族を一つの社会、連帯し、連絡しあう人々の共同体にまとめあげる潤滑油となっている語り部の、人目に触れない、伝説的な影に私は心を打たれた。今でも、彼らのことを考えると、感動する。ここフィレンツェの旧市街のカフェ・ストロツィで七月の灼熱の暑さのもと、この文章を書いていると、鳥肌がたってくるのである。

「なぜ鳥肌がたってくるんだい?」と、マスカリータは言った。「君の注意をそんなに惹くのは何だい? 語り部に一体、どんな特別なことがあるのだね?」

実際、その夜以来、私はどうして語り部のことを、心のなかから追い払うことができなかったのだろう?

「話をするということは単なる娯楽以上のものになりうるということの明白な証しだよ」私はとっさにそう応えた。「何か本源的なもの。一つの民族の存在そのものがかかっているのだ。そのことにぼくは強い印象を受けたんだ。感動の原因はいつでもわかるものじゃない、マスカリータ。心の秘《ひそ》かな琴線に触れる、その瞬間、変化が起こっているんだ」

サウルは笑って、私の肩を叩いた。私は真剣に話した。しかし、彼は本気でとりあわなかった。

「ああ、文学的な側面が君の興味を惹き起こしたんだね」と、彼は失望して、まるでそのような関心の持ち方は、私の好奇心の値打ちをおとしめるものであるかのように叫んだ。「いいだろう。だが、幻想を抱いてはいけない。君に語り部の話をしたのは、そのアメリカ人なんだろう。彼らが思っているようなのとはわけが違うよ。グリンゴは伝道師ほどにもマチゲンガ族のことがわかっていないんだ」

私たちはエスパーニャ通りのカフェでチチャロンをはさんだパンを食べていた。アマゾンから戻って数日が過ぎていた。私は密林から帰るとすぐ大学で彼を探したり、エストレーヤに伝言をおいてきたが、サウルと会えなかった。別れの言葉も交わさずにヨーロッパに発つのではと気がかりになってきたが、マドリッドに発つ前日、エスパーニャ通りの角でバスを降りたところで彼を見つけた。その日のことは、ヨーロッパ滞在中いつも心のどこかにあったが、チチャロンのサンドイッチと冷たいビールで送別会をしようと彼に誘われて、私たちはそのカフェに行った。だが、私のなかに刻まれている思い出は、どちらかというと、夢中になると思っていたマチゲンガ族の語り部という問題にたいする、避けるような、理解できない彼の関心のなさだった。本当に関心がなかったのだろうか？　当然のことながら、興味があったはずである。そのテーマに関心のないふりをし、私の質問に攻めたてられて、語り部のことについて一言も聞いたことがないと言ったとき、嘘をついていたのだということを、今、私は知っている。

記憶というのはまったく当てにならない。修正し、過去を巧妙に現在の都合に合わせる。私はエスパーニャ通りのがたがたするテーブルと破れた椅子の並べられたカフェで、一九五八年の八月、サウル・スラータスと交わした会話を何度も再構成しようと試みた。常連客の視線を集めた葡萄酢の色をした大きな痣《あざ》、ぼさぼさの赤毛の房、赤と黒のチェックのフランネルのスポーツシャツ、大きなウォーキングシューズをはっきり思い出すことができる。

しかし、二十七年後の今も耳に聞こえてくる、夏季言語学研究所にたいする彼の猛烈な批判や、話していると顔に出てくる押し黙ったままの怒りの表情を見たときの驚きを完全に再現しきれていないかもしれない。怒りで青ざめている彼を、私ははじめて見た。マチゲンガ族の友人たちの言う宇宙の秩序を乱す怒りに、大天使のサウルでさえも捉えられるのだとそのときわかった。私は冗談半分に言った。

「そんなに痙攣《けいれん》すると、世界の終末がくるぜ、マスカリータ」

しかし、彼は私の言うことを聞いていなかった。

「君の言語学の使徒は最悪だ。彼らは砂蚤と同じで、中に潜り込んで内部から部族を破壊するんだ。部族の人々の精神や、信仰や、潜在意識や、存在様式の根元に巣くうのだ。ほかの連中は、生活の空間を奪い、搾取したり、森林の奥に追い込んでいく。最悪の場合には肉体を滅ぼす。だが、言語学者はもっと洗練されていて、別のやり方で殺そうとするのだ。聖書をマチゲンガ語に訳すという手を使って。これを君はどう思う!」

私は彼の調子が違うので、言い争わなかった。話を聞きながら、彼に逆らわないように何度も唇を噛んだ。サウル・スラータスの場合、研究所にたいする反対は、軽薄なものでも、政治的な偏見に煽《あお》られていたのでもないことがわかった。疑問があるとはいえ、彼の観点は深い考察と心情を反映していた。研究所の仕事が、キジャバンバや、コリベニや、チルンビアの髭を生やしたドミニコ会士やスペイン人の修道女よりも、どうして有害なんだい?

彼は返答を少しのばさなければならなかった。というのは、ちょうどそのとき、給仕をしてくれるウエイトレスが、チチャロンをはさんだパンの追加分を持って、近づいてきたからである。彼女は皿をテーブルの上に並べおわると、魔法にでもかかったように、しばらく立ち止まってサウルの痣を眺めていた。彼女が十字を切り、厨房のほうへ引きさがるのを私は見た。

「伝道師より悪いとは言ってないさ。伝道師も悪いという点では同じだ」と、ようやく、彼は皮肉をこめて、怒りをあらわに答えた。「当然、彼らもインディオの魂を盗もうとしている。だが、『渦』のアルトゥーロ・コバ(コロンビアの詩人、作家、ホセ・エウスタシオ・リベラの小説『渦』の主人公)のように、伝道師は密林に呑《の》み込まれていく。君は旅行中、彼らに会わなかったかい? 大勢飢えで亡くなり、ほんのわずかしか残っていない。もうだれの助けもなく、幸い、福音の言葉を伝えることもできない。彼らは孤立し、公教要理の精神も萎《しぼ》んでしまっている。ただ、生き延びる努力をしているだけだ。ねえ、君、彼らは密林で鋭い爪を失くしたのだ。カトリック教会でさまざまなことが進行していくなかで、そのうち、アマゾンどころか、リマの司祭もいなくなってしまうよ」

しかし、言語学者は違う。彼らの背後には、進歩や、宗教や、価値や、文化を植えつけることができるような経済力と非常に効率的な機構がある。原住民の言語の研究！欺瞞だね。何のためか？　アマゾンのインディオを良き西欧人に、良き近代人に、良き資本主義者に変え、善良なキリスト教徒に改宗させるためだって？　そんなこととは無関係だ。自分の国でインディアンやそのほかの原住民にしたのと同じように、ただ地図の上からアマゾンの文化と神々と制度を消し去り、夢の中まで破壊するためではないか。密林にいる我々の仲間のためにそんなことを望んでいるのだろうか？　北アメリカの原住民のたどった立場に置くことを。ビラコチャの召使や靴磨きになることを。

彼は話しをやめた。近くのテーブルで、彼の痣と怒りに興味を抱いた三人の男が喋るのをやめ、聞き耳を立てていることに気づいたからだ。興奮のあまり痣のない片頰を赤く染め、口を半ば開け、突き出した下唇をわなわなと震わせていた。場を外せば少し冷静になると思って、私は行きたくなかったが、トイレに立った。傍を通るとき、厨房にいた女は、友人の顔の傷はひどいのかと訊いた。私は、ただの痣で、あなたの腕にあるのと同じですよと囁いた。《かわいそうで見ていられないわ》と、彼女は小さな声でつぶやいた。

テーブルに戻ると、マスカリータはコップを捧げて、微笑もうとした。

「乾杯、君のために。かっとなったことをゆるしてほしい」

しかし彼はしずまらなかった。張りつめ、ふたたび怒りが爆発しそうだった。君の言葉で一つの詩を思い出したよと私は言った。そして、マチゲンガ語のあの寂しさをうたった歌の、憶えていた一節を口ずさんだ。

ほんの一瞬だけ、彼は顔をほころばせた。

「君のマチゲンガ語はカリフォルニア風だね」と、私をからかった。「どうしてそうなるんだい？」

しかし、少しすると、胸のしこりに触れたかのように彼はまたもや、いきりたった。はからずも、彼を悩ませ、傷つけるような心の内奥を掻きまわしてしまったようだった。彼は休まず、息を詰めてまくしたてた。

今までだれにもできなかった。しかし、今度は、言語学者が彼らのやり方で成功するかもしれない。四百年、五百年の企てで、ほかの連中はすべて失敗した。軽く見ていたこの小さな部族を決して屈服させることができなかった。君はポラス・バレネチェア教授のところでカードに整理していたとき、年代記に出ているのを読んだだろう？　アンティスーユ（インカ帝国はクスコを首都にして、世界を東西南北の四州に分けていたが、その四州世界全体をタワンティンスーユ〔タワンは四の意〕といい、四州のうちの東の部分、すなわち、クスコから見てアマゾン地方をアンティスーユという）に軍隊を派遣する命令を出すたびに、インカに起こったことを。とくに、トゥパック・ユパンキのことさ。読まなかったかい？　どのように戦士が密林で消えたか、どのようにアンティスーユの民が、その指のあいだからこぼれてしまったのか？　インカは彼らを一人も服従させることができなかった。悔しまぎれにクスコの文明人は、彼らを侮辱しはじめた。野蛮だとか邪悪なとか、ケチュア語でアマゾンのインディオを侮蔑するあらゆる名辞をこしらえた。しかし、タワンティンスーユがもっと強大な文明に立ち向かわなければならなかったとき、一体、何が起こっただろう？　アンティスーユの野蛮人は、少なくともいつもの生活を続けていたじゃないか。スペイン人はインカよりも成功を収めることができただろうか？　《村落の侵攻《エントラーダ》》は完全な失敗ではなかったか？　彼らを捕えることができたとしても、結局、殺すしかなかった。しかも、そういうことはめったになかった。一五〇〇年から一八〇〇年のあいだに、東部に降りた何千という兵士や、冒険者や、逃亡者や、伝道師は、すぐれた西欧のキリスト教文明に一つの部族さえ統合することができなかったのだ。そういうことすべてが何の意味もないのだろうか？

「一体、それじゃ君にとってどんな意味があるんだい、マスカリータ？」と、私は訊いた。

「彼らの文化に敬意をもって接しなければならないということだ」彼はやっと冷静さを取り戻したかのように言葉をやわらげた。「それに敬意を示すということは、それに近づかないことだ。それにさわってはならない。我々の文化は強力で、攻撃的すぎるのだ。接触すれば、我々の文化に呑み込まれてしまう。彼らをそのままにしておかなければならない。自分たちのあり方に従って暮らしていく権利があるということは、もう十分明らかになったことだ」

「君は柔軟性のないインディヘニスタだよ、マスカリータ」私は彼を揶揄《やゆ》した。「三〇年代のインディヘニスタとまったく変わらないぜ。ルイス・バルカルセル博士が若かったとき、反ペルー的なものを代表しているというので、植民地時代の教会や修道院を破壊するように要求したのと、どこが違うだろう。タワンティンスーユを復活させなければならないというのだろうか？　人身供犠や、縄文字や、石刀による頭蓋骨の開穴も復活させるのだろうか？　ペルーの最後のインディヘニスタがユダヤ人であるなんて、滑稽だぜ、マスカリータ」

「少数派の文化が存在していく権利を守るのに、ユダヤ人以上にふさわしい人間は、ほかにいないよ」と、彼は答えた。「いずれにせよ、父が言うように、ボラ族、シャプラ族、ピロ族の問題は、三千年前からの我々の問題だ」

彼はそう言っただろうか？　彼が言ったことから、少なくともそのような考えを導きだすことができるだろうか？　私にはわからない。たぶん、それは私があとから創りあげた、まったくとりとめのない考えだろう。彼は実践的な信徒ではなかった。それどころか、ただの信者でさえなかった。彼が会堂《シナゴーグ》に行くのは、ドン・ソロモンを失望させないためだと何度も聞いていた。だが、多かれ少なかれ、あのことはユダヤ人であることと関係していたにちがいない。つまり、家庭、学校、会堂、共同体のほかの構成員との避けることのできない接触のなかで、数多くの迫害や離散《ディアスポラ》の話、ユダヤ人の信仰や、言葉や、習慣を屈服させようとする強大な文化のもくろみ——その企てにたいして、ユダヤ人は大きな犠牲を払って抵抗し、自己のアイデンティティを失わないよう努めてきた——などを間近で耳にしてきたことが、石器時代の生活を送っているペルー人を強情なまでに守ろうとする、サウルの闘いの一面を少なくとも部分的に説明していなかったか？

「ぼくは、三〇年代のインディヘニスタじゃないよ。彼らはタワンティンスーユを再建しようとした。インカの子孫にとって、昔への回帰はないということはよくわかっているさ。彼らに残されている道は、社会への統合だけだ。中途半端になっている西欧化が推進され、できるだけ早く完結するのが良い。彼らにとって、今は、最悪というわけではない。ぼくはユートピア主義者じゃないよ。しかし、アマゾンは別だ。インカ人を夢遊病者や隷属民に変えた大きな衝撃はまだ起こっていない。我々は、彼らに打撃を与えてきたが、彼らはまだ屈服していない。結局、進歩とか、未開の人々の近代化とか、我々の勝手な言い分にすぎないんだ。それは単に彼らを滅ぼすだけさ。そのような間違いを犯してはならない。彼らが矢と羽の冠と腰布でいるままにしておこう。君が、尊敬、いや、わずかでもいい、共感する気持で近づき、よく観察すれば、野蛮人だとか、遅れているとか呼べないことに気がつくだろう。彼らのいる環境、暮らしている状況では、今の文化で十分だよ。そのうえ、我々が忘れてしまった事物にたいする深くて鋭い知識も持っている。例えば、人間と自然の関係。人間と木、人間と野鳥、人間と河川、人間と大地、人間と空。人間と神に関してもだ。人間とそうしたものとのあいだに存在する調和を我々はどういうものか知らないでいる。なぜなら、我々はそれを永久に破壊してしまったからだ」

こういうことを彼は言った。もちろん、今、述べたような言葉は使わなかった。しかし、それをこのように言い換えることができるだろう。神のことを彼は話したか？　そのことにも触れたと私は思う。なぜなら、私は彼の言うことに驚き、きわめて厳粛な問題を茶化そうとして、我々は今からは神を信じなければならないということになるのかと訊いたことを思い出すからである。

彼はうなだれて黙った。カフェに飛び込んできた一匹のあぶが汚れた壁に何度もぶつかった。カウンターにいるウエイトレスは、マスカリータから眼を離そうとしなかった。顔を上げたとき、サウルは不快そうだった。声は重々しかった。

「そうだね、神を信じているのか、いないのか、もうぼくにはわからないよ、ねえ、君。それは、我々の強力な文化の問題の一つだ。我々は、神をいなくてもすませられるものにしてしまった。彼らにとって、神は空気であり、水であり、食べ物であり、本質的に必要なもの、それがなければ生きていくことができないものだ。君は信じないかもしれないが、ぼくたちよりもずっと精神的だ。ほかの部族と比べると、かなり物質主義的なマチゲンガ族でもそうだ。だから、研究所の犯している罪は重大だよ。彼らから神々を奪い、日常生活に何の役にも立たない自分たちの抽象的な神を押しつけている。言語学者は、自然崇拝の新しい破壊者だよ。密林を破壊するのに必要とあれば、飛行機でもペニシリンでも種痘でも、手当たり次第に利用するんだ。エクアドルであのグリンゴたちの身に降りかかったことが、もし彼らに起こったら、狂信的な彼らは、ますますその気になるだろう。殉教以上に狂信者を刺激するものはないからね、ねえ、君」

エクアドルでは数週間前に、プロテスタントの一教会に所属する三人のアメリカ人――そのうちの一人は部族のなかで暮らしていた――がヒバロ族に殺されるという事件が起きた。残りの二人は一時的な滞在者だった。ことの詳細はわかっていなかった。軍のパトロール隊が首を切り落とされ、矢の当たっている死体を発見した。ヒバロ族は干し首の部族であるから、首をはねた動機は明白だった。事件は新聞で仰々しく取り上げられた。犠牲者は言語学研究所の研究員ではなかった。直感的に彼の返答がわかったが、三人の死者をどう思うか訊いた。

「少なくとも一つのことは、はっきりしているよ」彼は言った。「首を切り落とされたが、それは残酷じゃないんだ。まあ、笑わないで。そうだったんだ、ぼくの言うことは嘘じゃない。彼らを苦しめるつもりはない。部族によって違うが、だいたい似たり寄ったりだ。必要があるから殺すんだ。何か脅やかされていると感じたとき。自分が死ぬか、相手を殺すか、どちらかしかないとき。腹を空かせているときもある。しかし、ヒバロ族は人食い人種じゃないから、食べるためだったのではない。ヒバロ族に危険を感じさせるようなことを伝道師が言ったか、したんだよ。もちろん、悲しい話さ。しかし、性急に結論を出してはならない。ナチスのガス室や広島の原爆と共通するようなものはどこにも見当たらないよ」

私たちはかなりの時間、おそらく三、四時間、一緒に過ごした。チチャロンのサンドイッチをたくさん食べたが、最後に、カフェの女主人が《店のおごり》と言ってマサモーラ・モラーダ（インカ以前からあったという紫色のとうもろこしからつくるスープ）を振舞ってくれた。店を出るとき、女主人はとうとう黙っていることができず、痣を指すと、《顔をいつも苦にしてるのかね？》と、サウルに訊いた。

「いや、全然、気にしたりしませんよ。そんな顔だということを忘れているから」と、サウルは微笑んだ。

記憶に間違いはないが、私たちは少し歩き、その午後のただ一つの話題を話しつづけた。ボロネシ広場とコロン通りの角で別れるとき、私たちは抱擁した。

「君にゆるしてもらわなければならない」と、彼は突然、悔やんだように言った。「コトラ（インコに似た小鳥）のように喋っていて、君には口をはさむ間もなかった。君はヨーロッパでの計画を話すこともできなかったね」

私たちは、音信が途絶えてしまわないように、葉書でよいから、時々、手紙を出すことに決めた。私は、それからの数年間に、三回、手紙を書いた。しかし、彼からは一度も返事はなかった。

それがサウル・スラータスを見た最後だった。浮かんでくる、壊れることのないイメージ。何度も巡りきた年月。灰色の大気、雲に覆われた空、物を腐蝕させてしまう夥《おびただ》しい湿気の冬のリマを背景にして、彼がそこにいた。彼の後ろを車、トラック、乗合バスが何台もボロネシの記念碑の方へカーブを描いて進んでいた。顔に大きな暗い痣があり、炎のような髪とチェックのシャツのマスカリータは、手を振って別れを告げながら、大きな声で言った。

「君もマドリッドの人間になって、vosotros(君たち)を使ったり、舌を噛んでzの発音をして戻ってくるのかい？　じゃあ、良い旅を。ねえ、君、幸運を祈るよ」

彼のことは知らないまま、四年の歳月が過ぎた。マドリッドに立ち寄るペルー人や、また、大学院を終了して暮らしていたパリを通りかかる人からサウルのことを耳にすることは一度もなかった。私はとくにスペインにいたとき、彼個人にたいする一種尊敬の気持からというよりも、マチゲンガ族のことが理由で、しばしば彼を思い出した。シュネル夫妻から聞いた語り部の話が、さまざまな刺激を伴って心にいつも浮かんできた。それは私の空想や欲求を、まるで美しい少女のように掻き立てるのだった。私は午前中だけ大学に行き、午後は、カステヤーナ通りにある国立図書館で、騎士道小説を読んで時間を過ごしていた。ある日、ふとマチゲンガ族について書いたドミニコ会の伝道師の名前を思い出した。ビセンテ・デ・セニタゴヤ修道士。カタログを探してみると、本はそこにあった。

私は一気に読んだ。それは、短く、素朴なものだった。善良なドミニコ会士は、マチゲンガ族をしばしば野蛮だと呼び、子供っぽく、怠惰で、酒好きで、また、呪術を信じている――彼は《魔女の夜会》という言葉を使っていた――ことで、父親のように叱責していた。二十年以上も部族のあいだで暮らしていたにもかかわらず、彼らを外からかなり距離をおいて眺めているようだった。だが、ビセンテ修道士は、誠実で、口にしたことを守ることや仕草のこまやかさには称讃を惜しまなかった。それに、その本は私の決意を促すようないくつかの知識を補強してくれた。彼らは物語を聞いたり、話したりすることにほとんど病的とも言える性癖を持ち、無類の話好きだった。また、じっとしていることができず、暮らしているところに少しも執着しなかった。まるで引越しの悪魔に取り憑かれているようであった。密林は一種妖《あや》しい力を彼らの上に及ぼしていた。伝道師は、あらゆる手段を用いて、彼らをチルンビアや、コリベニや、パンチコージョのセンターに誘導した。そして、定住させようとして気の遠くなるような努力を注いだ。

鏡や食べ物や作物の種を与え、健康、教育、単に生き延びていくためにも共同体をつくって暮らしていくことの利点を教えたのである。彼らは納得したようだった。家を建て、畑を作り、子供たちを伝道会の小さな学校に通わせ、自分たちも午後のロザリオの祈りや朝のミサに、ごてごてと化粧をし、時間通り現れた。こうしてキリスト教文明の道をたどりだしたかに見えた。ところが、ある日、別れも礼も告げず、忽然と密林のなかに消えてしまったのだ。それは伝道師よりも強力だった。何の抵抗を受けることもなく、先祖から受け継いだ本能が放浪の生活へと駆り立て、濃い処女林のなかに散らせてしまったのである。

その夜、私はマスカリータへの手紙にセニタゴヤ神父の本のことを書いた。マチゲンガ族の語り部の小説を書く決心をしたと彼に打ち明けた。手伝ってくれないか？　マドリッドでは、ノスタルジーからか、あるいは、ぼくたちの会話を何度も反芻したからなのか、君の考えはもうぼくには馬鹿げたものにも、非現実的なものにも思えないんだ。いずれにせよ、マチゲンガ族の内部をもっとも真実に近い形で描くために、全力を傾けてみるつもりだ。手を貸してくれないか、ねえ、君？

私は興奮して仕事にかかった。しかし結果は貧弱だった。彼らの信仰、神話、習慣、歴史などについて、少しの知識もなくて、語り部についての話がどうして書けるだろう。

クラウディオ・コエーヨ通りのドミニコ会の修道院が有益な便宜を与えてくれた。ペルーにある教団の伝道師の組織であるドミニコ伝道会の収集品が、そこには完全に保管されていて、私はそこでホセ・ピオ・アサ神父の言語や部族の伝承を扱ったきわめて貴重な研究など、マチゲンガ族に関する豊富な文献を発見した。

しかし、おそらく、もっとも示唆に富んでいたのは、修道院の広いよく響く図書館――声が反響して戻ってくる高い天井がある――で、顎ひげをはやした伝道師がしてくれた話だった。エリセリオ・マルエンダ修道士は、長年ウルバンバ川上流で過ごし、マチゲンガ族の神話に興味を持つようになった。彼は、密林で過酷な生活をし、野外で寝起きしたことのある人特有の、少し野性的な風格を漂わせた、注意深い、博学な老人だった。深い印象を与えようとするかのように、彼はマチゲンガ族の言葉を標準的なスペイン語にたえずさしはさんだ。

私は、豊かな対称構造を持つ――今、フィレンツェでイタリア語で『神曲』を初めて読んでみてわかったことだが――ダンテのような思索を持った部族の宇宙の誕生についての話にとくに惹かれた。地上は宇宙の中心であり、その上下にそれぞれ二つの世界が存在していた。それぞれの世界には、それ自身の太陽と月と、入り組んだ川があった。最上部のインキテの世界には、全能で、人々に息吹きを吹き込むタスリンチが住み、果物が鈴なりになっている豊かな岸辺をうるおす不死の川メシアアレニ川――この地上からは天の川として仰ぎ見ることができる――が流れていた。インキテの下には、雲の軽い世界メンコリパツァが漂い、そこには、透明の川マナイロンチャヤアリがあった。地上キパチャは、流浪する民マチゲンガ族の住む世界である。その下に、カマビリア川に覆われた死者の陰気な地域が横たわっていた。死者の魂は、新しい住まいに落ち着くまでそこで漂っている。最後に、もっとも怖ろしく、深いところに、魚もいない黒い水の川と食べるもののない荒れ地のガマイロニの世界があった。それは汚れたものの創造者であり、悪霊であり、悪魔のカマガリーニの軍団の総督であるキエンチバコリの支配地だった。それぞれの世界の太陽は、下の世界ほど、力と輝きが乏しかった。インキテの太陽は白く、動かずに輝いていた。ガマイロニの太陽は暗く、凍っていた。地上の迷っている太陽は、行っては、戻ってきた。その存続は、神話ではマチゲンガ族の行動と結びつけて語られていた。

マルエンダ修道士が私にしてくれた、こうした話やその他の資料は、どの程度信頼のおけるものなのか？　集めた材料に親愛なる伝道師は、加筆や修正を施さなかっただろうか？　私はそのことをマスカリータへの二通目の手紙で訊いてみた。やはり返事はなかった。

それから、約一年後、もうその頃にはパリにいたが、三通目の手紙を出した。彼の片意地な沈黙に文句を言い、もう語り部についての話を書くことを断念したと告白した。私はノートに草案を書いて、トロカデロ広場や、図書館や、人類博物館の陳列ケースの前で何時間も過ごして、語り部を理解し、把握しようとしたが、試みはうまくいかなかった。作ってみると、語り部の声は調子が狂ってしまった。私は諦めて別の話を書いた。マスカリータは、今、何をしているのだろう？　元気でいるのだろうか？　あれからずっと何をしてきたのだろう？　どんなことを計画しているのだろう？

彼の顚末を耳にはさんだのは、マトス・マルが人類学の会議に招待されて、パリに現れた一九六三年の末のことだった。話を聞いて、私は一瞬言葉を失くした。

「サウル・スラータスがイスラエルで暮らすために国を出ていったって？」

私たちは、サン・ジェルマン・デ・プレのオールド・ネイビーでグロッグを飲んで、十二月の寒さと物悲しい灰色の夕方と闘っていた。煙草をふかしながら、私は遠いペルーの友人や出来事について質問を浴びせつづけた。

「父親のことがあったようだよ」と、マトス・マルはイヌイットのように見えるかさばったマフラーとオーバーの下で身体を縮めて言った。「タララ出身のドン・ソロモンを知っているかい？　サウルは父親をとても愛していた。父親を一人にしないためにボルドーの留学を断ったことを憶えているだろう？　聞いたところでは、老人はイスラエルに帰って生涯を終わりたいという考えを起こしたらしい。肉親への献身的な愛からマスカリータは父親の意を汲んだ。一夜のうちに決めたように、あっと言う間の出来事だったよ。サウルからそれを聞いたとき、彼らはすでにブレーニャにあった小さな店、エストレーヤを処分し、荷造りもすませていた」

イスラエルに行って、そこに定住するということにサウルは興味があったのだろうか？　なぜなら、そこではヘブライ語を学び、兵役につき、生活をすべてやりなおさなければならなかっただろう。マトス・マルは、あの痣だったら兵役を免除されただろうと考えていた。私はシオニズムについて、移住《アリヤー》について、彼が口にしなかったかどうか思い出そうとして、記憶を掻き立てた。だが、思い当たるふしがなかった。

「たぶん、ゼロからやりなおすことに、サウルはさほど抵抗がなかったんだよ」と、マトス・マルは考えこんだ。「彼はイスラエルに順応しているだろう。もうかれこれ四年になる。ぼくの知っている限りでは、ペルーには戻っていない。彼がキブツで暮らしているところが眼に浮かぶ。実際、リマにいるサウルなんて、なんの取り柄もなかったね。民族学と大学に失望したのだろうが、理由がまったくわからなかった。博士論文も出さずに終わった。マチゲンガ族への思い入れが消えてしまったのだろう。《ウルバンバの貧しい連中が恋しくはないかい?》別れぎわに訊いた。《そんなことはありません。ぼくは何にでも適応できます。イスラエルにも、たくさん貧しい人々がいますよ》」

マトス・マルの考えと違って、サウルにとって移住《アリヤー》はそんなにたやすいことではないと思った。彼は心底ペルーに同化し、ペルーの事柄——少なくとも、その一つ——に引き裂かれ、心を奪われていたから、服を着替えるように、突然、一夜のうちにすべてを捨てていくことはできなかったはずである。私は中東にいるサウルを何度も想像しようとした。彼を知っている人なら、イスラエル市民となったサウル・スラータスが、パレスチナの問題や占領地域について、あらゆる種類の倫理的ジレンマに新しい祖国で直面したとおそらく推測することだろう。新しい空気のなかで、新しい言葉に詰まりながら、新しい勤め——一体、どんな?——をしている彼の姿を描こうとして、私は思いをめぐらした。そして、あの地で暮らしはじめてから、戦争やイスラエルの国境での紛争でマスカリータに弾があたっていないように、私はタスリンチに頼んだ。

5

悪戯者《いたずら》のカマガリーニが雀蜂に化けて、小便をしていたタスリンチのおちんちんの先っちょを刺した。彼は歩いている。どうやって？　私は知らない。でも彼は生きている。私は彼に会った。タスリンチは死ななかった。普通ヤミナウア族のあいだであんなことをすれば、眼や頭を失ったり、魂を失くしてしまうことだってある。だが、何もなかったようだ。満足そうに元気で暮らしている。怒りもせず、たぶん笑っているだろう。《そんなに騒ぐことではない》と言いながら。彼を訪ねようとミシャウア川の方へ進みながら、私は考えた。《もういないかもしれないな。もしそういうことをしたというのが本当なら、ヤミナウアに見つからないように、遠くへ逃げてしまっただろう。あるいは、ヤミナウアの手にかかって、彼も彼の親戚も殺されてしまったかもしれない》しかし彼はそこにいた。家族も、さらってきて妻にしている女も。《ここにいたんですか、タスリンチ？》《うん、うん、ここにいるよ》

さらってきた女は、今、言葉を覚えている。《話してごらん。語り部におまえが話せるところを見てもらうんだね》と、タスリンチは命じた。ヤミナウアの女が言っていることは、ほとんど理解できなかった。ほかの女どもは《この聞こえてくる音はなんだべ？》とからかったり、《どんな動物が家に入ったんだべ？》と言って、ござをめくり上げて探すふりをした。女どもは彼女をこき使い、いじめた。《脚を開かしてみるべ、パレニみたいに魚が出てくるだよ》と言った。ほかにももっとむごいことを。しかし、たしかに彼女は言葉を覚えかけている。女の言ったことのいくつかを私は理解した。《人は歩く》と言うのがわかった。

《では、ヤミナウアの一人をかどわかしてきたというのは本当なのですか？》と、私はタスリンチに言った。かどわかしてきたのではないと言う。そうではなく、一頭のヤマバクと、一袋のとうもろこしと、一袋のユカと交換した。《ヤミナウアは喜んでいるよ。女以上の値打ちのものをやったんだからね》と、彼は請け合った。《そうじゃないかい？》と、私の前で訊いた。すると、女は《うん、そうだ》とうなずいた。女がそう言ったのもわかった。

悪戯者のカマガリーニがおちんちんを刺してからというもの、どのように、どうして起こるのかわからないが、タスリンチは、突然、思いついたことをせずにはいられない。

《命令が聞こえてくる。それに従わなければならない》と、彼は言う。《神か、悪魔か、どんなふうに潜り込んだのか知らないが、おちんちんから中に入ったもののせいだよ》女をさらってきたのもその命令の一つだったようだ。

　おちんちんは元通りになっている。しかし、彼が別の者になるよう、ほかの人々には理解できないことをするように命じる霊が、魂のなかにまだ潜んでいる。カマガリーニに刺されたときに、どこでおしっこをしていたか教えてくれた。痛《い》てて、痛てて！　彼は叫んだ。跳び上がった。もう、おしっこをしていることができなかった。大きな手で雀蜂を脅《おど》かした。たぶん蜂がせせら笑っているのが、耳には聞こえたことだろう。しばらくすると、おちんちんは大きくなりだした。夜ごとに腫れ上がり、朝にはさらに大きくなった。みんなが腹をかかえて笑った。恥ずかしさのあまり、彼は大きいクシュマを作った。大きな袋でそれを包み隠した。しかし、おちんちんはますます大きくなり、隠しきれなかった。動くと邪魔になった。動物が尻尾を引きずるように彼はそれを引きずっていた。人々は、彼が叫ぶのを聞こうとして、時々それを踏みつけた。痛てて、痛てて！　彼はそれをくるくると巻いて、ちょうど私がオウムをのせているように、それを肩に担がなければならなかった。こうして、顔をあわせて一緒に旅をした。タスリンチは退屈しのぎに話しかけた。すると、ちょうど私の話をあなたたちが聞いているときのように、黙って熱心にタスリンチの話を聞きながら、そいつは大きな眼で彼を見つめた。片目！　一つ目で！　じっと見ていた。それはものすごく大きくなっていた。木だと勘違いして、鳥はそれにとまって囀《さえず》った。おしっこをすると、その先から熱い尿が滝のように出てきたが、それは激流《グランポンゴ》の瀑布のように泡立っていた。タスリンチはそこで泳ぐことができただろう。たぶん家族たちも。立ち止まって休むとき、それは腰掛のかわりになった。夜にはありあわせの寝台に。狩りに行くときには投石器や槍になった。木の上にいるシンビージョ猿をやっつけたり、棍棒にしてピューマを殺すこともできた。

セリピガリは、燠《おき》で熱した羊歯《しだ》の葉でおちんちんを包んで清めた。それから、一晩中歌いながら、タスリンチに煎じ薬をすすらせた。セリピガリは煙草とアヤウアスカを飲んで、踊りながら天井から消え、サアアンカリテになって戻ってきた。害を起こしているものを吸って、吐き出した。それは黄色いどろっとしたもので、酔っぱらいが吐いたものと同じ臭いがした。夜が明ける頃から、おちんちんは萎《しぼ》んで、何か月か後には以前のようにちっぽけになっていた。しかし、そのときからタスリンチには命令が聞こえてくる。《魂のどこかに気まぐれな母親がまだいる》と、彼は言う。《ヤミナウアの女をかっさらってきたのもそのせいさ》

女は新しい夫に慣れたようだ。彼女は、ミシャウアで静かに、ずっと前からタスリンチの妻であったかのように暮らしている。だが、ほかの女どもの怒りは収まらず、彼女を侮辱し、ことあるごとにぶつ。私は女たちの振舞いを見たり、聞いたりした。《私たちと違う》と、女たちは言っている。《人間じゃない、一体、何だろう？　たぶん猿か、カシリの喉に詰まった魚だべ》女は無視してユカを噛んでいた。

あるとき、水甕《みずがめ》を運んでいて、うっかり子供と鉢合わせになって、子供を押し倒してしまった。さっそく、ほかの女どもは詰め寄った。《わざとやったんだべ。殺すつもりだったんだべ》と言った。それは本当ではなかった。しかし、みんなそう言った。ヤミナウアの女は棒をつかむと、静かに女たちを睨みつけた。《いつか殺されてしまいますよ》と、私はタスリンチに忠告した。《自分の身体《からだ》ぐらい守れるさ》と、タスリンチは答えた。《狩りにも行くし、女には無理だと思っていたことができる。あいつは畑からユカを運んでくるとき、一番重いものを背負うこともいとわない。私が心配なのは、どっちかというと、あいつがほかの女たちを殺してしまいかねないことだよ。ヤミナウア族はマシュコと同じで戦闘的だからね。女たちもおそらくそうだよ》

まさにそれだから心配になると私は言った。そして、できるだけ早く別のところへ移動すべきだということを。タスリンチのしたことでヤミナウア族は怒ることだろう。もし仕返しに来たら？　タスリンチは笑いだした。話のかたはついていたらしい。ヤミナウアの女の夫が、二人の男を連れて彼のところへやってきた。彼らはマサトを飲んで話し合った。そして互いに了解した。彼らは女ではなく、ヤマバクや、とうもろこしや、ユカのほかに、銃を欲しがっていたので、タスリンチはくれてやった。白人の神父たちから、ここに銃があると聞いたんだ。《捜してごらん》と、タスリンチは言った。《見つけたら、持っていっていいよ》とうとう彼らは帰っていった。満足していたようだ。タスリンチは、女をヤミナウアの家族のところに帰すことは、もう考えていない。彼女は言葉も覚えだしているから。《子供ができたら、ほかの女たちも打ち解けてくるさ》と、タスリンチは言う。子供たちは、もう彼女に慣れ親しんでいるのだから。子供たちは、歩く人、歩く女として接している。《お母さん》と呼んで。

それが少なくとも私の知っていることだ。

女はミシャウアのタスリンチに幸福をもたらすだろうか？　不幸をもたらすかもしれない。この世界に降りてきて、マチゲンガ族の娘と結婚したために、月のカシリは不幸になった。少なくとも、人々はそう言っている。だが、おそらく、私たちは嘆くことはない。カシリは不幸も招いたが、私たちに食べ物と暖かさを与えてくれた。太陽は、カシリがマチゲンガ族の女に産ませた子供ではないだろうか？

それは、昔のことだった。

若くて、強く、真面目なカシリは、もっと上の天の世界、インキテで退屈していた。それがその頃はまだ星がなかった。人間は、ユカやバナナではなく、土を食べていた。それが人間の唯一の食べ物だった。カシリは櫂《かい》を使わずに、腕で水をかいてメシアレニ川を下ってきた。カヌーは、渦や石を避けて進んだ。降りてきて、浮かんでいた。世界はまだ暗く、風が吹き荒れていた。土砂降りの雨が降っていた。この世と天の世界がつながる、怪物が棲み、すべての川が死んでいくオスティアケで、カシリは岸に跳び降りた。周囲を見た。どこにいるのかわからなかったが、カシリは満足だった。歩いていった。しばらくすると、蛇を追い払うために小さな声で歌を口ずさみながら、坐ってござを編んでいるマチゲンガ族の娘に出会った。彼に幸福と不幸の両方をもたらしたのは、この娘である。頬と額に、口からこめかみにかけて二本の赤い線が引かれていた。彼女はまだ生娘だった。料理とマサト酒造りを覚えたのもこの娘である。

娘を喜ばせてやろうとして、月のカシリは、ユカとバナナがどんなものか教えた。どのように植え、収穫し、食べるかを教えた。そのときから、世界には食べ物とマサトがある。こうして、それからのことが始まったようだ。その後、カシリは、娘の父親の家に行った。彼のために山や川で捕ったものを腕にかかえて持っていった。最後に、カシリは山の一番高いところに畑を拓き、種を播《ま》き、草を取り、ユカが大きくなるまで働きたいと伝えた。タスリンチはカシリが娘を連れていくことを承知した。若い娘の初潮を待たなければならなかった。かなり日数がかかったが、そのあいだにカシリは地面を削り、森を焼き、手入れをして、将来の家族のためにバナナと、とうもろこしと、ユカの種を播いた。何もかもうまくいった。

さて、娘は月のものがはじまった。親戚の者と一言も喋《しゃべ》らず、閉じ籠った。年寄りの女が傍《そば》で昼も夜も娘の世話をした。娘は休まず綿布を織りつづけた。自分と自分の家族に禍《わざわ》いをもたらさないように、決して火に近づかなかったし、唐辛子も食べなかった。決して夫となる男に視線を向けることも、言葉を交わすこともなかった。初潮が終わるまでこうして過ごした。それから髪を切り、老女の手を借りて、生温かいお湯で湯浴みした。甕の水を娘の身体に注いだ。ようやく若い娘は出ていって、カシリと暮らすことができた。ようやく妻となることができた。

すべては進んでいった。世界は安らかだった。オウムの群れが騒がしく、満足そうに頭上を飛んでいった。しかし、部落には、もう一人娘がいた。その娘はおそらく女ではなく、邪《よこしま》な小悪魔のイトニだった。今は、鳩の姿をしているが、その頃は女の姿をしていたのである。イトニは新しい家族へのカシリの贈り物を見ると、腹を立てた。カシリを夫にしたいと、自分が太陽を産み落としたいと思っていたのだろう。なぜなら、月の妻になった女は、大きくなって、世界に暖かさと光を与えてくれる、たくましい太陽という子を産んだからだ。人々に自分の怒りをわからせようと、イトニはアチオテで顔を赤く塗った。そして、カシリがユカ畑から帰ってくるときに通る道の片隅に坐った。しゃがむと、身体を絞るように力を入れた。顔を膨らませて、きばった。それから、手を自分の汚いものに突っ込んで、怒りにふるえながら、カシリが現れるのを待ち構えた。カシリが近くにきたとき、木蔭から彼に跳びかかった。月が身をかわすより先に、したばかりの糞を彼の顔にこすりつけた。

カシリは、その汚れが決して消えないものだということを、その瞬間、理解した。そんな屈辱を受けて、この世界でどうしたらいいのだろう？　彼は悲しみ、もっとも上の天、インキテに戻っていった。今は、そこにいる。その染みのために光が消えた。しかしカシリの子はひときわ輝いている。太陽は輝かないだろうか？　この世を暖めないだろうか？　私たちはその運行を助けてやる。毎晩、落ちていくたびに「さあ、起きて」と言って。彼の母親がマチゲンガの娘だったからである。

それが少なくとも私の知っていることだ。

しかし、セガキアトのセリピガリによると、話は次のようなものである。

カシリは、この地上に降りてきて、川辺で娘を見かけた。娘は歌を口ずさみながら、水浴をしていた。カシリは娘に近づいて、一握りの土を彼女にかけた。土は彼女のお腹のあたりにかかった。娘は怒って石を彼に投げつけた。すると、急に雨が降ってきた。キエンチバコリは、マサトを浴びるように飲んで、森のなかで踊っていたのだろう。《馬鹿な娘》と、月のカシリは娘に言った。《子供ができるように、泥をかけたのだよ》悪魔たちは、幸福そうに森のなかで放屁していた。それからこんなふうになった。娘は身ごもった。しかし、子供を産んだときに、死んでしまった。生まれた男の子も死んだ。マチゲンガ族は怒ったらしい。彼らは矢や刀を取り出しただろう。カシリのところへ押しかけ、《この死体を食べろ》と言って、取り囲んだことだろう。弓で脅し、石の武器を眼の前に突きつけたことだろう。月のカシリは、ふるえながら抵抗しただろう。彼らは《娘を食べろ、死んだ娘を食べろ》と迫った。

とうとう、カシリは涙を流しながら、妻の腹を刀で切り開いたそうだ。赤ん坊は光を放って、そこにいた。取りあげると、息を吹きかえしたようだ。動き、嬉しそうにかん高い声を上げた。赤ん坊は生きていた。カシリは跪いて、妻の身体を足のほうから呑《の》み込みはじめた。お腹まで食べたとき、マチゲンガ族の人々は《もういい。行け》と言った。だから、月のカシリは、妻の身体の残った部分を肩に担いで、歩いてずっと上の天に帰っていった。そこで私たちをずっと見ている。私の話をいつも聞いている。顔の染みは食べられなかった肉の切れ端である。

マチゲンガ族の人々が父親のカシリにしたことに怒って、太陽は動くのをやめ、私たちを焼き焦がした。川を干上がらせ、畑や森を燃やした。動物は喉をからして死んでいった。《もう動いていこうとしない》と、マチゲンガ族の人々は、髪を掻きむしって言った。彼らは怖れた。《太陽が死んでしまう》悲しそうに歌った。そのとき、セリピガリがインキテに昇った。太陽と話した。太陽を説得したのだろう。それで、ふたたび動いたのだろう。《一緒に歩いていこう》と、セリピガリは言ったそうだ。そのときから暮らしは、今の姿になった。こうしてそれ以前のことが終わり、それ以後のことが始まった。そういうわけで私たちは歩きつづけている。

《あそこにいるカシリの力はとても弱いですね》と、私はセガキアト川のセリピガリに言った。《そうだ》と、彼は答えた。《月はできそこないの人間なんだ。ほかの人々は、魚を食べたときに喉に骨が刺さったのだと言っている。それから光が消えたのだと》

それが少なくとも私の知っていることだ。

ところで、私はここに来るとき、知っている道なのに迷ってしまった。おそらく、さまざまな力を持っている、キエンチバコリか、彼の手下の悪魔か、どこかのマチカナリの仕業だったのだろう。空が暗くなっても、空気が湿り気を帯びてもこないのに、前触れなく突然雨が降りだした。私は川を渡っていたが、激しくなる雨の勢いで斜面をよじ登ることができなかった。二、三歩進むと、滑り、足元で地面は崩れ、下の流れのところに戻っていた。オウムは驚いて羽ばたき、きいきい鳴いて身を翻した。あっというまに斜面は激流に変わった。泥と水、石や、枝や、草や、嵐で折れた木々、鳥や昆虫の屍《しかばね》、すべてが私の方へ押し寄せてきた。空は暗くなり、しばらく稲妻が光っていた。山のすべての動物が吠えだしたかのように雷が轟《とどろ》いた。雷神がこんなに吠えるときは、何かただならぬことが起こっている。私は必死になって谷をよじ登ろうとしつづけた。上がれるだろうか？　高い木に登らなかったら、死んでしまいそうだった。あたりはすべて天から落ちてくる水の泉になってしまうだろう。だが、もう振り絞る力がなかった。腕も足も、転げ落ちたときに打ってできた傷でいっぱいだった。口からも鼻からも水が入ってきた。眼や尻の穴からも水が身体のなかに入ってくるだろう。これでおしまいだ、タスリンチ。魂はだれも知らないところへ行ってしまうだろう。私は魂が抜けていったかどうか確かめようと、頭のてっぺんに手をあててみた。

　どれくらいそうやって、よじ登ったり、転がったり、またよじ登ったり、また転げ落ちたりしていたかわからない。岸を呑み込むと、溝は広々とした川に変わっていた。疲れ果て、身体が水に沈んだ。《ひと休みしよう。無駄な闘いはもういい》と、私はつぶやいた。しかし、こうやって死んでいくのを休むと言うのだろうか？　溺れるなんて、最悪の死に方ではないか？　溺れれば、すぐに死者の川のカマビリア川に浮かびあがり、キエンチバコリの暗い土地、もっと下の世界、太陽も魚もいない淵の方へ進んでいくだろう。気がつくと、私は嵐で川に流れ出した木に無意識につかまっていた。どうやってよじ登ったのかわからなかった。眠っていたわけではなかった。日は落ちていた。暗がりは冷たかった。背中の水滴がまるで石のように感じられた。

だが、夢の中でぺてんに気づいた。流木だと思っていたものはカイマン（鰐《わに》）だったのだ。その堅い、ちくちくする皮は、一体、何の樹皮か？　タスリンチ、それは鰐の背中だった。自分の上に私をのせていると、カイマンは気がついていただろうか？　もし気がついていたら、尻尾で叩きはじめただろう。あるいは、鰐がいつもするように、水に潜って、一度、私を振りほどき、それから水の中でがぶっと噛みついただろう。私は死ぬのだろうか？　もし、死んでしまったら、足を上にして流れていくだろう。どうすればいいのだろう、タスリンチ？　ゆっくりと水の中に滑り降りて、岸まで泳ぐべきだろうか？　だが、その嵐では岸までとても着けなかった。木さえ見えなかった。おそらく、この世界には、地面はもう残っていなかった。カイマンを殺したら？　だが、武器がなかった。溝のところで、斜面でもがいているうちに、袋も、刀も、矢も、失くしていた。

ちょこっとカイマンの上に乗ってじっとしているほうがましだった。だれかが、あるいは、何かが決めてくれるのを待っているほうがましだった。

私たちは気儘《きまま》な水の流れのままに漂っていた。寒さで身体がふるえ、歯ががちがち鳴った。《どこに私のオウムはいるのだろう？》と思った。カイマンは足も尻尾も動かさず、川の水の赴くままに流されていった。少しずつ様子がわかってきた。泥だらけの水、動物の死体、屋根や、家や、柱の残骸や、カヌー。時々、ピラニアや水に棲む動物に半分かじられた人間の死体もあった。雲のように塊になっている蚊、私の身体の上を歩いている水蜘蛛。水蜘蛛にちくりと刺された。空腹を覚えた。流されてくる死んだ魚を一匹つかまえることもできた。しかしカイマンが気づいたら、どうなるだろう？　私は水を飲むだけにした。渇きを静めるためには動く必要はなかった。ただ口を開けるだけでよかった。爽やかな雨が喉をうるおしてくれた。

そのとき、私の肩に小鳥がとまった。赤と黄色の冠、羽、金色の胸、尖った嘴《くちばし》、それはキリゲティ(キッツキ)のようだった。しかし、カマガリーニか、サアアンカリテだったのだろう。なぜなら鳥が言葉を喋るなんて、だれも聞いたことなどないからだ。《困っているようだね》と、小さな金切り声が響いた。《でも、そこを動くと、カイマンに気づかれるよ。眼を細くして窺《うかが》っているからね。尻尾のひと振りで君を気絶させ、大きな歯のある大口で腹のあたりに嚙みついて、君を食べてしまう。骨も髪の毛も全部食べてしまうよ。君と同じくらい腹を空かせているからね。でも、一生、カイマンにつかまって暮らすつもりなのかい？》

《私の知っていることが何の役に立つのか言っておくれ》と、私は言った。《教えておくれ。水から抜け出すのにはどうしたらいいのか言っておくれ》

《飛ぶのさ》と、キリゲティは赤と黄色のとさかを立てて囀った。《ほかに方法があるかい、タスリンチ？　あの斜面で君のオウムが飛んだように、あるいは、ぼくがするようにね》そして、ひょいと飛び上がると、輪を描いて消えてしまった。

飛ぶのは、そんなに簡単なことだろうか？　セリピガリやマチカナリは夢の中で飛ぶ。しかし彼らには知恵がある。煎じ薬や、小さな神や、小さな悪魔が彼らを助ける。私には、一体、何があるだろう？　私は聞いたことや、話す事柄を持っているだけだ。それではだれも飛ばすことはできない。足の裏が鰐の皮でちくちくするのを感じたとき、私はキリゲティの姿をしたカマガリーニを罵《ののし》った。

カイマンの尻尾には、鷺が一羽飛んできてとまっていた。バラ色の長い脚と、曲がった嘴を見た。鷺は、虫を探すためか、それとも食べ物とでも思ったのか、私の足をつついた。鷺もたいへん腹を空かせていた。怖かったが、笑いがこみあげてきた。こらえることができなかった。私は笑いだした。あなたたちが今笑っているように、笑っていた。笑いで何度も身体をよじって。タスリンチ、君と同じように。と、そのときカイマンは眼を覚ました。見ることも理解することもできないことが、自分の背中で起こっていることにカイマンは気づいた。彼は大きな口を開けて吠え、怒って尻尾を振りまわした。私はわけもわからず、思わず鷺につかまっていた。雌猿につかまっている子猿のように、乳を与えてくれる母親につかまっている生まれたばかりの赤ん坊のように。カイマンが尻尾を振りまわすのに驚いて、鷺は飛び去ろうとした。だが、私がつかんでいて飛べなかったので、鷺はひと声高く鳴いた。その叫びで、カイマンも私もますます驚いた。おそらく、私たちは三人(?)とも、わあわあ言っていた。わあわあ、三人はそれぞれわめいていたのだ。

すぐに、私はカイマンも、川も、泥も、眼下を遠ざかっていくのを見た。強い風のために、ほとんど息ができなかった。私はそこにいた。そう、空中に、あの上に。タスリンチ、そこを語り部が飛んでいった。鷺も、鷺の首にぶら下がり、脚を鷺の足に巻きつけた私も、飛んでいた。下には夜が明けていく地上が見えた。水があちらこちらで光っていた。その暗い斑点は林だったのだろう。蛇のようなのは川だった。これまでに経験したことのない寒さ。私たちは地上を後にしてきたのか？　それは雲の世界、メンコリパツァだったのだろう。まだそこを流れているという川は見えてこなかった。綿の水に満たされたマナイロンチャヤアリ川はどこにあるのだろう？　本当に飛んでいるのだろうか？　私を持ちあげられるくらいに、鷺は大きくなっていたのだろうか？　それとも、私が鼠ほどの大きさになっていたのだろうか？　どうなっていたのかわからない。鷺は静かに、羽を動かし、風に乗って飛んでいた。おそらく私の体重など、何の差し障りもなかった。はるか地上にあるものを見ないように眼を閉じた。なんて深く、なんて下にあるのだろう。鷺がかわいそうになった。眼を開けると、バラ色に縁どられた白い羽、そのリズミカルな羽ばたきが見えた。暖かいむく毛が、私を寒さから守ってくれた。鷺はしばらく首を伸ばし、独りごとを言うように嘴を上げて、喉を鳴らしていた。これがメンコリパツァだった。夢の中でセリピガリはこの世界まで上がってくる。彼らはこの雲の世界で、悪い霊による禍いや混乱について、小さな神であるサアアンカリテと相談する。そこに上がってきているセリピガリに、私は会いたくてならなかった。《助けてくれ。この困難から救い出してくれ、タスリンチ》と、頼みたかった。なぜなら、そんな上の、雲のあいだを飛んでいることは、鰐の背中にいることよりひどくはないだろうか？

どれだけ鷺と飛んでいたかはわからない。タスリンチ、いつまでもそんな姿勢を続けていることはできない。腕と脚は疲れてくる。空に飛び出せば、君の身体は空中でばらばらになって、地面に着いたときには水になっているだろう。雨は止んでいた。太陽が昇りはじめていた。それで気持を取り直した。がんばれ、タスリンチ。鷺が下に降りていくように、私は足をばたばたさせ、ひっぱり、最後は頭突きを食らわせ、嚙みついた。鷺には何がなんだかわからなかった。驚いて、喉を鳴らすのをやめた。その後、きいきい啼《な》きだし、私の身体をあっちこっちつついた。こうして、こんなふうに旋回しながら、私を振り放そうとした。圧倒するような力で。私は何度も振りほどかれそうになった。だが、翼を締めつけてやれば、空中でつまずいたようになって落ちていくことに気づいた。たぶん、それで助かったのだと思う。残っている力で片方の翼に足を絡《から》ませて、ぎゅうぎゅう締めて攻めたてた。もはや鷺は、翼を上下させることができなかった。がんばれ、タスリンチ。すると、私の望んでいたようになった。鷺は片方の翼だけを動かしていたが、どんなに急いで動かしても、もう前のようには飛べなかったのだ。疲れて降りはじめた。だんだんと降りながら、鷺は絶望して何度もきいきい悲しそうに叫んだ。私の方は幸福だった。地上が近づいてきた。刻一刻。なんて運がいいんだろう、タスリンチ。もう地上は眼の前にあった。木の梢《こずえ》が身体に当たったとき、飛び降りた。鷺がどんどん落ちていくのを見た。それから、鷺は何かひと声叫ぶと、ふたたび幸福そうに両方の翼を羽ばたかせて上昇していった。私は、身体をあちこち打ったり、引っ掻いたりした。枝のあいだではね返り、枝を壊し、幹の皮をはぎ取り、自分の身体も壊れるように感じた。猿のようにぶら下がるための尻尾なんてだれが持っているだろうと考えながら、手や足で自分の身体を支えようとした。木の葉、小枝、かずら、蔓《つる》、蜘蛛の巣などが私の落下をとめてくれた。地面にたたきつけられたが、生命を落とさずにすんだ。その喜び、自分の身体の下に地面を感じた。それは柔らかく、温かかった。湿り気も帯びていた。よし、ここにいるぞ！　着いたぞ！　これが私の世界だ。これがわが家だ。いろいろあったけれど、経験してみて一番良かったことは、水の中でも、空中でもなく、この地上で生きることだ。

眼を開けると、セリピガリのタスリンチがいて、私を見つめていた。《君のオウムが君を待ちかねているよ》と言った。彼はそこにいて、声はかすれていた。《どうして私のオウムだとわかるんですか？》と、私は冷やかに言った。《山にはたくさんオウムがいますよ》《こいつは君にそっくりだよ》と、彼は答えた。それはたしかに私のオウムだった。私に会えたことを喜んで、何か言っていた。《もう何か月になるだろう？　よく寝ていたな》と、セリピガリは言った。

《あなたに会いに来る途中で、いろいろな目に遭いましたよ、タスリンチ。ここに来るのはひと苦労だった。カイマンとキリゲティと鷺がいなかったら、ここにはこれなかったでしょう。どうしてできたのか説明を聞かせてもらえますか?》

あなたたちに話してきたことをタスリンチに話すと、《君が冒険のあいだ、腹を立てなかったから、助かったのだ》と言った。おそらくそういうことなのだろう。怒りは、世界の不調和の種である。もし人間が怒らなかったら、人生はもっと素晴らしいものになる。《彗星——カチボレリネ——が天にあるのは、怒りに原因があるのだ。炎の尻尾を出し、駆け巡り、宇宙の四つの世界を混乱させる脅威になっている》と、彼は言った。

そして、カチボレリネの話をしてくれた。

それは、昔のことだった。

最初、彗星はマチゲンガ族の男だった。落ち着きのある若者だった。放浪の旅をしていた。不満を感じることはなかった。妻が死んで、息子と二人だけになったが、息子は健康で、すくすく成長した。カチボレリネは男手ひとつで子供を育て、先妻の妹を新しい妻に迎えた。ある日、ボキチコの漁から戻ってくると、息子が妻の上に乗っていた。二人は嬉しそうに喘《あえ》いでいた。カチボレリネは顔を曇らせて小屋から離れた。《息子の相手を見つけなければならない。もう嫁が必要だ》と考えた。

彼はセリピガリに相談に行った。セリピガリは、サアアンカリテと話して戻ってきた。

《鬼のチョンチョイテの住んでいるところへ行ってごらん。嫁が見つかるだろう。だが、わかっていると思うが、気をつけるんだぞ》と、セリピガリは言った。

カチボレリネは、チョンチョイテが歯を小刀で尖らせ、人間の肉を食べることを知っていたが、そこに行った。だが、その地域に足を踏み入れ、チョンチョイテの土地の入口になっている沼を渡ったとたん、地面にぱっくりと呑み込まれてしまった。まわりは真っ暗だった。《ツェイバリンツィに落ちたのだろう》と、彼は考えた。そう、そこはイノシシやバクを捕るために、枝や葉や棒をかぶせた落とし穴だった。鬼のチョンチョイテは、血を流して怯《おび》えているカチボレリネを、穴から引っぱり出した。彼らは悪魔の仮面の下から腹を空かせた口を覗かせていた。匂いを嗅ぎ、舐《な》めて、大喜びだった。身体中を舌や鼻で舐めまわした。いきなり魚のように彼の臓腑を取り出した。その場で熱い石の上にのせて焼いた。しかし、チョンチョイテが酔っぱらって、浮かれて腸《はらわた》を食べているすきに、カチボレリネの半ば空っぽになった皮膚は、沼を渡って逃げた。

家に戻る旅の途中で、煙草の煎じ薬を作った。おそらく彼もセリピガリだったのだろう。夢で占うと、妻が彼を殺すためにクーモの毒を入れた飲み物を温めていることがわかった。カチボレリネはまだ怒っていなかった。使いを送って妻をたしなめた。《なぜ夫を殺そうとするのかね？》と言った。《そんなことをしてはいけない。彼はひどい目に遭ったのだ。チョンチョイテに食べられてしまった腸がまたできるような薬を作ってやりなさい》彼女は黙って聞いていたが、今は自分の夫となっている青年を見つめた。二人は幸せに暮らしていた。

まもなくカチボレリネは家に着いた。長旅で疲れていた。何も得られなかったので落胆していた。妻は椀を差し出した。黄色い液はマサト酒のように見えたが、それは、とうもろこしから造ったチチャ酒だった。うわずみの小さい泡を吹いて、不安そうに飲んだ。しかし、液は身体から抜けてしまった。というのは、彼は血管のまじったただの皮の袋にすぎなかったから。泣いた、自分が空っぽであることを知って。泣いた、腸も心臓もない人間だったから。

それだから、猛烈に怒った。

雨が降り、稲妻がきらめいた。すべての悪魔が森に出てきて踊っただろう。女は驚いて走りだした。畑のほうへ、山の上のほうへ、転びそうになりながら走った。女は夫がカヌーを作るために以前くりぬいた木の幹のなかに隠れた。カチボレリネは怒り、声を張り上げて捜した。《ばらばらにしてやるぞ》ユカ畑のユカに居場所を訊いたが、ユカは答えられなかったので、彼はユカを鷲づかみにし、引き抜いた。マグナやフロリポンディオにも訊いた。私たちにはわかりませんよ。草も木も居所《いどころ》を言えなかった。だから、彼は山刀《マチェーテ》でそれを切り、足で踏みつけた。森の奥では、マサト酒を飲みながら、キエンチバコリが幸福そうに踊っていた。

探すことに苛立ち、怒りで我《われ》を忘れ、とうとうカチボレリネは家に帰った。一本の竹の筒を取り、片方の端をつぶすと、オヘエの木のやにを染み込ませ、それに火をつけた。焔《ほのお》が高くなったとき、竹のもう一方の端をつかんで、それをぐいっと、自分のお尻の穴に突っ込んだ。彼は地面を見、森を見、怒り、呻《うめ》いた。怒りでいっぱいになり、空を指さして叫んだ。《どこへ行こう、この世界が汚れてしまわないように。あそこの、上に行こう。あそこの方がいい》彼は悪魔に変わると、どんどん昇りはじめた。そのときからそこにいる。そのときから私たちは、時々、インキテに彼を見る。彗星のカチボレリネ。顔も身体も見えない。お尻につけた焔をあげる筒だけしか。おそらくいつも怒って歩いているのだろう。

《鷲につかまって飛んでいたとき、カチボレリネに出くわさなかったのは、めっけものだったよ》と、セリピガリのタスリンチは私をからかった。《もし出会っていたら、彼の尻尾で焼かれてしまっていたよ》彼によると、カチボレリネは、時々、マチゲンガ族の人間の死体を集めにこの世界に川岸まで降りてくるそうだ。彼はそれを肩に担いで天に上げ、流れ星に変えると言われている。

それが少なくとも私の知っていることだ。

私たちは、たくさんの蛍がいる場所で話し合っていた。セリピガリのタスリンチと喋っているあいだに、日は暮れていた。森はあちらで光ったり、こちらで光が消えたり、もっと向こうで光ったりした。森は目配せをしているみたいだった。《どうしてこんなところで暮らしているのか、タスリンチ。私だったらここでは暮らさない。放浪をしている人たちのあいだで、いろいろなことを見てきた。でも、蛍がこんなにたくさんいるのを見たことはない。どの木も光りだした。これは不幸の兆しなのか。あなたに会いに来るたびに蛍のことが頭に浮かんで、身体がふるえますよ。まるで私が話していることを聞きながら、蛍は私たちを見ているようだ》

《もちろん見ている》と、セリピガリは言った。《もちろん君の話をじっと聞いている。君が来るのを、私と同じように待っている。君がやってきて、話をしてくれるのを楽しみにしているんだ。私と違って記憶力がいい。私は体力も知恵も衰えてきた。蛍たちは、まだまだ若さを保っているようだ。君がいなくなると、君から聞いた話を繰り返して、私を慰めてくれる》

《タスリンチ、からかっているのですか？　たくさんのセリピガリを訪ね、不思議な話を聞いてきた。でも、だれかが蛍と話ができるなんて知らなかった》

《ほら、ここに一匹いるだろう》と、タスリンチは、驚いている私に笑って言った。《聞くためには、聞き方を知る必要がある。私は今はそれができる。そうでなかったら、もうずっと前に放浪をやめていただろう。憶えているかい？　私には家族があった。禍いや川や稲妻やジャガーのせいでみんないなくなってしまった。こんな多くの不幸にどうやって耐えてきたと思うかね？　聞くことだよ、語り部よ。この山の一角にはだれも来ない。もっと下の谷に住んでいるマチゲンガ族の人間が、助けを求めて、たまにやってくる。来て、帰っていく。そして私はまた一人になる。だれも私を殺しに来ない。ビラコチャもマシュコもプナルーナも悪魔もこの山に登ってこない。しかし、一人暮らしは、はかないものだよ》

《何ができるだろうか？　怒りか、絶望か？　川岸に行き、チャンビラの棘《とげ》を刺すか？　私は考えた。そして、蛍のことを思い出したのだ。君と同じで気になった。なぜこんなにたくさんいるのか？　どうして山のほかの場所ではなく、この場所に集まっているのか？　夢で調べてみた。家の天井にいるサアアンカリテの霊に訊いた。「君のためじゃないかい？」と、サアアンカリテは言った。「君についていくために来たのではないか？　放浪するのには家族が必要だから」その言葉で私は考えこんだ。それから彼らに話しかけてみた。答えることもない、消えては点《とも》る光に話すのは、とても奇妙な感じだった。「私と一緒にいるためにここにいたのか？　小さな神が教えてくれた。それがわからなかったとは、なんて馬鹿だったんだろう。やってきて、傍にいてくれることに、どう感謝したらいいのだろう」一晩が過ぎ、また一晩が、そして、また一晩が過ぎた。日が暮れ、山が小さな光であふれるたびに、私は水で身体を清め、煙草や煎じ薬を作り、彼らに話し、歌ってやった。一晩中、彼らのために歌った。何も返事をしなかったが、私は、彼らの言うことに耳を傾けた。一心に、おろそかにしないように。私の言っていることを理解していることが、私にもすぐにわかった。「なるほど、タスリンチがどれくらい我慢強いか試しているのだな」黙って、動かず、心を落ち着けて、眼を閉じて、私は待っていた。最初は、いくら心を集中しても、何も聞こえてこなかった。しかし、何日か経ったある晩のことだ。そこで、声がするだろう？　日が暮れたとき、山の音とは違った音。君には聞こえるかね？　つぶやき、すすり泣き、嘆き。滝のような低い声。声の渦、つぶれた行き交う声。ほとんど聞き取れないような声。語り部よ、耳を澄ましてごらん、耳を。最初はいつも、そんなものだ。いろいろな声が交錯する。だが、そのうちに聞き分けられるようになる。たぶん、私を信頼してくれるようになったからだろう。すぐに私たちは話し合うことができた。今は、親戚だよ》

おそらく、そういう具合だったのだろう。蛍たちとタスリンチは、もう何の遠慮もない。今は語り合いながら、夜を過ごしている。セリピガリの彼は、放浪している人々について話し、彼らはいつも自分たちの身の上を物語っている。昔は満足していたのに、今は不満があることを。光を放ちつづけているが、何か月も前から幸福でなくなってしまった。というのは、ここの蛍は、じつは雄ばかりだからだ。それが彼らの不幸だ。連れはもっと上の世界の光である。インキテの星となっている。彼女たちは、あの高い世界で何をしているのか、そして、彼らはこの世界で何をしているのだろう？　タスリンチによると、それが、彼らが話していることだ。あなたたちも、その小さな光を見てごらん。光ったり、消えたりする光。おそらく、それは蛍たちの言葉なのだ。今も、そこで、私たちのまわりで、どうして妻がいなくなったかを互いに話している。タスリンチの話では、彼らは飽きずにそのことを喋る。自分の不幸を思い出し、月のカシリを悪様《あしざま》に言って、暮らしている。

これが蛍にまつわる話だ。

それは、昔のことだった。

その頃、人々は一つの家族だった。男には女がいて、女には男がいた。平穏で、食べ物があった。行く者はタスリンチに息を吹き込まれて戻ってきた。

マチゲンガ族は、まだ放浪をしていなかった。月はマチゲンガ族の一人の女と結婚して、私たちのあいだで暮らしていた。彼は、飽くことなく、妻に乗ることばかり考えていた。彼女は孕み、太陽を産んだ。カシリはさらに何度も彼女に乗った。《そういうことをつづけていると、この世界にも、上の世界にも禍いが起こるぞ。がつがつしないで、おまえの妻を休ませてやるんだ》と、セリピガリは言った。カシリは耳を貸さなかった。だが、マチゲンガ族の人々は怖れた。太陽の光が消えてしまうだろう。地上は暗くなり、凍え、生命が消滅してしまうだろう。すると、本当にそうなった。まもなく大混乱が起こった。世界は揺れ、川があちらこちらにでき、激流《グランポンゴ》から怪物が現れ、この世を破壊した。放浪する人々は、混乱に陥り、正しい導きを失い、カシリを喜ばせるために昼を逃れて、夜のなかで暮らしはじめた。というのは、月は息子の太陽を妬《ねた》み、憎んでいたからである。みんな死んでしまうのだろうか？　そのとき、タスリンチが息を吹き込んだ。ふたたび息を吹き込んだ。息を吹き込みつづけた。タスリンチはカシリを殺さなかったが、その光を取り上げ、今の弱い光にした。そして、結婚相手を探しに降りてくる前にいたインキテに送り返した。それからのことには、こんな由来がある。

しかし、月が寂しい思いをしないように《好きなのを選んで連れていけ》と、タスリンチは言った。それで、カシリは蛍の女たちを指さした。おそらく蛍が自分の光で輝いていたからだろう。たぶん、失くした光を思い出させるからだろう。太陽の父親が追放されたインキテの地方は夜で、暗いからだろう。あの上の星、それはここにいる蛍たちの女房だ。彼女たちはそこにいる。色好みの月のために昇っていった。妻を失った蛍たちはここで待っている。だから、星が一つ転がり落ちてくると、蛍は狂ったように騒ぐのか？　そういうわけで、お互いに身体をぶつけたり、木にぶつかったりして、飛びまわるのか？　《おれたちの女房の一人だ》と、彼らは考えるのだろう。《カシリから逃げたぞ》と言って。雄どもはみんな夢想する。《逃げたのは、来るのは、おれの女房だ》

それからのことには、こんな由来があった。太陽も一人で生きている。輝き、暖かさを与えている。カシリのせいで夜になった。太陽は、時々、家族が欲しかったのだろう。たとえどんなに悪い父親であろうと、肉親の近くにいたかったのだろう。だから父親を捜しに行くのだろう。そのたびに落ちていくのだ。それが日没らしい。だから、私たちは旅に出るのだろう。世界の秩序を維持し、混乱を避けるために。セリピガリのタスリンチは元気でいる。満足している。旅をしている。蛍に囲まれている。

それが少なくとも私の知っていることだ。

私は、旅をするたびに、話を聞いてたくさんのことを知る。ユカ畑のユカを植えたり、収穫したりするのは、なぜ男にはできて、女にはできないのか？　綿を畑に植えたり、摘んだりするのは、なぜ女にはできるが、男にはできないのか？　一度、ポギンティナリ川でマチゲンガ族から話を聞いて私は理解した。《なぜなら、ユカは男で、綿は女だからだ、タスリンチ。草木は、同性に世話してもらうのが好きだからだ》女は女に。男は男に。それが知恵というものではないか。そうだろう、オウムよ。

夫に先立たれた女は、魚を捕りに行ってもいいのに、世界を危うくするからといって、猟に行ってはいけないのはなぜだろう？　動物に射かけると、その母親が苦しむからだと言われている。おそらく苦しむだろう。来る道すがら、私は禁忌や危険について考えた。《語り部よ、一人旅は怖くないかね？》と、人々は言う。《だれか連れていったほうがいいよ》連れがあるときもある。もし、だれかが私と同じ方向へ行くのなら、彼らに加わる。どこかの家族が旅をしていると、私は一緒に旅をする。しかし、いつでも、簡単に連れが見つかるとは限らない。《語り部よ、怖くはないかね？》昔は、怖くはなかった。何も知らなかったから。今は、怖い。どこかの谷や小川で、キエンチバコリの怪物やカマガリーニに出会うかもしれないからだ。そうなったら、どうしたらいいのだろう？　私にはわからない。川岸に杭を立てて、その上に椰子《やし》の葉をかぶせて雨宿りをする場所を作り終わった頃に、ぽつぽつと雨が落ちてくる。もし悪魔が現れたらどうしようと心配になる。まんじりともせず、夜を過ごす。今までは現れたことはない。袋に入っている薬や、《悪魔やマチカナリの悪戯《いたずら》から君を守ってくれるよ》と言って、セリピガリがかけてくれた首飾りが悪魔を退散させてくれるだろう。首飾りは、そのとき以来、肌身離さず持っている。森で道に迷ったカマガリーニに会ったら、たちどころに死ぬとみんなが口を揃えて言う。私はまだカマガリーニに出会ったことはなさそうだ。

猟についての禁忌を守るためにも、山を一人で行かないほうがいいと、セリピガリは、私に忠告した。《猿をつかまえたときや、シャクケイを射たとき、どうするか知っているかね?》と、彼は言った。《だれが倒れた獲物を運ぶのかね? もし殺した君がさわれば、君の身体は腐ってくるぞ》それは危険なことだ。話を聞いて、どのようにしたらよいかわかった。最初に草か水で血をきれいに拭きとる。《獲物の血をよくぬぐってからなら、さわってもよい。腐るのは、肉でも骨でもなく、死んだものの血のためだ》私はそういう掟を守って、今はここにいる。話し、歩いて。

蛍のセリピガリのタスリンチに教えてもらってからというもの、旅をしているとき、退屈したことはない。悲しみを感じたこともない。《旅をしている人たちに出会えるまで、あと何か月くらいあるだろう?》と考える。いや、むしろ、耳を澄ましてみる。すると、わかる。タスリンチがしていたように注意して聞く。一心におろそかにしないように耳を傾ける。しばらくすると、地面が話しはじめる。夢の中で舌が軽くなるように。思ってもみなかったものが、その場で話しだす。骨や棘《とげ》が。石ころやかずらが。生えてきた茎や葉。蠍《さそり》。あぶを巣に引きずっていく蟻の列。羽に虹の模様の蝶々。蜂鳥。枝によじ登った鼠が話し、水の波紋が話す。語り部は、静かに横になって、眼をつむって聞いている。私が語り部だということを、みんなが忘れていると思いながら。私のもとを去っていく魂の片《かけら》。そして、私を取り囲んでいるものたちの母親が、私を訪ねてくる。私には聞こえる。聞こえはじめる。もうわかる。すべてのものが何か話すことを持っている。それが耳を澄まして、わかったことだ。黄金虫《こがねむし》も。ほとんど見えない、泥から顔を出した石ころも。爪で二つにつぶされる毛ジラミも話すことを持っている。聞いていくことを私は全部おぼえたい。あなたたちは、私の話に決して退屈しないだろう。

自分のことしか知らない者もいれば、自分のことも、他人の由来も、よく知っている者もいる。すべての由来を知っている者は、知恵を授かった者である。私はいくつかの動物の来歴を知った。昔はみんな人間だった。彼らは話されて、つまり言葉から生まれてきた。言葉が彼らよりも先にあった。それから言葉が言ったことが生じた。人間が話すと、話していくことが出現した。昔はそうだった。今はただ、語り部は語るだけだ。動物や物はもう存在している。それは、それ以後の出来事である。

最初の語り部は、パチャカムエだと言われている。タスリンチはパレニに息を吹き込んだ。それが最初の女である。彼女は激流《グランポンゴ》で水浴をし、白いクシュマを着た。そこにパレニがいた。存在していた。次に、タスリンチが息を吹き込んでパレニの弟、パチャカムエを創った。彼も激流《グランポンゴ》で水浴をし、粘土色のクシュマを着た。そこに彼、パチャカムエがいた。自分では気づかなかったようだが、パチャカムエは言葉からたくさんの動物を創りだした。動物に名前を選び、唱えると、男も女も彼が言ったものに変わった。そうするつもりはなかったが、彼はこの力を備えていた。

今から話すのは、言葉で動物や木々や岩を創りだしたパチャカムエの話だ。

それは、昔のことだった。

パチャカムエは、姉のパレニに会いに行った。ござに坐って、マサトを口に持っていきながら、子供たちのことを訊いた。《木に登って、あそこで遊んでいるわ》と、パレニは言った。《猿になってしまわないように気をつけるんだね》と、パチャカムエは笑った。そう言ったとたん、子供たちの身体には毛や尻尾が生え、昼を圧するきいきい声を出していた。尻尾で枝にぶら下がって、楽しそうに身体の釣り合いをとっていた。

また、ある日、姉を訪ねたとき、パチャカムエはパレニに訊いた。《娘は？》少女は初潮で、家の裏手にある木の葉や竹で作った小屋で身体を浄めていた。《ヤマバクのように閉じ込めているんだね》と、パチャカムエは言った。《ヤマバクってどういうこと？》と、パレニは叫んだ。その刹那、鳴き声と地面を蹴たてる足音がした。そこを、山の方へ、おどおどと空気を嗅ぎながら、ヤマバクが駆けていくところだった。《あれだよ》パチャカムエはヤマバクを指して言った。

こういうわけで、パレニと彼女の夫のヤゴントロは警戒した。パチャカムエが喋ると世界が混乱するぞ。生かしておかないほうがいい。話しつづけたら、一体、どんな禍いが起こるかしれたものじゃない。そこで、二人はパチャカムエを招いてマサトを振舞った。彼が酔ったのを見ると、何か口実をもうけて、崖の縁《ふち》へ彼を誘《おび》きだした。《ほら、見てごらん》と、彼らは言った。パチャカムエは覗いた。と、その瞬間、二人は彼をぐいと押した。パチャカムエはごろごろと転げた。底に落ちたときは、気を失っていた。嘔吐したマサトでクシュマを汚し、げっぷをして眠りつづけた。

眼を覚ましたとき、パチャカムエは驚いた。パレニが崖の縁から様子を窺っていた。《ここから出られるよう助けてくれよ》と、パレニに頼んだ。《動物になって、崖をあがっていらっしゃい》と、彼女はふざけて言った。《マチゲンガの人々をよくそんな目に遭わせているじゃないの?》姉の勧めに従って《サンコリ!》と唱えた。すると、パチャカムエはその場で木の幹や岩のなかに吊ったような回廊を作る蟻のサンコリに変わった。しかし、不思議なことに、崖の縁に近づくたびに蟻の城郭は崩れた。《どうしたらいいんだ!》語り部は絶望して泣きわめいた。パレニは助け舟を出した。《話して石のあいだに何かを生えさせるのよ。そして、それをよじ登りなさい》パチャカムエは、《砂糖きび！》と唱えた。すると、砂糖きびがにょきにょきと生えてきた。しかし、登るたびに茎は二つに折れ、語り部は谷底に転げ落ちた。

パチャカムエは、崖のカーブに沿って別の方向に進んだ。彼は怒っていた。《禍いを起こしてやるぞ》と毒づいた。一方、ヤゴントロは彼を殺そうとして、跡を追った。それは難しい長い追跡だった。何か月も過ぎたときには、パチャカムエの形跡がとうとう消えてしまった。しかし、ある朝、ヤゴントロは、とうもろこしの草を見つけた。夢で占ってみると、その草はパチャカムエが袋に入れていた小麦色の種から、伸びてきたことがわかった。うっかり、パチャカムエが種を地面に落としたのだろう。ついにパチャカムエの居所に近づきつつあった。実際、まもなく、パチャカムエを見つけた。パチャカムエは木や石を転がしてきて、川を塞《せ》き止めていた。部落を水没させ、マチゲンガ族を溺れさせるために堤を壊そうとしていた。彼は怖ろしい剣幕で放屁していた。近くの森のなかでは、キエンチバコリとカマガリーニが幸福に酔いしれて、踊っていた。

ヤゴントロは話しかけた。パチャカムエに思いとどまらせ、説得したらしい。パレニのいるところへ一緒に帰ろうとさとした。しかし、旅が始まるとすぐ、ヤゴントロはパチャカムエを殺したのである。嵐が起こり、多くの木を根元から倒し、川は荒れ狂った。

雷鳴が轟《とどろ》き、土砂降りの雨になった。ヤゴントロは平然としてパチャカムエの死体から首を切り落とした。それから、二本のチョンタシュロの針を、一本は縦、一本は横に、パチャカムエの頭に刺し通して秘密の場所に埋めた。だが、舌を切るのを忘れた。だから、私たちはその過失の償いを、いまだにしなければならない。それを切り落とさないうちは、危険は相変わらず私たちを見舞うだろう。なぜなら、時々、パチャカムエの舌が喋って、秩序を乱してしまうからだ。頭がどこに埋められているかだれも知らない。その場所は腐った魚の臭いが立ちこめていると言われている。消えかかっている焚き火のように、まわりの羊歯《しだ》は常に湿り気を帯びていると。

ヤゴントロは、パチャカムエの首を切り落とすと、パレニのいるところへ戻ろうとした。彼は世界を無秩序から救ったと考えて満足していた。これで、だれもが平穏に暮らしていけると思ったことだろう。しかし、しばらく歩くと、身体が重く感じた。そのうえ、なぜのろのろしているのか？　驚いたことに、気がつくと、足は後ろ脚、腕は前脚、手は熊手のようになっていた。二本足の人間ではなく、その名前が表しているように、今、彼はヤゴントロ（アルマジロ）だった。森の土の下、土で喉を詰まらせて、二本の突き刺された矢をものともせず、パチャカムエの舌が《ヤゴントロ！》と言ったのだろう。こうして、ヤゴントロはヤゴントロになった。

死んで、首を切り落とされたが、パチャカムエは、言葉に似せてものを変えることをやめなかった。この世界はどうなっただろう？　その頃、パレニは新しい夫と一緒になり、不満もなく暮らしていた。ある朝、彼女が木綿糸を通したり、解いたりして、クシユマを織っていたとき、夫が彼女の背中の汗を舐《な》めようとして近づいた。《花の蜜を吸う蜜蜂みたいだな》と、地面のなかから声がした。彼は、もうその声を聞くことができなかった。なぜなら、幸福な蜜蜂になり、ぶんぶんと空中を軽やかに飛びまわっていたからだ。

それから、しばらくして、パレニは、まだその頃は人間だったツォンキリと結婚した。ツォンキリは、ユカ畑の草取りから帰ってくると、見たことのない魚のボキチコがいつも食事に出されるのに気がついた。どこの川で、どこの沼で捕れたのだろう？　パレニは魚を口にしようとはしなかった。ツォンキリは、何か良からぬことが起こっているのではないかと訝しみ、畑に行かないで、雑草の茂みにひそんで様子を窺《うかが》った。見てぞっとした。ボキチコは彼女の股のあいだから出てきた。子供を産むようにボキチコを産んだのだ。ツォンキリは怒りがこみあげてきた。殺そうとして、跳びかかった。しかし、殺すことはできなかった。というのは、地中から上がってくる遠い声が、その前に彼の名前を呼んだからである。蜂鳥が妻を殺せるだろうか？　《もうボキチコは食べられないわね》と、彼女は嘲った。《あなたは花粉を吸って、花から花へ渡っていくのよ》そのときから、ツォンキリは今の蜂鳥《ツォンキリ》である。

パレニは、もう新しい夫を迎えようとしなかった。娘を連れて放浪の旅に出た。カヌーに乗り、川を遡《さかのぼ》った。谷をよじ登り、険しい山を横切った。何か月も旅をし、塩の丘に着いた。そこで、母と娘は埋められた頭の発する声を、はるか遠くに聞いた。それを聞いたとき、母と娘は石に変わっていた。今、それは苔むす二つの灰色の巨石になっている。おそらく、今でもそこにあるだろう。マチゲンガ族の人々は、その陰に坐って、マサトを飲み、話に興じたそうだ。塩を採りに行ったときには。

それが少なくとも私の知っていることだ。

ティコンピニア川で暮らしていた薬草に詳しいタスリンチは、今は放浪している。私が袋に入れているのは、葉や一握りの粉が何の役に立つか一つひとつ説明しながら、彼が分けてくれたものだ。この縁が焼けている葉を使うと、ジャガーは鼻が利かなくなって、二本足の人間の匂いがわからなくなる。こっちの黄色いのは毒蛇から守ってくれる。あまりたくさんあるので、こんがらがってしまう。どれも、それぞれ違ったことに効く。病気や、よそ者にたいして。沼の魚が網に飛び込んでくるようにするもの。矢が的《まと》から外れないようにするためのもの。それから、これは崖で転んだり、落ちたりしないためだよ。

　私は、その周辺はビラコチャだらけなのを知っていたが、薬草に詳しいタスリンチを訪ねていった。たしかに、ビラコチャは今でもそこにいる。しかも大勢だ。細い道を通って近づいたとき、水を切ったり、沈むようになったりして、何か叫びながら進んでくる、ビラコチャがいっぱい乗っているいくつかの小舟が見えた。夜、親亀が卵を産みつけにくる、それを人間がひっくり返しに行く砂の岸辺にも、今はビラコチャが住んでいた。薬草に詳しいタスリンチの家があったあたりも。彼らは、亀を捕りにも、畑を作りにも、木を切りにも行かなかったようだ。ただ小石や砂を運んでいた。たぶん、金を探していたのだろう。私は近寄らなかったし、見つからないようにした。しかし、遠くからであれ、たくさんいることがわかった。彼らは家を建てた。おそらく、そこにとどまるつもりでいるのだろう。

　まわりには、タスリンチも、彼の身内も、放浪する人間の姿も見かけなかった。《ここまで来たのは無駄足だったかな》と、私は考えた。近くはビラコチャだらけなので、不安だった。だれかと鉢合わせになったらどうしよう？　ティコンピニアから立ち去ることにして、夜になるまで身を潜めた。木によじ登り、枝のあいだに隠れて様子を眺めていた。彼らは川岸の二か所で、棒や鍬を使ったり、あるいは素手で土や石を採取していた。マサトにするユカを漉すように、それを大きな篩《ふるい》にかけていた。また、盆の上で小さな石粒を砕いていた。ある者は山に狩りに入り、銃声が聞こえた。その音は木々を震わせ、鳥は怯えたようにかん高く叫んだ。こんなに騒がしいと、動物はこのあたりからいなくなってしまうだろう、薬草に詳しいタスリンチのように、ここを離れていくだろう。日が暮れたとき、私は木から降り、急いでそこを後にした。かなり遠くまで来たとき、ウングラビの葉で仮屋を作り、眠った。

眼を覚ますと、薬草に詳しいタスリンチの息子の一人が、胡坐《あぐら》をかいて傍に坐っていた。《ここで何をしているのだね?》と、私は訊いた。《あなたが眼を覚ますのを待っていたんだよ》と、彼は言った。私がビラコチャのいる川に近づいていくのを、細い道で夕暮れに見かけて、彼はずっと私の跡をつけていたのだ。彼の家族は、ティコンピニア川の一支流から上流に三か月ほど行ったところに住まいを移していた。私たちは、よそ者にぶつからないようにゆっくりと進んだ。山を通り抜けるのは容易ではない。道はない。木々は身体を寄せ、争うかのようにもつれあっている。枝や雑草を山刀ではらうのは、腕が疲れる。《ここは通れないぞ》とでも言っているかのように、ゆくてをはばんでいるから。何もかも泥にまみれた。雨で滑りやすくなっている坂道で、沈み、転げた。お互いの泥だらけ、傷だらけの身体を見て、私たちは笑った。とうとう到着した。そこに夕スリンチがいた。《そこにいるんですか?》《うん、ここだよ》彼の妻は、坐るためのござを持ってきた。みんなでユカを食べ、マサトを飲んだ。

《ずいぶん奥に入ったんですね。ここならビラコチャも来ないでしょう?》と、私は訊いてみた。《ここにも来る》と、彼は言った。《時間がかかるが、いつかは来る。そのことを忘れてはならない、タスリンチ。彼らはいつでも私たちがいるところに来る。最初からそうだ。彼らがやってくるたびに、一体、何度、出ていかなければならなかったことだろう。だが、おそらく生まれる前からそうだったのだ。魂があちらの世界に行ったきりでなければ、あの世から戻ってくるときもそうなるだろう。私たちはいつもだれかが現れるたびに出ていった。どんなに多くのところで暮らしたことか。憶えられないくらい、いろいろな場所に行った。「彼らがやってこないような、もっと難しい、入り組んだところを探そう」「やってきても、彼らがいたいと思わないようなところにしよう」と。だが、彼らはいつもやってきて、いつまでも出ていこうとしなかった。これは今では明らかなことだ。間違いのないことである。彼らはやってきて、私は出ていく。しかし、それは悪いことだろうか? いや、決して悪いことではない。というのは、それが運命だからだ、タスリンチ。私たちは放浪する者ではないだろうか? マシュコやプナルーナに感謝しなければならない。またビラコチャにも。彼らは私たちが暮らしているところに侵入してくる。私たちに義務を果たさせる。もし彼らがいなければ、私たちは堕落してしまうだろう。おそらく太陽は落ちる。世界は真っ暗になり、この地はカシリのものになってしまうだろう。人間はいなくなり、寒さに支配されてしまうだろう》

薬草に詳しいタスリンチは語り部のように話す。

タスリンチによると、最悪だった時期は、木が血を流した時代である。その頃、彼はまだ生まれていなかった。それは彼の父親と母親の時代だった。まるでその時代に生きていたと錯覚するくらい多くの話を耳にした。《あまり何度も聞いたので、自分が乳液を採るために幹に刻みをつけていたような、それからイノシシのように捕えられてキャンプに連れられていった気がしてくる》こういう出来事は消えない。四つの世界のどこかにとどまっていて、セリピガリだったら夢でそれを見にいくことができる。見た者は恐怖で歯をがちがちさせ、動転して戻ってくる。恐怖と混乱のあまり、信頼が失われた。人々はだれも信用せず、子供たちは父親がつかまえにくると、父親たちは、少しでも油断していると子供に縛られてキャンプに連れられていくと、互いを非難した。《必要な人間を連れてくるためには魔法など必要でない。ちょっとした工夫で必要な人間が集まる。ビラコチャは抜かりがないよ》と、タスリンチは感心したように言った。

最初、ビラコチャは、地上を走りまわって人狩りをした。部落に入り、銃をぶっぱなした。犬は吠え、人々に嚙みついた。犬も狩人だった。物音に驚いて、川辺にいる鳥のように、放浪する人々はぎょっとして、身をすくめた。しかし、飛び去ることができなかった。人々は、家で縄をかけられた。細い道で。川を通って逃げようとすると、カヌーの上で縄をかけられた。さあ、行け、馬鹿野郎。さあ、行け、マチゲンガ。木の血を絞る手を持っている者を、彼らは連行していった。しかし、生まれたばかりの者や、年寄りには目もくれなかった。《こいつらは役に立たないぜ》と言った。畑の手入れや食事の用意をさせるために、女も連れていった。さあ、さあ、首をつながれて、彼らはキャンプに入ってきた。そこにつかまった者が囚えられていた。しっかりやれ、マチゲンガ。しっかりやれ、ピロ。しっかりやれ、ヤミナウア。しっかりやれ、アシャニンカ。しっかりやれ。そこに入り乱れて人々がいた。彼らは、ビラコチャによく仕えたように見える。ビラコチャは満足していた。キャンプから抜け出せる者は、ほとんどいなかった。彼らはすぐに死の旅に出ていっただろう。怒りと悲しみが大きすぎて、魂は戻ってこなかっただろう。

薬草に詳しいタスリンチが言うように、さらに悪いことは、たくさんの人が帰らない旅に行ってしまったので、人間が不足してきたことだった。しっかりやれ、くそっ！

だが、人間はもういなかった。人間は絶滅してしまった。腕を上げる力もなく、死んでいった。ビラコチャは怒っていた。《人夫なしでどうしたらよいだろう》と言った。《どうしよう？》そこで、つかまえた人間たちに人狩りを命じた。ビラコチャは言った。《自分の自由を買い取るんだ。贈り物もやるぞ。そこに食べ物もあるぞ。服も銃もだ。どうだ、悪くないだろう？》みんなそれが良かったらしい。ビラコチャはピロ族に勧めた。《マチゲンガ族を三人つかまえてこい。そうしたら、もう戻ってこなくてもいいぞ。おまえの銃を持っていけ》マシュコ族には、《できる限りピロ族をつかまえてこい。そうすれば、女やこの贈り物を持って、家に帰ることができるぞ。助けになるから、この犬も連れていけ》と言った。部族の人々は、たぶん幸福だった。キャンプを出ていくことができるというので、人狩りをする猟師になった。木と同じように人間も血を流しはじめた。みんながみんなに襲いかかった。銃や矢や罠《わな》や縄や刀を使って。しっかりやれ！　馬鹿野郎！　それから、人々はキャンプに帰ってきた。《さあ、あんたのために狩りをしたよ。妻を返してくれ》と言った。《さあ、銃をくれ。贈り物をくれ。もう、行くから》

　こうして信頼が失われた。それぞれがお互いに敵になった。キエンチバコリは幸福そうに踊っていただろうか？　地面は震えただろうか？　川が家々をさらってしまっただろうか？　だれにもわからない。《私たちはみんな死んでしまうだろう》彼らは怯えて言った。人々は知恵も失くした。《どうして堕落してしまったのだろう》彼らは涙を流した。毎日、殺戮《さつりく》が行なわれた。川は紅く染まり、林には血が飛び散った。女は子供を産んだが、子供は死んでいた。禍いと混乱を起こしている世界に住むことを嫌って、生まれる前に死出の旅に出てしまったのだ。昔は、たくさんの人が放浪する人間だった。しかし、それから数が減った。それが木の流血だった。《秩序が失われてしまった》人々は怒った。《太陽は落ちてしまった》

一度起こったことは、また起こるのだろうか？　薬草に詳しいタスリンチはうなずいた。《それはどれかの世界にある。そして、魂のように戻ってくる。たぶん、二度、三度と同じことが繰り返されるのは、私たちに責任があるんだ》と、タスリンチは言った。だから、分別を忘れず、記憶をまどろませてはならない。

薬草に詳しいタスリンチの三人の息子は、あの上のほうで暮らすようになってから死んでしまった。一人、また、一人と行ってしまうのを見て、タスリンチは考えた。《禍いが何度もやってきて、家族をみんな連れていくのだろうか？》子供の魂が戻ってきたかどうかは調べられなかった。《どうなっているのだろう？》と言った。まだ彼は住んでいるところの様子がよく呑《の》み込めていないし、ここで起こることで理解できないことがある。まだいろいろなことが謎である。しかし、そこは草の多いところだ。知らないのもあるが、いくつかの草はもう前から知っている。知らないのは、今、覚えているところだ。摘み、長いあいだ眺め、比べ、香りを嗅ぎ、時には口に放り込む。嚙んでから、吐き出したり、あるいはそのまま吞み込んでしまう。《これは使える》と言って。

息子たちは、三人とも同じような死に方をした。眼を覚ましたとき、怯え、ふるえ、汗をかいていた。酒に酔ったように力がなくなっていた。立っていることができなかった。歩き、踊ろうとしたが、倒れてしまった。口もきけなかったようだ。長男にこういうことが起こったとき、タスリンチは、放浪に出る兆《し》らせだと考えた。たぶん、そこは暮らすのにいい場所ではなかったのかもしれない。《だが、そのことはわからなかったよ》と、彼は言う。《それはほかの禍いとは違う種類の禍いだよ。それに効く薬はない》おそらくカマガリーニの悪巧《わるだく》みだろう。雨が降ると、彼らは出てきて悪事を働く。キエンチバコリは笑いながら、森の縁《ふち》から窺っている。雷が鳴り、夕暮れに大雨があったときには、カマガリーニが近づいているのだ。

長男が亡くなったとき、タスリンチの家族は山のもう少し上に移った。しばらくすると、次男が具合が悪くなって倒れた。長男と同じだった。次男が死んだときも住まいを変えた。だが、同じことが三男にも起こった。タスリンチはもう動かないことにした。

《行った息子が、私たちを追い出したがっているカマガリーニから守ってくれるさ》と、彼は言った。そのようになったようだ。それからはだれも具合が悪くなることも、倒れることもない。

《それは説明ができる》と、薬草に詳しいタスリンチは言った。《何にでもわけがある。木が血を流した時期の人狩りにも。しかし、それを調べることは簡単ではない。セリピガリだからといって調べることができるとは限らない。おそらく息子たちは、この場所の母親たちと話がしたくてそこに出かけていったのだろう。三人の子供がここで亡くなったのだから、もう私たちを侵入者と見ていないよ。今は、ここの人間だ。木々や鳥は私たちを知っている。水や空気も私たちを知っている。たぶん、そういうわけなのだろう。息子が行ってしまってから、空気がやわらいできた。ここは私たちを受け入れてくれたかのようだよ》

私は何か月も一緒にいた。もう少しでその近くに腰をすえてしまうところだった。シャクケイの罠を仕掛けるのを手伝ったり、一緒にボキチコを捕りに沼に行った。今ある畑を休ませるときに備えて、タスリンチと一緒になって、新しい畑を拓くために草を刈った。夕方、私たちは話をした。女たちがシラミの卵を潰したり、糸を紡いだり、ござやクシュマを織ったり、ユカを噛んでは吐き出して、マサトを醸《つく》っている傍で話した。

薬草に詳しいタスリンチの頼みを聞いて、私は放浪している人々のことを語った。彼の知っている人々、彼が会ったこともない人々のことを。あなたたちにタスリンチのことを話しているように、タスリンチにあなたたちのことも話した。月がどんどん過ぎ、いつしかそこを去る気持が薄れていった。今まで経験しなかったことが、私のなかで起こっていた。《歩き疲れたのかい？》と、彼は訊いた。《だれでもよくあることさ。気にすることはない、語り部よ。もしそうなら暮らしを変えたらどうだね。どこかに落ち着いて家庭を持つとよい。家を建て、山の草を刈り、畑の世話をしなさい。君にも子供ができるだろう。放浪をやめ、語るのもこれで終わりにすればいい。私の家族は多いから、ここに余裕はない。だが、旅を二、三か月すれば、草木を分けてもっと上に進むことができる。たぶん君を待っている谷がある。そこまで君についていってやろう。家族が欲しいかね？　君がよければ、手を貸そう。この女を連れていけ。歳を取っていて、騒いだりしないし、こいつのように料理も織物もできる女はなかなかいないから、君の助けになるよ。それともこっちのほうがいいというのなら、末の娘を連れていくといい。まだ初潮がないから、娘に触れてはならない。今、娘の上に乗ったりしたら、何か不幸が起こるだろう。しかし、少し待てば、そのあいだに妻らしいことができるようになるさ。母親たちが娘にいろいろ教えるからね。初潮が終わったら、許しを受け、敬重の徴《しるし》にイ

ノシシを一頭と、数匹の魚と、この地の果実を私のところへ持ってくるんだ。それでどうだい？》

私は提案を考えつづけた。すると、気持が傾いてきた。早くもそれを受け入れて、新しい生活をしている自分を思い描いた。もちろん、わかっていることだが、今の暮らしは決して悪くない。放浪する人々は喜んで迎えてくれるし、食べ物をくれ、私を喜ばせてくれる。しかし、旅の暮らし、一体、いつまでそれができるだろう？　家族と家族のあいだは日ましに離れていく。歩く生活を続けているうちに、いつか力が衰えてしまう日が来るのを、最近、歩いているとき、よく考える。そうではないか、オウムよ？　山道で力尽きてしまうだろう。おそらくマチゲンガ族が通ることもない。魂は去り、空っぽになった身体は鳥につつかれ、蟻が這い、腐りはじめるだろう。骨のあいだからは草が生え、ロンソコが魂の殻も食べてしまうだろう。そういう恐怖に捉えられるとき、習慣を変えるべきだろうか？　薬草に詳しいタスリンチは、そうすればよいと考えていた。

《あなたの言うようにしてみよう》と、私は言った。私を待っている場所まで、タスリンチは一緒に行ってくれた。そこに着くまでに二か月かかった。道の消えてしまう森を上り下りしなければならなかった。斜面をよじ登るとき、高い枝から怖ろしい鳴き声を出して、シンビージョ猿が木の皮を投げて襲いかかってきた。谷間では、棘だらけの木のあいだから抜け出せないでいる山猫の子を私たちは見つけた。《この山猫は何か言いたがっているよ》薬草に詳しいタスリンチは気にしていた。しかし、それが何なのか調べられなかった。殺しもせず、皮を剝ぎもしないで、山猫を森に逃がしてやった。《ここは暮らすのに結構よさそうだろう？》と、彼はその場所を示して言った。《この高い山のなかにユカ畑を作ることができる。ここなら洪水になることもない。木が多くて、草は少ない。だからここの土は悪くないよ。ユカが良く育つさ》たしかに、そこなら暮らせそうだった。夜になると、ほかの場所よりもかなり冷えた。《決める前に、猟ができるかどうか確かめてみよう》と、タスリンチが言った。私たちは罠を仕掛けた。ロンソコとマハスがかかった。それから、木の茂みに隠れてシャクケイのカナリを射た。私はそこにとどまり、家を作ることに決めた。

しかし、木を倒そうとしていると、新しい住まいに案内してくれた、薬草に詳しいタスリンチの息子が現れた。《ちょっとひと騒動あったんだ》と言った。私たちは引き返した。私の妻になるはずだった年上の女が死んでいた。彼女はバルバスコを潰し、薬を合わせ、ぶつぶつ言ったそうだ。《「おまえのせいで語り部がいなくなってしまったぜ」と、恨みごとを言われるのはご免だね。嫁にしてほしくて、たぶらかし、飲み薬を与えたと言うにちがいない。そんなことを言われるくらいなら、死んだほうがましだ》

私は、タスリンチが女の家や、クシュマや、鍋や、首飾りや、その他の物を燃やしてしまうのを手伝った。彼女を数枚のござでくるんで、チョンタシュロの木切れで作った小さな筏《いかだ》に乗せた。川の流れに乗るまで私たちは筏を押した。

《これは受け入れるべきか、拒むべきかの兆《し》らせだよ》と、タスリンチは言った。《私だったら、拒まない。だれにも義務がある。何のために私たちは放浪するのか？　光と暖かさを失わないようにするためだ。すべてを平穏に保つためだ。それが世界の秩序というものだ。蛍と話した者は義務を果たしている。私はビラコチャが現れると、住まいを変える。おそらく、それが運命だからだ。君の運命は？　人々を訪ね、話をすることだ。運命に従わないことは危険なことだ。考えてみたまえ、君の妻となるはずの女は行ってしまった。私だったら、すぐに旅に出るだろう。どうするか、決心はついたかね？》

私は、薬草に詳しいタスリンチの忠告に従った。翌朝、太陽の眼がインキテからこの世界を見つめはじめたとき、私は、もう歩いていた。今、妻とならずに行ってしまったあのマチゲンガ族の女のことを考える。今、私はあなたたちに話している。明日はどうなるだろう。

それが少なくとも私の知っていることだ。

6

一九八一年、私はペルーのテレビ局で〈バベルの塔〉という番組の制作に六か月携わった。放送局のオーナーであるヘナロ・デルガードは、古い顔なじみで、私の眼の前に三つの餌を並べて私を冒険に引き込んだのだ。十二年間の独裁でテレビ界が停滞し、愚劣さと低俗さに堕した番組のレベルを引き上げる必要性。ペルーのような国では、いろいろな人々に同時に到達することのできる、唯一の手段である通信メディアを経験できるという興奮。そして、もう一つは悪くない報酬だった。

それは、私が経験したなかで、もっとも疲れ、もっとも力を奪われたが、またとない経験だった。《時間を調整して、番組に半日だけ取り組んでもらえばいいよ》と、ヘナロから聞かされていた。《午後は今まで通り書けるさ》しかし、この場合も、現実は理屈通りにはいかなかった。実際は、その数か月、朝も昼も夜も、〈バベルの塔〉に時間をあてなければならなかった。とくに、前回に順番が逆になったことを思い出したり、次回の放送分の問題になりそうなところを、あらかじめチェックして、頭を悩ませていると、具体的なことが一つもできないうちに時間は過ぎていった。

〈バベルの塔〉の制作を担当したのは、四人である。制作と撮影の監督のルチョ・リョサ、編集のモシェ・ダン・フルガング、カメラマンのアレハンドロ・ペレス、そして、私だった。ルチョとモシェは、私が放送局に引き合わせた。二人とも短編映画を作っていて、映画の経験があったが、私と同じで、テレビの仕事をしたことはなかった。番組の題名は、あらゆるものをそのなかに投げ入れて、いろいろなテーマの万華鏡にするという無邪気な野心を表していた。《文化》というものは、科学や、文学や、その他の専門化された知識と同義ではなくて、物事へのアプローチの仕方、人間にかかわる事象に取り組む一つの可能な視点なのだから、文化的な番組というものが、必ずしも麻酔をかけるようなものであったり、秘伝や衒学的なものであったりする必要はなく、楽しめ、だれにでもわかるものでなければならないということを、テレビの視聴者に示したかった。週一回、一時間という枠——しばしば一時間半に延びたが——のなかで毎回、互いに対立するような事柄をいくつか選び、文化的な番組というものが、例えば、ボクシングやサッカーとも、サルサやユーモアとも対立するものではないということや、政治的なルポルタージュとか、アマゾンの部族のドキュメンタリーも、教育的であると同時に楽しいものであるということを、人々に示したいと考えていた。

ルチョやモシェと一緒になって、〈バベルの塔〉が扱うべきテーマや、人物や、場所をリストアップし、それを取り上げるもっとも尖鋭的な方法を検討した。何もかも順調に進んだ。いろいろな構想に充ち、私たちは、現代のもっともありふれた通信メディアの創造性を発見したいという気持でいっぱいだった。

しかし、私たちの眼に映ったことは、どちらかというと、低開発の隷属性だった。良き意図を変質させ、せっかくの苦労を水泡に帰してしまう低開発の巧妙な様式。大げさではなく、ルチョとモシェと私が〈バベルの塔〉に捧げた大部分の時間は、番組を知的、芸術的に完成させようとする創造的な仕事ではなく、例えば、人との約束や、飛行機や、インタビューを逃さないように、放送局の車が私たちを拾うにはどうしたらよいかというような、考えるに値しない、つまらない問題の解決のために費やさなければ――浪費しなければ――ならなかった。結局、私たちは自分で家まで運転手を起こしに行き、録音機材を取りに彼らと一緒に放送局まで戻り、それから、飛行場やどこであれ出発地に向かった。しかし、それは私たちの睡眠時間を削り、また、必ずしもうまくいくわけではなかった。というのは、忌々しい車のバッテリーが切れてしまったり、ギアボックスや、空気が抜けたチューブや、アレキーパ通りの危険な穴ぼこで、前日、ぼろぼろになってしまったタイヤなどの交換を管理部が迅速に手配できなかったからだ……

　録画した最初のルポルタージュのときから、映像が奇妙な汚れで醜くなることに気がついた。あの三日月のような影は何だい？　アレハンドロ・ペレスは、カメラのフィルターの問題だと言った。かなり消耗しているんだよ、交換すべきなんだ。だったら交換しよう。換えさせるのにどう話をつけたものか？　私たちは人殺し以外の、あらゆる方法を試みたが、どれもうまくいかなかった。資材課に文書を出し、電話で、また、直接出向いて、専門家、技師、管理部に訴えて、交渉した。放送局のオーナーにも訴え出たと思う。みんながもっともだと言い、みんなが腹を立て、フィルターを交換するように至急に手配してくれた。おそらくフィルターが交換されたのだろう。しかし、灰色がかった三日月形の汚れは、結局、最初から最後まで、番組の画面を汚していた。今でもテレビをつけると、その汚れた影がなんとなく感傷的に眼に浮かんできて、《ああ、アレハンドロ・ペレスのカメラだ》と思うことがある。

　アレハンドロ・ペレスの起用を、放送局のだれが決めたのかはわからない。しかし、それは適切な判断だった。なぜなら、低開発の隷属性——彼はそれを冷静な哲学で受け入れていた——を考えてみると、アレハンドロは、カメラの扱いには非凡な才を持っているからである。彼の才能は完全に直感的で、構図、動き、角度、距離など、その感覚はどれをとっても天性のものだった。なぜなら、偶然にカメラマンになったからだ。彼は、ウアヌコ出身の平凡な絵描きだったが、ある日のこと、収入の足しに、サッカーの開催日にスタジアムでテレビのカメラ運びを手伝わないかと誘われた。何度も運んでいるうちに、機器の扱いを覚えた。ある日、こられなくなったカメラマンの代役をつとめたが、そうしたことが重なって、今では何でもないかのような顔で、放送局の第一線のカメラマンに収まっていた。

最初、私はアレハンドロが無口なのに閉口した。話ができるのはルチョだけだった。どんな場合でも、二人は、暗黙のうちに理解し合うことができた。というのは、その六か月間、アレハンドロ・ペレスが主語、動詞、述部を備えた完全な文章を口にするのを聞いた憶えがないからである。彼は、賛成や落胆を表現するために、小さな声で呻《うめ》いたり、一言叫んだりするだけだった。私はそれを腺ペストのように恐れた。なぜなら、《ちぇっ、話にならん》という彼の言葉は、絶大で、どこにでも潜んでいる不測の事態のために、私たちの隊列が——一度ならず——粉砕されてしまったことを意味していたからだ。何度、テープレコーダーや、フィルムや、ライトや、バッテリーや、モニターが、彼の《ちぇっ、話にならん》という言葉で止めを刺されたことだろう。どんなことも、何度も無に帰してしまう可能性があった。それは私たちが進めている仕事に付随する属性であり、しかも、その属性にたいして、全員が犬のような忠誠心を常に示さなければならなかった。こと細かく段取りし、下調べをした計画や、苦労して編集したインタビューが、口数の少ないアレハンドロ・ペレスの《ちぇっ、話にならん》という不吉な呻き声で何度悪魔にさらわれてしまったことだろう。

私は、詩人で、ゲリラの一人であったハビエル・エラウの死を扱った短いドキュメンタリーを制作する目的で出かけたアマゾンの町、プエルト・マルドナードでの出来事を思い出さずにはいられない。エラウが殺された日に、戦闘に敗れ、捕虜になったゲリラ隊の指揮官で、エラウの同志であったアライン・エリアスが、そのときの模様をカメラの前で話すことを承知した。彼の証言は感傷的で興味深かった——二人はカヌーに乗っていたが、エラウが銃弾を浴びた際、アラインも銃撃で負傷した——私たちはその話を事件が起こった場所の映像や、できることなら、二十年前に起こった事件を憶えている、プエルト・マルドナード周辺の人々の証言で補足するつもりでいた。

ルチョとアレハンドロ・ペレスと私、そして、番組の編集を進めるために、普段はリマに残るモシェも密林《セルバ》に出かけた。プエルト・マルドナードでは、何人かの住人がインタビューに答えてくれた。最大の収穫は、プエルト・マルドナードのゲリラの存在が当局にわかった町の中心部での事件——警官が一人殺害された事件——に最初、立ち会い、その後、ハビエル・エラウの追跡と銃撃戦に参加した警官の一人を発見したことだった。その男は、すでに一線を退き、野良《のら》仕事をしていた。元警官は怖れて言葉を濁しがちだったので、インタビューを承諾させるのは簡単ではなかった。しかし、とうとう彼を説得した。そして、当時、パトロール隊が出動した警察署で、インタビューをする許可も取りつけた。

ところが、元警官のインタビューが始まった瞬間、カーニバルの風船のようにアレハンドロ・ペレスのフラッシュのライトが破裂しはじめたのだ。〈バベルの塔〉にたいしてアマゾンの神々の霊が、敵意を持っているということを示そうとして、ライトがことごとく破裂してしまったあと、携帯用発電機のバッテリーはあがり、録音機は動かなくなった。ちぇっ、話にならん。そう、そして、〈バベルの塔〉のスクープの一つも、ボツになってしまったのである。私たちは手ぶらで、すごすごとリマに引き上げなければならなかった。

私は、必要以上に大げさに取り上げているだろうか？　たぶん、そうかもしれない。しかし、それほど誇張はしていないと思う。このような話は、ほかにいくつもすることができる。また、例えば、理論と実践、対処と実情のあいだの埋め難い溝について、低開発の寓意を示すような挿話を挙げることもできる。私たちはその六か月、仕事のあらゆる面で、両者のあいだの歩み寄らない距離を経験した。例えば、番組の制作者のあいだで、モニター室やスタジオを平等に割り当てるための掲示板が設置されていた。だが、編集や録音のために時間を確保し、最良の機械を使えるように決定するのは、掲示板ではなくて、技術者や制作者の小細工や抜け目のなさだった。

私たちも、計略や、知恵や、悪戯《いたずら》や、贔屓《ひいき》に訴えるやり方をすぐに覚えた。それは、特権的なものを手に入れるためというよりも、せいぜい彼らが施してくれる最低限の面目を引き出すために使われた。特別、難しい技術ではなかった。しかし、悪いことに、本来純粋に創造的なことに捧げるはずの大切な時間を、それは私たちから奪った。あの経験をした今となってみると、テレビで録音と編集がうまくされ、手際《てぎわ》の良い、独創的な番組をたまに目にすると、称讃を禁じえない。なぜなら、その背後には魔術とでもいうか奇跡とでもいうか、熱意や才能以上のものがあることがわかるからである。何週間かにわたって取材し、編集したフィルムを見たあと、最後の仕上げに入って、《よし、オーケー》と最後に言ったものだ。だが、日曜日になると、テレビの画面からは音が消え、映像が逆になったり、画像がとぎれたりした。……今度は、何が《話にならなくなった》のだろうか？　フィルムをまわす責任のある担当の技術者が、酒や居眠りのために、違うボタンを押したり、順序をまったく逆にしてしまったりしたのだ……仕事に完全主義的な潔癖さを持つ人には、テレビは際限のない不眠症や、心悸亢進《しんきこうしん》や、潰瘍《かいよう》や、心臓発作の危険な引き金になる……

しかしながら、差し引きしてみると、その半年は、天にも昇るような強烈な時間でもあった。ブエノス・アイレスの中心街のアパートで、ボルヘスのインタビューをしたことや――質素なお住まいですね、雨漏りがしますねと言ったことで、彼は私を決して許してくれないような気がした。母堂の部屋は、亡くなった日のままで、紫色の年配の婦人用の服がベッドの上に拡げられていた――、私たちがサントス・ルガーレスの屋敷にサバトを訪問したときに、撮影を許可してくれた、彼自身が描いた作家たちの肖像画のことを思い出すとき、私は心の昂《たかぶ》りを抑えることができない。また、七〇年代の初めにスペインに住みはじめてから、メロドラマや恋愛小説を書いている女性作家コリン・テジャードのインタビューをしたいと思っていた。本や、写真小説や、ラジオやテレビのドラマになったテジャードの作品は、スペインやラテンアメリカで多くの大衆ファンを獲得していた。彼女は、〈バベルの塔〉に出演することを承諾してくれ、アストゥリアス県のヒホン市の郊外で、ある午後、私は彼女と過ごした。短編小説が山と積み上げられている地下室を見せてもらったが、テジャードは、百ページほどの作品を二日に一編のペースで書き上げていた。当時、彼女は、政治的なグループなのか、よくある犯罪者の仕業なのか、恐喝を受けていたため、そこに閉じ籠っていた。

こうした作家諸氏の住まいから、私たちはカメラをスタジアムに移した。ブラジルの最高のサッカーチーム、フラメンゴの番組を制作し、当時のスター、ジーコをリオデジャネイロでインタビューした。また、パナマに行き、アマチュアやプロのボクシングのリングサイドを走りまわって、中央アメリカの小さな国が、ほとんどのランクでラテンアメリカや世界のチャンピオンを、なぜ、そして、どのようにして輩出してきたのかを調べた。ブラジルでは、治療費を払えば、世界の女性たちの美と若さをメスで蘇らせるという、筋骨たくましいピタンギ博士の高級クリニックを訪れた。チリのサンティアゴでは、ピノチェット政権下のシカゴボーイズ（一九五〇年代以降、チリのカトリック大学を出たあと、シカゴ大学の大学院で学んだ、ピノチェット時代を含め経済政策を立案した経済学者たち）や、厳しい弾圧のなかで独裁政治に抵抗している民主キリスト教の反政府派の人々と話し合うこともあった。

ニカラグアには、革命の二周年にサンディニスタとその敵対勢力のルポルタージュをするために、そして、サンフランシスコのバークレー校にも行った。そこでは輝かしいノーベル文学賞を取った、偉大な詩人チェスワフ・ミウォシュがスラブ語学科の狭い研究室で働いていた。また、表向きは政府から退いているが、国の支配者に居坐っているオマル・トリホス将軍が所有する、パナマのコクレシートにある邸宅を訪ねた。私たちは将軍と一日を過ごした。とても愛想がよかったが、食客となっているほかの作家とはちがって、それほど私に好意的ではない気がした。私の眼には悪名の誉れ高いラテンアメリカ特有の頭領《カウディーヨ》、神の摂理をほしいままにする、専断的で、マッチョ的な《強い男》に見えた。取り巻きの民間人や軍人は(その日は一日中、そこをパレードしていたが)、吐き気を起こさせるような腰の低さで彼に媚《こ》びていた。コクレシートのもっとも注意を惹いた人物は、ハンモックに身体《からだ》を沈めている将軍の愛人の一人、ブロンドのグラマーな女性だった。彼女はどちらかというと家具のようなものであった。というのは、将軍は愛人に声をかけることも、出入りする陪食者に引き合わせることもなかったからである……

パナマに立ち寄ってリマに帰った二日後、ルチョ・リョサとアレハンドロ・ペレスと私は、背筋が寒くなった。コクレシートからパナマまで、私たちを送るようにトリホスが手配してくれたその小型機で彼が死んだのだ。パイロットは、私たちの乗った飛行機を操縦していた男だった。

プエルトリコでは、ある日、責任者のリカルド・アレグリアに案内されて、旧サン・ファン市街の素晴らしい再建について、短いルポルタージュを撮り終えたあと、私は気を失って倒れた。ペルーの北部の小さな村、カタカオスの酒場で口にしたものが悪かったらしく、私は脱水症状を起こした。そこには、藁《わら》帽子——カタカオスの人々がもう何百年も前から発展させてきた工芸である――の職人や、地方の舞踊であるトンデーロの秘密や、うまいチチャや辛い料理を出す安料理屋などについての番組を作りに出かけたのだが、この最後の場所で出された料理がきっとあたったのだと思う。私は、プエルトリコの友人たちへの感謝の言葉が見つからない。実際、彼らは、〈バベルの塔〉がその日曜日に時間通り放映できるよう、サン・ホルへ病院の親切な医師を脅《おど》すようにして、私の治療にあたらせたからだ。

番組は、いつも毎週放映された。私たちの働きぶりから考えると、それはかなりな偉業だった。私は台本を車や飛行機のなかで書き、飛行場から録音スタジオ、あるいはモニター室に行き、そこを出て別の飛行機に乗って、ときには目的地に着くのにかかった時間よりも少ない時間で、どこかの町や国の取材をするために、何百キロも離れたところに飛んだ。私は、その六か月間、書くことはおろか、寝ることも、食べることも、本を読むことも忘れた。放送局が自由にできる予算は限られていたので、旅費や滞在費の放送局の負担を減らそうとして、外国への取材を、文学の会議の招待や開催とあわせた。問題は、このやり方が精神分裂症的な人格の分裂を引き起こしたということである。というのは、会議の出席者から新聞記者に、マイクを向けられて話す作家から、仕返しみたいにインタビュアーをインタビューするインタビュアーに、数秒で早変わりしなければばならなかったからだ。

番組は外国のこともかなり扱ったが、大部分はペルーの問題を取り上げた。民衆の舞踊や祭り、大学問題、先スペイン期の考古学センター、五十年も前からミラフローレスの通りを三輪車で走っている年寄りのアイスクリーム屋、ピウラの売春宿の伝説、刑務所の地下世界。私たちは、また、取り上げてほしいということで、いろいろな人々や機関が薦めてきたり、圧力をかけてきたりすることから、〈バベルの塔〉が、かなりの視聴者を獲得するところまできたことを知った。なかでも考えてもみなかったのは、ペルー情報部（ＰＩＰ）を取り上げてほしいという申し出だった。ある日、一人の大佐が私の事務所に現れ、何かの記念日にあわせて、〈バベルの塔〉の一回をペルー情報部にあてるよう提案してきたのだ。番組に迫力が出るように、銃撃や諸々《もろもろ》の手を使って、コカインの運び屋の捕縛を、機関が模擬的に演出してもよいと彼は言うのだった……

放送局と契約した六か月の期間が、ほぼ終わりになる頃、もう何年も会っていなかった女友達から電話があった。それはロシータ・コルパンチョだった。そこには、大学時代とまったく変わらない、間延びしたロレート訛《なま》りの、癖のある熱っぽい声があった。夏季言語学研究所に傾ける彼女の烈《はげ》しい情熱は、あのときのまま、いや、むしろあのときにもまして強かった。研究所のことを憶えている？　でも、ロシータ……うーむ。研究所はペルーに来て何年になるか知らないが、まもなく整理して、アマゾンでの活動を打ち切るのじゃないのかい？　できないかしら、〈バベルの塔〉で……私はできるということを言うために彼女を遮《さえぎ》った。言語学者のミッションが取り組んだことについて、ドキュメンタリーを喜んで作るよ。あまり知られていない部族のルポルタージュをするために、密林へも行ってみるつもりだよ。最初から我々の計画に入っているんだ。ロシータは、密林で私たちが活動できるように、研究所と一緒になって手はずを整えると声を弾ませた。どこか特に考えている部族はあるの？　考えなおすまでもなかった。《マチゲンガ族》と、私は答えた。

マチゲンガ族の語り部についての話を書くという六〇年代の初めの意図が失敗に終わってからも、そのテーマは、私の傍《そば》から離れたことはなかった。どこかに火が残っていて、急に炎となって燃え上がる昔の愛のように、ある一定の期間をおいてそれは還ってきた。結局、いつも破り捨てることになったが、私は、ノートを作ったり、草稿を書いたりしつづけた。また、手に入るたびに、あちこちの科学雑誌で取り上げられるマチゲンガ族についての研究や論文には、欠かさず眼を通した。彼らが哀れにも見落とされるということが、私の好奇心をいろいろと刺激したのだ。フランスの女性人類学者フランス・マリー＝カセビッツ・ルナールや、アメリカ人ジョンソン・アレンは、部族のあいだでかなりの期間暮らし、部族の組織、労働方法、親族の体系、象徴、時間感覚などについて書き残した。スイス人の民族学者ゲルハルト・バウアーも、部族のなかで生活し、宗教について深く研究していたし、ホアキン・バリアレス神父は、マチゲンガ族から収集した膨大な神話や歌をスペイン語に訳して公刊しはじめていた。マスカリータの同輩であったペルーの人類学者、カミーノ・ディエス・カンセコやビクトル・J・ゲバラも、部族の習慣や信条を研究していた。

しかし、現代のどの著述にも、語り部についての話はひとかけらも見出せなかった。不思議なことに、語り部についての言及は、五〇年代になると中断しだした。シュネル夫妻がその存在を知ったときには、語り部の制度はちょうど消えかかるところまで衰退していたのだろうか？　ピオ・アサ神父やビセンテ・デ・セニタゴヤ神父やアンドレス・フェレーロ神父など、三〇年代や四〇年代にマチゲンガ族について書いたドミニコ会の伝道師の著述のなかには、語り部のことがふんだんに記述されていた。それ以前の十九世紀の旅行者の著述もそうである。そうした最初の記述の一つが、探検家のポール・マーコイの本のなかにある。マーコイは、ウルバンバ川の岸辺で語り部(orateur)と出会ったが、《アンティス》の聴衆が、語り部によって何時間も文字通り催眠術にかかっているのを目撃した。《このアンティスというのはマチゲンガ族にあたると君は思うかい？》人類学者のルイス・ラモンは、私に引用箇所を示して言った。私はそうだと確信した。どうして現代の民族学者は、語り部のことに触れないのだろう？　それは、研究やフィールド・ワークが手元に入ってくるたびに思うことだった。小さな部族のもっとも微妙で、大切な特徴であり、また、いずれにせよ、マチゲンガ族と私自身の召命（単に、私の人生というのではなく）のあいだの不思議な心の絆をつくりあげてきたものと思われる、放浪する語り部について、五〇年代以降の研究は、脚注のような形でさえ触れていないことに気づいた。

その年月、私はどうして語り部についての話が書けなかったのだろうか？　捉えにくい話を、話半ばで筆を折って反古《ほご》にするとき、呪術‐宗教的な精神構造を持った未開人の話し方を真に伝えるような文学的な形態を、論理的で知的な図式のなかに、しかもスペイン語で構築することは、容易なことではないのだと私は考えたものだ。もくろみは、いつも明らかにいかがわしい表現になってしまい、十八世紀にヨーロッパで《良き野蛮人》が流行し、啓蒙思想の哲学者や文学者が異国の原住民に話させたような企てと同じで、説得力を欠いていた。しかし、失敗したとはいえ、いや、むしろ失敗のゆえに、誘惑はそこにあった。ある期間が過ぎると、思いがけない状況からふたたび燃え上がり、勢いを盛り返してきた。旅する密林の語り部の噂の人影が、私の家や夢の中に侵入してくるのだった。マチゲンガ族の素顔を捉えることができたら、それはどんなに感動を誘うことだろう……

ペルーの密林と出会った一九五八年半ばの旅行以来、私は、何度かアマゾンに出かけた。イキートス、サン・マルティン、アルト・マラニョン、マードレ・デ・ディオス、ティンゴ・マリア。しかし、プカルパは、それ以後、足が遠のいていた。その間の二十三年間に、その小さな埃だらけの場所——私の記憶では、かつて葬儀屋と福音であふれていた——は、産業と商業のブーム、その後にきた経済的後退を経験していた。そして一九八一年の九月のある日の昼頃、〈バベルの塔〉のあと一つを残すだけとなった番組の制作のために、ルチョ・リョサとアレハンドロ・ペレスと私が着陸したとき、今度はコカインの運搬というろくでもない理由で新しいブームを迎えはじめていた。太陽が輝いているところでも、何か灰色っぽいリマとは異なって、踏み込むと人も物も包み込み、清らかな輪郭をきわだたせるアマゾンの一陣の暑さと火のような光は、常に美容の乳液のように気持を昂らせてくれるものである。

しかし、アマゾンの景色や気温よりも私が感動したのは、研究所が私たちを迎えるために寄越してくれた人物、シュネル夫妻を、その朝、プカルパの飛行場で見つけたときだった。彼らが直接迎えに来てくれた。夫妻のアマゾンでの暮らしはもう四半世紀になり、今もマチゲンガ族のなかで仕事を続けていた。夫妻は、私が彼らを憶えていること——彼らは私のことを完全に忘れていると私は思った——、ヤリナコチャの基地での二回の会話で彼らが話したことを、細かく記憶していることに感心していた。研究所にジープで揺られていく途中、アメリカ合衆国に住んでいる子息の写真——数人の大学の卒業生がまじった若者のグループが写っている——を見せてくれた。みんなマチゲンガ語を話すのですか？　ええ、家庭では二番目の言語で、スペイン語以上ですよ。私は、シュネル夫妻が、訪問する村の案内と通訳を買って出てくれたことを知って、たいへん嬉しかった。

ヤリナ湖は、今も絵葉書のようだった。薄明はさらに美しかった。岸辺には研究所のバンガローが増設されていた。私たちはジープから降りるとすぐに、ルチョやアレハンドロと一緒に仕事を始めたが、ウルバンバ川上流の密林への旅行を頭に入れておくために、日が暮れたら、シュネル夫妻から行く場所と会う人についての説明を、前もって聞くことに決めた。

昔の旅行で知り合った言語学者は、シュネル夫妻をのぞくと、もうヤリナコチャには一人も残っていなかった。アメリカ合衆国に帰った人も、世界の別の密林でフィールド・ワークに携わっている人もいた。研究所の創設者タウンゼント博士は、すでに没していた。しかし、私たちが知り合い、インタビューし、その地のいろいろなものを映像に収めるときに、案内役を務めてくれた言語学者は、私が憶えている研究者と双子の兄弟のようにイメージが重なってくるのだった。毎日、運動を欠かしたことのない、精悍で、健康そうな身体つきの、髪を短く刈った男性の研究者たちは、栄養士の指示に従い、煙草も、酒も、コーヒーもたしなまなかったし、女性の研究者たちは、慎ましく、質素な服を着て、化粧も、なまめかしさもなく、実用一点ばりのなりをしていた。男性も、女性も、常に穏やかな眼をし、挫けることなく自分の信念を実行し、自分の傍にある真理を知っていると確信している人々だった。私はそのことに常に魅せられもし、驚きもした。

昼間の光と、アレハンドロ・ペレスの気儘《きまま》な機器が許すあいだ、研究所の取材を続けた。ちょうどそのとき開催されていた、数か村の二言語の教師たちの会合。言語学者によって仕上げられた音節や文法。彼らの証言。学校、病院、運動場、図書館、教会、通信センター、飛行場などを含む、活動の基地であるヤリナコチャの町の鳥瞰《ちょうかん》。

日が落ちて、夕食をすませ、研究所の取材が一段落すると、翌日から収録する番組――マチゲンガ族――の準備にかかった。私は何年も前から集めてきた資料をリマで取り出して、眼を通していた。しかし、その共同体の状態について、じかに材料を提供してくれたのは、シュネル夫妻——私は、今回も掘立小屋のなかで、夫人の作った菓子をお茶うけにして話を聞いた——との会話だった。彼らは二十五年という歳月をそこで暮らし、部族に精通していた。

夫妻によると、エドウィン・シュネル氏が裸になってあの家族に接近していき、彼らが逃げなかった、あの遠い日以来、ウルバンバ川上流やマードレ・デ・ディオス川のマチゲンガ族にとって、事態は変化していた。その変化は好ましいものだったのだろうか？　夫妻はそう確信していた。ともかくも、マイニケの急流《ポンゴ》の向こう側にいるマチゲンガ族は、かつての分散生活、つまり、ほとんどお互いに接触することもなく、小さなグループに分かれてあちこちを追われ、放浪しながら懸命に生き延びていくという、ユダヤ的な離散《ディアスポラ》にかなりの部分が終止符を打っていた。もし放浪生活を続けていたとしたら、まったく当たり前のことだが、部族の解体、言語の融解、ほかのグループや文化への構成員の吸収という結果を招いただろう。村をつくり、土地を耕し、家畜を飼育し、ペルーのほかの地域との経済的交流を発展させるために、隠れたりせずに集住するという考えを、行政、カトリックの伝道師、人類学者、民族学者、研究所などのたゆまぬ努力によって、彼らは受け入れはじめていたのである。事態は急速に進展していた。できたばかりのものも含め、すでに村も六か村になっていた。私たちはそのうちの二つの村、ヌエボ・ムンドとヌエバ・ルスを訪れることに決めた。

おおよそ五千人と見積もられているマチゲンガ族のうちの約半数が、当時、その二つの村で暮らしていた。村の一つは、マチゲンガ族とカンパ族(アシャニンカ族)が半々だったが、現在までのところ、二つの部族は、共同生活をするうえで何の軋轢《あつれき》も生じていなかった。シュネル夫妻は楽観的で、もっとも人と親しまない、いわゆるコガパコリ族のようなほかのマチゲンガ族も、共同体が変化し、彼らの兄弟が一連の福祉——安定した生活、緊急時に受けられる援助——を享受しているのを見れば、森のなかの隠れ家を捨てて、新しい定住地を形成するようになると信じていた。夫妻は、部族を国に統合していくために、すでに村々で取り組んできた具体的な歩みを、熱っぽく語ってくれた。例えば、学校や農業協同組合について。ヌエバ・ルスでもヌエボ・ムンドでも部族出身の二言語の教師のいる学校が運営されていた。私たちはすぐにそれを見にいくことにした。

こうしたことは、一九五八年に、シュネル夫妻が話していたこととは異なって、マチゲンガ族が原始的で、それ自身閉ざされ、悲観的で、敗北した人々ではなくなったことを意味するのだろうか？　ある意味ではそうである。少なくとも、今、部族のなかで暮らしているマチゲンガ族は、新しいことを経験したり、進歩することにたいして、控え目ではなくなり、生きることへの愛着さえ示すようになった。しかし、彼らが遠隔地にいるという事実に根本的な変化はなかった。彼らの村まで研究所の飛行機で二、三時間でも、アマゾンの重要な地点から村々まで、川筋を行くと、数日、時には数週間を要したからである。それゆえに、昔に比べれば隔たりは縮まったとはいうものの、ペルーに統合されたということはまだ現実ではなかった。

スペイン語でインタビューできますか？　多くはいないが、できるよ。ヌエバ・ルスの酋長《カシーケ》というか、村長は、スペイン語を流暢《りゅうちょう》に喋《しゃべ》るよ。それはどういうことですか？　今は、マチゲンガ族のなかに酋長がいるのですか？　これまで指導者とか隷属民とかの政治的ヒエラルヒーの組織がないということが、この部族のとくに大きな特徴じゃなかったですか？　そう、その通りだね。昔はね。しかし、これまでの無政府的な仕組みは、部族の分散性と関係している。今は村に集まっているので、それを治める組織が必要だ。ヌエバ・ルスの長官というか指導者は、マサマリ（ウカヤリ川西サテイポ谷にある町）の聖書学校を出た若い優れた共同体のリーダーだった。プロテスタントの牧師なんですか？　まあ、そうだ。聖書はもうマチゲンガ語に訳されていますか？　もちろん、それにはみんなの心血が注がれているんだ。ヌエボ・ムンドでもヌエバ・ルスでも、マチゲンガ語版の新約聖書を何冊かフィルムに収めることができるよ。

私はマスカリータを、そして、エスパーニャ通りのカフェでの、私たちの最後の会話を思い出した。耳にはマスカリータの非難と予言が聞こえてきた。つまり、その晩のシュネル夫妻の話から、サウル・スラータスがあの午後怖れていたことが杞憂ではなかったことがわかってきたのだ。ほかの部族と同じように、マチゲンガ族も文化政策の過程を完全に歩んでいた。聖書、二言語の学校、福音の指導者、私有財産、金銭の価値、商業、洋服……それがすべて向上に役立つと言えるだろうか？　シュネル夫妻が強調するように、それは個人や村に具体的な恵みをもたらしただろうか？　むしろ、マスカリータが言っていたように、自由で独立的な《未開人》から西欧化の戯画《ゾンビ》への道を進みはじめてしまったのではないか？　そのことがほんの二、三日の訪問でわかるだろうか？　いや、それでは十分でないのは明らかだった。

私は、その夜、ヤリナコチャのバンガローで、かなり長い時間、眠らずに考えた。窓の金網をとおして一条の金色の光を湖面に映す湖の一角が見えた。しかし、丸く、輝いている月を頭のなかで描いたが、その姿は、木立ちの蔭に隠れていた。マチゲンガ族の神話で時には邪悪で、時には善良な男性の天体であるカシリが、傷のある顔を隠しているのは良い兆しだろうか、それとも、悪い兆しだろうか？　バンガローの一つで初めて寝てから、二十三年が過ぎていた。その間に変わったのは、いろいろな経験をして、年月を経てきた私だけではなかった。アメリカ人夫妻の二回にわたる短い証言、マドリッドでのドミニコ会士とのやりとり、いくつかの民族学上の研究などを通して、私が知っていたマチゲンガ族も大きな変化を経験していた。一見して、私が築いてきたイメージと、彼らはぴったりあわなかった。少数の人慣れない、悲劇的な存在、白人や、混血や、山男たちや、その他の部族から逃走を続ける、個々の小さな家族に分割された社会、自分の言語と神々と習慣を放棄するくらいなら、個人と共同体の不吉な滅亡をストイックに待ち、受け入れるというような社会では、もはやなかった。語り歩く語り手という潤滑油で結びつけられた、湿った大きな森の奥深くにある、塵のように散らばった共同体が消えていくのを考えると、抑えがたい憂愁に捉えられた。

この二十三年間、幾度、マチゲンガ族のことを考えたことだろう。幾度、彼らの本質を知ろうとしたり、書こうとしたことだろう。また、マチゲンガ族の土地を旅行するために幾度、計画を立てたことだろう。彼らのせいで、マチゲンガ族の語り部と似ていたり、連想的に結びつく世界各地にある人物や組織は、一瞬にして私を虜《とりこ》にした。例えば、ブラジルの北東部の埃っぽい村々で、ギターの低い弦で伴奏しながら、地域の中世風の詩や裏話を混ぜて話すバイア州の奥地《セルタンゥ》の吟遊詩人。あの夕方、ウアウアの市場で語り手の一人を一目見ただけで、輪になって冷やかし半分に見ている人々を前に、マガローナ姫やフランスの十二臣の物語を歌いながら語る、革のチョッキに革帽子のカボクロの影法師と重なって、そこから遠く隔たったマードレ・デ・ディオス川の岸辺の木の茂みの下で、胡坐《あぐら》をかいて、この世のすべての善と悪が出てきたタスリンチとキエンチバコリの息を吹きかけ合う戦いを、聞き入る家族に話している、赤い対称的な線と暗い斑点の模様を描きこんだ半裸の緑っぽく黄色みをおびた肌の語り部の姿が眼に浮かんだ。

しかし、理由はわからないが、マチゲンガ族の語り部を呼び起こしたのは、奥地《セルタンウ》の吟遊詩人よりもアイルランドの聖話者シャナーヒー(seanchai)だった。シャナーヒーとは《古い歴史の語り手》《物事を知る人》だと、ダブリンのどこかのバーで、だれかがその場で英語に訳してくれた。あの興奮、執拗に質問を続け、あとで、アイルランド人の知り合いや友人を急《せ》き立てて、シャナーヒーの前まで私を連れていかせた、あの突然の抑えがたい感情も、マチゲンガ族のことがなかったら、どう説明できるだろう。話し手の先祖の影は、アイルランドの文化的な土台となっている大昔のケルト民族の神話や伝説のなかに溶け込んでいくが、ヒベルニア(アイルランドのこと)の昔の歌唄いの生き残りである彼らは、先祖と同じように、パブの煙草がけぶる熱気のなかや、彼らの謎めいた一言で突然中断したパーティーの席や、親しい友人の家——外では雨が降っていたり、雷が鳴っていたりする——の暖炉の傍で、古い寓話や、叙事的な歴史や、怖ろしい情事や、気味の悪い奇跡について話している。話し手は、バーのマスター、トラックの運転手、牧師、盲人などであるが、シャナーヒーは、何世紀にもわたって語り継がれてきたことを話し、記憶し、再現し、豊かにしていく技術と知恵の錫杖《しゃくじょう》に神秘的に触れた者であり、歴史が始まる以前の神話と魔術の時代を知る語り手なのである。今でも、アイルランド人は、何時間も魅せられたように彼らの話に耳を傾ける。アイルランドの旅行中、シャナーヒーによって私が強い感情に襲われたのは、一つの擬体験、すなわち、それが、シャナーヒーを通して語り部の話を聞き、聞き手に挟まれてマチゲンガ族の聴衆となる幻想を生きる方法だったからである。

ついに、準備もできていないのに、シュネル夫妻が自ら案内にたってくれるということだけを頼りに、いよいよマチゲンガ族と顔を合わせるという日が、翌日に迫ってきた。彼らの生活は小説にできるようなものがあるだろうか？　間違いなく、そういうものがある。《最後はズームアップだと言っただろう、馬鹿！　アレハンドロ》隣のベッドの蚊帳《かや》のなかで寝返りを打って、ルチョ・リヨサが寝言を言った。

私たちは、夜明けとともに研究所の二機の単発のセスナに、それぞれ三人ずつ乗りこんで出発した。私の機のパイロットは、若々しい顔にもかかわらず、言語学者のミッションとはもう古い付き合いで、アマゾンで操縦桿《かん》を握る前は、中央アメリカやボルネオの密林の上を飛んでいた。透きとおるような朝、空からはウカヤリ川、続いてウルバンバ川のつづら折りを、くっきりとたどっていくことができた。小さな島、ペケペケ(船外モーター)で震動している汽艇《ランチ》、カヌー、小さな川、急流《ポンゴ》、支流。そして、果てるとも知れない緑の平原のなかにいくつかの小屋の並ぶ、赤茶けた土の空間がぽっかりと空いた豆粒のような村々が、ところどころに見えた。私たちはセパ流刑地、セパウアのドミニコ会の伝道村落の上を通過し、ウルバンバ川上流の流れからはずれて、蛇行する泥水のミパヤ川のわかりにくい支流に沿って飛んだ。そして、午前十時頃、その岸辺に最初の目的地ヌエボ・ムンドを遠く眺めることができた。

ミパヤという名前には歴史的な響きがこもっている。百年前、この茂みの下にはカウチェーロのキャンプがあふれていた。ゴムブームの時代に、恐るべき大量の死者という受難を部族が経験したあと、二〇年代になると、事業に失敗したかつてのカウチェーロたちがインディオ狩りという古いやり方で、労働力を利用し、その周辺に農園を拓こうと企てた。歴史上、マチゲンガ族の抵抗として知られているただ一つの事件が起こったのは、そのときのことであり、ここミパヤ川の河畔でだった。農場主の一人が、若者や女を連行しようとしたとき、マチゲンガ族は矢でビラコチャを迎え、連中の何人かを死傷させ、自分たちが滅ぶまで抵抗を続けたのである。密林は幹や枝や葉の濃い茂みでその場所を覆い隠してしまい、今では恥ずべき行為の跡をとどめるものもなかった。飛行機が着陸に入る前に、ヌエボ・ムンドの離着陸路として使っている村のただ一つの通りから、親たちに子供たちを遠ざけさせるために、パイロットは二十軒ほどの円錐形の小屋の上で何度かセスナ機を旋回させた。

シュネル夫妻は、私と同じ飛行機に乗っていた。夫妻がセスナ機から降りてくるのを見ると、多数の住人が興奮し、嬉しそうに二人を取り囲んだ。人々は争って夫妻に触れたり、軽く叩いたりしながら、ひどい抑揚のある、律動的な荒々しい言葉で口々に喋った。スカートにブラウス、サンダル履《ば》きの女性の教師をのぞくと、マチゲンガ族の人々はみんな裸足で、男は短い腰布かクシュマ、女性は多くの部族に共通の、土色か灰色の綿の長衣を着ていた。年老いた女性は胸をさらけだし、腰のところでとめる薄地の腰巻をつけていた。ほとんどの男女の身体には、赤や黒の入れ墨がきらめいている。

そこに彼らがいた。それがマチゲンガ族だった。

感動している暇はなかった。昼間の光を最大限利用してすぐに仕事にかかった。幸い、なんの支障もなく小屋をカメラに収めることができた。小屋はどれも同じ造りで、丸太を杭の上に渡した床面、側面の半分だけを覆っている薄い萱《かや》の仕切り、椰子《やし》の葉で葺《ふ》いた天井部、簡素な内部、つまり、中には丸めたござ、椀、魚網、弓矢、わずかのユカや、とうもろこしや、かぼちゃなどが置かれていた。流暢ではないが、スペイン語を話せる女性教師のインタビューも妨げられることはなかった。その女性教師は、汽艇《ランチ》が毎月二度搬《はこ》んでくる物資をさばく村内の店もきりまわしていた。私は、語り部について話を聞き出そうとしたが、うまくいかなかった。だれのことかわかるかね？　彼女は知らないようだった。私がわけのわからないことを言わないようにと頼むかのように、彼女は驚きといくらか不安のまじった表情で私を見た。

シュネル夫妻を通して間接的にしか話はできなかったが、マチゲンガ族の人々はみんな協力的で、私たちは、歌、踊り、アチオテの染料で年配の女性の顔に対称的な模様を描きこんでいく、艶《あで》やかな化粧法などをカメラに収めた。できたばかりの畑、養蜂場、学校を訪問し、女性教師は、生徒がマチゲンガ語で国歌を歌うのを、私たちに聞かせる手はずを整えた。少年の一人は、皮膚病の一種ウタで顔がただれていたが――マチゲンガ族はそれをバラ色の蛍が光を放つ腹部の熱い先端で刺したためだと考えている――、ほかの少年たちと一緒になって走りまわっている、自然で伸びのびとした態度から判断すると、不具を理由に、差別やからかいを受けている様子はなかった。

日が暮れはじめて、その夜を過ごすことにしていた村――ヌエバ・ルス――へ向かう準備をしていたとき、ヌエボ・ムンドをまもなく移さなければならないということを耳にはさんだ。一体、どうしたのか？　密林では日常茶飯事であるが、地形の気紛れな変化のためだった。この前の雨季の増水でミパヤ川の川筋が完全に流れを変え、ヌエボ・ムンドから隔たってしまったのである。乾季に川辺まで降りていこうとすると、かなりの距離を歩かなければならなかったからだ。彼らは村をつくるために、より安全な場所を探していた。自分たちの都市が出発と放浪の運命という、隔世遺伝子を生まれながらに持っているような、移動生活をして暮らしてきた人々には、そうしたことはなんら複雑なことではないし、それに丸太や、萱や、椰子の葉でできた小屋は、文明社会の家屋よりも壊したり、組み立てるのがずっと容易だった。

ヌエボ・ムンドからヌエバ・ルスまでの飛行機での二十分というのは、うっかり当てにしてはならないと、彼らは説明した。密林を徒歩で行くと、少なくとも一週間、カヌーでも二、三日はかかった。

ヌエバ・ルスは、マチゲンガ族の村のなかでは一番古く――ちょうど二周年を迎えていた――小屋も住人もヌエボ・ムンドの二倍以上の規模だった。ここでは酋長で、村長を務め、二言語の学校の教師をしているマルティンだけが、シャツ、ズボンに、靴を履き、西洋風に髪を短く切っていた。彼は、小柄で、表情を顔に出さない生真面目な若者で、中略形や脱落形のスペイン語を軽快に、そして器用に喋った。ヌエボ・ムンドと同じように、ヌエバ・ルスのシュネル夫妻にたいする歓迎も、熱狂的で騒々しかった。彼らは日が暮れるまで、また夜もかなり遅くまで、個人やグループで夫妻を訪ねてきて、傍に行って、身振り手振りを交えて跳ねるような言葉で話をしようと、ほかの訪問客が辞するのを辛抱強く待っていた。

ヌエバ・ルスでも、踊り、歌、太鼓の独奏、学校、店、畑、焼畑、入れ墨などをカメラに収めた。また、マサマリの聖書学校を修了した指導者で、もったいぶった、ほとんど坊主頭とも言える、髪の短い、痩せた若者のインタビューも取った。彼は、師の教えに忠実な弟子で、マチゲンガ族についてよりも、神の御言葉であるキリストや聖霊について話すことに興味を持ち、何か答えたくないことが出てくると、枝葉末節をあげつらったり、聖書の曖昧な言葉のなかに逃げ込んだりする頑固者だった。私は、二度、語り部のことを彼の口から聞こうとした。しかし、その二回とも、理解できない様子で、ここにある書物は、神と使徒の言葉をマチゲンガ語で記したものだと、私を見て説明を繰り返した。

仕事が終わると、村から十五分くらいのところにあるミパヤ川の谷間に、研究所の二人のパイロットに案内されて、泳ぎに出かけた。夕暮れが迫り、それは雨のないときはいつでも見られる、アマゾンでもっとも神秘的で、美しい時間だった。場所はこのうえないところだった。ミパヤ川が分岐した箇所に、自然の岩畳によって入江のような空間ができていて、ゆったりとした生温かい水のなかで泳いだり、また、そうしたければ、岩がつくっている囲みで身体を支えながら、流れの力を感じることもできた。無口なアレハンドロ・ペレスでさえ、アマゾンの泡風呂《ジャクージ》に有頂天になって、飛沫《しぶき》を上げ、笑いだした。

ヌエバ・ルスに戻ったとき、マルティン（彼はあきれるほど礼儀正しく、身のこなしがじつに繊細な青年だった）は、学校と村の店の隣にある彼の小屋までイエルバルイサの試し喫《の》みに私を招いてくれた。彼の家には通信機が常備され、ヤリナコチャの基地と交信することができた。身なりと同じように、手入れのいきとどいた化粧室のある部屋には、彼と私しかいなかった。ルチョ・リョサとアレハンドロ・ペレスは、私たち用のハンモックや蚊帳《かや》を下ろすパイロットを手伝いに、出ていったあとだった。光は急に落ちていき、周囲で斑点のように影が増えていた。いつものように、この時間になると、密林全体がいっせいに鳴きはじめ、緑の茂みの下で数えきれない虫が世界を支配していることを、私たちは思い出した。空もすぐに星でいっぱいになるだろう。

マチゲンガ族は、星は精霊の冠が放つ光だと本当に信じているのかい？　マルティンは顔色を変えずにうなずいた。流れ星は、神の子供たちアナレリイテの光の矢で、夜明けの露は、その子供たちの小便なのかい？　マルティンは今度は笑った。みんなそう思っているよ。マチゲンガ族は、今、村に根を下ろすために放浪をやめているが、太陽は落ちると思うかい？　そんなことは絶対ないよ。神様が責任を持って、支えているから。一瞬、彼は楽しそうな表情で私をしげしげと見た。どうしてあんたはそんなことを知ってるの？　私は、マチゲンガ族のことに関心を抱くようになって、もうかれこれ二十五年になるのだということ、その頃からマチゲンガ族について書かれていることを、全部読もうとしてきたことを話した。私は理由を言った。だが、話していると、最初は、親切でにこやかだったのに、彼の顔は重々しく不信をこめたものに変わっていった。彼は、顔の筋肉をぴくりともさせずに、真剣な面持で聞いていた。

「語り部についての質問は、単なる好奇心ではない。もっと厳粛なことだ。彼らはぼくにとって非常に重要なのだ。マチゲンガ族にとってと同じほどにね、マルティン」彼は黙ってじっとしていた。警戒するような光が、彼の瞳の奥できらりと光った。「どうして、君は語り部のことを話したがらないのだい？　ヌエボ・ムンドの女の先生も、一言も言おうとしなかったよ。どうして語り部のことになると、謎が多いのだろう、マルティン？」

彼は、私の話がまったく理解できないと言った。《語り部》って何のこと？　そんな人のことは、ここでも、共同体のほかの村でも、聞いたことはないよ。ほかの部族にはいるかもしれない。でも、マチゲンガ族のなかにはいない。彼がこう言っているとき、シュネル夫妻が小屋に入ってきた。イエルバルイサの草をまだ試してなかったよね？　アマゾンで一番強い香りを放つんだよ。マルティンは話題を変え、私はここは無理をしないほうがよいと思った。

しかし、一時間後、マルティンと別れ、貸してくれた小屋のなかにハンモックと蚊帳を吊ってから、夜の爽やかな空気を吸い込むために外に出て、ヌエバ・ルスの家々に囲まれた野天を、シュネル夫妻と歩いていると、あのテーマが抑えがたく口をついて出そうになるのだった。

「滞在時間が限られているので、何もかも知ることはできませんよ」と、私は言った。「でも、少なくとも一つのことがわかりましたよ。とても重要な一つのことが」

空は星の森となり、月は一つの雲の陰に隠れ、おぼろげな輝きでそれとわかるだけだった。ヌエバ・ルスの村の端で焚き火が燃え、そのまわりに、はかない影法師が仄かに現れた。五十メートルほど先にある私たちの小屋は、携帯用ランプの緑色がかった光で照らされていた。が、残りの小屋は闇の中で静まりかえっている。シュネル夫妻は、私が話を続けるのを待っていた。私たちは草が生い茂っている、やわらかい土の上を歩いた。長靴を履いていたが、踵《かかと》や足の甲を、ぶよに刺されるのを私は感じはじめた。

「どういうことかしら?」とうとうシュネル夫人が言った。

「こういうことはどれも相対的だということですよ」と、ちょっと、まごついて私は言葉を続けた。「つまり、この村をヌエバ・ルスと呼んだり、酋長にマルティンという洗礼名をつけることも。マチゲンガ語の聖書をつくることも、聖書学校に原住民を送り、牧師にすることも。移住生活から定住生活への突然の移行。加速化していく西欧化とキリスト教化。いわゆる近代化。それはうわべだけのものにすぎないことがわかったのです。たとえ経済的交流や、貨幣の利用が始まっているにせよ、彼ら自身の伝統は、こうしたことすべてよりも、はるかに重いものです」

私は口をつぐんだ。私はシュネル氏のことを攻撃していたのだろうか? 私自身、この性急な論法から、どう結論を導き出したものかわからなかった。

「もちろん」いくぶん困惑したように、エドウィン・シュネルは咳払いをした。「何百年と続いた信条や習慣が一晩で消えはしない。それは時間がかかる。しかし、大事なことは変化が始まったということだ。現在のマチゲンガ族は、私たちがここに来た頃のマチゲンガ族ではない。間違いなく」

「彼らには触れがたい内奥があるということに、私は気づいたのです」と、私は話を遮った。「ヌエボ・ムンドの女性教師やここのマルティンに、語り部について訊いてみた。二人の反応は同じだった。語り部の存在を否定し、何のことを話しているのか知らないふりをする。つまり、あの教師やマルティンのような、もっとも西欧化されたマチゲンガ族でも、自分たちの信念にたいする忠誠心の砦《とりで》が残っているんですよ。それは投げ棄てることのできないある種のタブーなのです。彼らは外部の人間に、そのことを厳重に隠しているのです」

「語り部だって？」と、エドウィン・シュネルは言った。彼は、心底、驚いているらしかった。

長い沈黙が続いた。眼に見えない夜の虫の音が、耳を圧するかのように高まってきた。彼も、語り部とは何のことか、と言うのだろうか？　女性教師や、酋長と牧師を兼ねた青年のように、シュネル夫妻も、語り部について話されるのを聞いたことはないと言うのだろうか？　私は、本当は語り部なんかいないのだと考えた。私が捏造《ねつぞう》し、虚偽の記憶のなかで、手慰みにして実体化してきたのだと。

「ああ、語り部のこと！」と、とうとうシュネル夫人が大きな声で言った。彼女は踏みつけられた木の葉のような音を出して、その言葉というか、句を弾くように発音した。私はまだ若かったとき、初めてそれを聞いた、ヤリナ湖の岸辺にあったバンガローの方から、時が私のほうへ横切ってくるような気がした。

「ああ」と、エドウィン・シュネルは、調子はずれの声で、一度、二度、その弾ける音を引きとって反復した。「語り部、speakers、そう、そういうふうに訳せるね」

「あなたはどうしてそのことを知っていらして?」と、シュネル夫人は、私のほうに顔を向けて言った。

「あなたからですよ、あなた方、お二人からです」と、私はつぶやいた。

闇の中で二人が眼を瞠《みは》り、理解できずに、互いに視線を交わしているのがわかった。私は、ヤリナ湖の岸辺のバンガローで、語り部について話してくれたあの夜以来、マチゲンガ族の語り部が私のなかに生きはじめ、誘惑し、心を占領してきたこと、それ以後、昔のことや、物語や、冗談や、作り話を集めたり、伝えたりしながら、アマゾンという海に漂うマチゲンガ族の小島から別の小島へと渡るように、逆境をものともせず密林を巡礼する語り部のことを、何回となく思い描こうとしたことを打ち明けた。理由を説明することは難しいが、語り部の存在、その行動や、また、それが村の人間の生活で果たしている役割を知ることは、この二十三年間、自分自身の仕事への大きな刺激、インスピレーションの源泉、取り入れてみたい規範になってきたことを彼らに話した。私は、自分が興奮して話していることに気づいて、口をつぐんだ。

私たちは、どちらからともなく、空地の真ん中の、焚き火のための丸太や枝が山積みになっているところで立ち止まった。そして、腰を下ろし、丸太にもたれた。今、広い後宮で明滅する蛍に取り囲まれて、橙《だいだい》色の三日月のカシリが見えた。ぶよのほかにたくさん蚊がいて、顔から追い払うために、休みなく手を動かさなければならなかった。

「いや、これは驚いた。そういうことを憶えているなんて、だれが思うだろう。しかも、あなたの人生でそんなに大きな意味を持つようになるとは」と、エドウィン・シュネルは言葉を探しながら、ようやく口を開いた。彼は戸惑い、どこか落ち着かなかった。「《話し手》いや《語り部》のテーマに触れたことを私は忘れていた。いやあ、じつに珍しい、じつに」

「マルティンやヌエボ・ムンドの女の先生が、語り部について何も言いたがらなかったのは、全然、不思議でもなんでもないわ」少し間をおいて、シュネル夫人が口をはさんだ。「マチゲンガ族のだれもその話題に触れたがらないわ。それは、よそ者とは関係のない、秘密の事柄なのよ。知り合って久しい、子供が生まれてくるところを何度も見てきた私たちでもよ。私には理解できないわ。なぜって、自分たちの信条やアヤウアスカを使った儀式や呪術については、何でも話すし、隠しだてもしないわ。でも、語り部については違うのよ。それだけはいつでも避けるの。エドウィンと私は、それがどうしてタブーになっているのか、互いに話し合ったものよ」

「そう、そいつは不思議なことでね」と、エドウィン・シュネルはうなずいた。「難しいね。なぜなら、彼らは何でも言うほうだし、どんな質問にもためらわずに答える。世界の一番良き情報の提供者だ。ここに来たことのある人類学者をつかまえて、訊いてみるとわかる。ところが、語り部というと、話すことも、会わせることも好まない。なぜなら語り部は家族の秘密の保持者だからだ。語り部はマチゲンガ族のプライバシーを何もかも知っている。それはどういうことなのか？　汚れた服は、自分の家で洗わなければならないというようなことなのだろうか？　たぶん、語り部についてのタブーは、そういう感情に類するものだ」

暗がりのなかでシュネル夫人は笑った。

「でも、その理論、納得できないわ」と、彼女は言った。「マチゲンガ族は内輪のことを決して隠さないわ。彼らの話であっけにとられたり、顔が赤くなったことが何回もあったことをあなたも憶えているでしょう……」

「いずれにせよ、はっきりしているのは、それを宗教的なタブーだと考えるとしたら間違いだということだよ」と、エドウィン・シュネルは言った。「語り部はそうではない。語り部はセリピガリやマチカナリのような魔法使いでも、司祭でもない。ただ語り部というだけのことだ」

「ええ、知っています」と、私は言った。「最初のとき、あなたが説明してくれました。まさに、それが私の心を動かしたのです。単なる物語の話し手を、マチゲンガ族が秘密のように大切にしているということが」

時々、人影が静かに近づいてきて、短い弾けるような声を出した。シュネル夫妻も、いい晩だね、とでも返答をしたのだろう。人影は闇の中に消えた。小屋からは物音一つ聞こえてこない。もう村はみんな眠っているのだろうか？

「この何年か、語り部が語るのを聞いたことはありませんか？」私は訊いた。

「そんな幸運には恵まれなかったわ」と、シュネル夫人は言った。「今までに一度もその機会がなかったわ。でも、エドウィンはあったでしょう？」

「今までに二度ね」と、彼は笑った。「二十五年間にだよ。それだけだよ。私の話に失望しないように。でも、私だったら、その経験を二度としてみたいとは思わないな」

最初は、もう十年ほど前のことになるが、まったくの偶然からだった。シュネル夫妻は、ティコンピニア川のマチゲンガ族の小さな集落で、何か月か暮らしていたが、ある朝、妻を残して、エドウィン・シュネルは、カヌーで数時間遡《さかのぼ》ったところにいる、部族の別の家族を訪ねていった。漕ぎ手の少年を一人連れていた。到着したとき、そこに住んでいるエドウィン・シュネルの知り合いのマチゲンガ族の五、六人のほかに、遠くの部落から来た人々も含めて、少なくとも二十人ほどの人が集まっていた。年寄りも子供も、男も女も、しゃがんで、半円をつくり、彼らを前に胡坐《あぐら》をかいて話している男を囲んでいた。それが語り部だった。エドウィン・シュネルと少年がそこに坐って聞くことに、だれも異を唱えなかった。語り部は、エドウィンと少年が聞き手に加わるあいだも、独白を中断しないで喋りつづけた。

「もうかなりの歳だった。早口なので、ついていくのに苦労したよ。話しだしてずいぶん時間が経っていたはずだ。しかし、ちっとも疲れているようには見えなかった。その光景はさらに数時間続いた。時々、喉を潤すために、マサトのはいった瓢箪《ひょうたん》を人々が差し出した。いや、それまで一度もその語り部を見たことはなかったね。見るからにかなり歳を取っていた。もちろん知ってるだろうが、ここ密林では急速に老いはやってくる。マチゲンガ族のなかで歳を取っているというと、三十歳くらいを意味する。背が低く、頑健で、表情豊かな男だった。私でも、あなたでも、そんなに何時間も喋りつづければ、声は嗄《しわが》れ、くたびれてしまうものだが、彼は違っていた。いつまでも力強く、話しつづけた。要するに、それが仕事なわけで、なかなかの話しぶりだったよ」

どんなことを話したのですか？　そうだね、思い出すのは難しいね。一種の混沌《カオス》だから。何でもかんでも、少しずつ、頭に浮かんでくることをだね。夕暮れがしたこと、マチゲンガ族の宇宙の四つの世界、自分の旅、魔法の薬草、知っている人々や、部族の神殿にいる神々、小さな神々、そのほかの架空の存在。見た動物や天体の配置、覚えられないような名前の迷宮になった川。嵐のような言葉を精神を集中して追っていくのは、骨が折れた。なぜなら、それはユカの収穫から悪の精霊キエンチバコリの軍隊に話が変わるかと思うと、そこから、家族の出産、結婚、死去、あるいは、木の流血の時代と呼んでいるゴムブームの時期の諸悪に話が飛んだからだ。エドウィン・シュネルは、語り部によりも、語り部の冗談にからからと笑って応じたり、あるいは、語り部とともに悲しそうな表情を浮かべて聞いている、マチゲンガ族の人々の身動きもしない、魅せられたような視線にすぐに興味を抱いた。貪るように瞳をこらし、口を開けて、背筋を伸ばして、彼らは男の話を、息継ぎ、抑揚の一つひとつにいたるまで聞き逃さなかった。

私は、語り部の話を人々が一心に聞いているように、言語学者の言葉に耳を傾けた。たしかに語り部はいた。それは私の空想のなかにあるのと似ていた。

「実際、彼の話したことをほとんど憶えていない」と、エドウィン・シュネルは言った。「そのいくつかを拾いだすことができるだけだ。ごたまぜだからね。そう、アヤウアスカを使い、セリピガリに教えられながら、一人の若いシャーマンが通過儀礼をしたことを話したね。彼は眼に浮かんでくるものを話す。変わっている、脈絡なしで、現代詩みたいなものだよ。それから、チョビブリティ鳥が持つ力についても話した。つまり、その羽の骨を家の地面の下に潰して埋めておくと、家庭の調和が保たれるというんだ」

「私たち、試してみたのよ。でも、たいして効果はなかったみたい」と、シュネル夫人は冗談めかして言った。「エドウィン、それから?」

彼は笑った。

「人々は語り部の話を楽しむんだ。それは映画やテレビのようなものなんだ」一呼吸おいて、真面目な顔でエドウィンは付け加えた。「それは彼らの書物であり、サーカスであり、我々文明人が持っている娯楽なんだ。彼らには、楽しみはこの世に一つしかない。語り部はそれだけのものだ」

「それ以上のものです」私は、やわらかく、その言葉を訂正した。

「そうだろうか?」あわてたように彼は言った。「そう、たしかに。しかし、言わせてもらえば、その背後に宗教的なものは、ほんのかけらもないよ。それだから、語り部を包んでいる神秘、秘密が注意を惹くんだがね」

「ある人にとって大切なことは、神秘に包まれていますよ」と、私は思わず言った。

「ほんと、その通りよ」と、シュネル夫人は相槌《あいづち》をうった。「彼らは語り部をとても大切にしているわ。でも、どうしてなのかわからなかったわ」

またちらっと人影が通り、弾けるような声を出した。シュネル夫妻も弾けるような言葉をつぶやいた。私はエドウィンに、そのとき、年老いた語り部と話し合ったかどうか訊いた。

「ほとんど時間がなくてね。実際、話し終わったときには、私は疲れきって、骨の節々《ふしぶし》が痛かった。すぐに寝てしまったよ。考えてみたまえ。川の流れに逆らって、ほとんど一日中漕ぎ上がってきたあとで、姿勢も変えず、四、五時間坐りづめだった。撥《は》ねるような声の話を聞きながらだよ。もう何をする力も残っていなかった。私は眠ってしまい、眼を覚ましたときには、語り部は去ったあとだった。語り部のことを、マチゲンガ族は話すことを好まない。だから、彼のことを、それ以後聞いたことはない」

語り部は、そこにいたのだ。ヌエバ・ルスの私を包んでいるざわざわとする暗がりのなかに。私はその語り部を見る思いだった。年月によって生じた数え切れない皺のある銅色と緑色の中間のような色の肌。頬骨、鼻。猛獣の爪や牙、自然の猛威、また、敵の魔術や投げ槍から身を守るための役割をしている、線や丸を描いた額。背が低く、節くれだった短い足、腰に巻いた小さな麻布、おそらく、矢がいっぱいつまった大袋と弓を手にして。そこに語り部はいた。身体が半分隠れてしまう濃い茂みのなか、雑草や木々のあいだを歩き、十時間話したあと、話しつづけるために、次の聞き手の方へ歩きだしていた。そうやってどれほどの歳月を過ごしてきたのだろう？　どのようなことがきっかけで始めたのだろう？　それは、受け継いだ責務なのだろうか？　だれかに選ばれたのだろうか？　まわりの人々から強制されたことなのだろうか？

シュネル夫人の声が映像をふき消した。

「もう一人の語り部のことを話してあげたら」と、彼女は言った。「とても攻撃的だったわね。白子の。きっと興味を持つと思うわ」

「本当に白子かどうかはわからないよ」エドウィン・シュネルは暗がりのなかで笑った。「私たちのあいだではグリンゴと呼んだりもしていた」

これは偶然のことではなかった。エドウィン・シュネルがティンピア川の定住地の古い知り合いのところに滞在していたとき、突然、近くにいる別の家族が興奮してやってきたのだ。エドウィンは、秘密の会合が始まるのに気づいた。彼らはシュネルを指さし、話す場所を変えた。なぜ用心しているのか理由はわかっていた。すぐに出ていくので、気にとめないでほしいと伝えた。しかし、知り合いの家族が譲らなかったので、話はいったんまとまり、シュネルは同席を許された。だが、待っていた人物が来ると、長い激しい議論がまた持ちあがった。なぜなら、知り合いの家族がエドウィンがいることを主張したのにたいして、語り部は、よそ者は出ていくように不機嫌に顔をしかめたからだ。

エドウィン・シュネルは、不和の種にはなりたくないと言って、主人に別れを告げることにした。荷物をまとめ、出発した。ところが、松明《たいまつ》のあかりをたよりに別の村を目指していると、滞在先のマチゲンガ族が追いかけてきたのである。帰れるよ。いてもいいよ。彼らは語り部を説きふせたのだ。

「実際、私がいることに何人かが、とくに彼ら以上に、語り部が納得していなかった」と、エドウィンは付け加えた。「私がそこにいることがおもしろくなかったんだね。私を一度も見ようとしなかった。私は敵意を感じた。それがマチゲンガ族のやり方なんだ。憎しみによって相手を見えなくできると考えている。しかし、ティンピア川の家族と私たちは、とても付き合いが深く、気持の上では親戚同然なんだ。お互いに《お父さん》《息子《おまえ》》で呼ぶ間柄だからね」

「もてなしの規則は、マチゲンガ族のあいだでは重んじられるのですか?」

「というよりも、親族間のしきたりと言ったほうがぴったりだわ」と、シュネル夫人は言った。「もし《親類の者》が家に泊まることになったら、王族のようにもてなされるのよ。かなり離れて暮らしているから、そうしばしばあることではないけれど。エドウィンを戻らせ、結局、語り部の話を聞くことを許可したのは、そういうことなのよ。《親類の者》を怒らせたくないの」

「かまわないで、行かせてくれたほうがよかったね」と、エドウィン・シュネルはつぶやいた。「あの晩のことを思い出すと、まだ節々が痛むよ。とくに、何度も欠伸《あくび》をしたので口がね」

語り部は、夕暮れどき、太陽が沈みはじめる前に話しだし、中断することもなく、一晩中話しつづけた。彼が口をつぐんだとき、木々の梢《こずえ》には光が輝いていた。朝が半ば過ぎていた。エドウィン・シュネルは足が痙攣《けいれん》し、身体中が石のようになり、手を貸してもらって立ち上がり、二、三歩大地を踏みしめ、歩くことを思い出さなければならなかった。

「あんな辛かったことはないな」と、彼は言った。「疲れと悪寒のせいで、ほとんど限界だった。一晩中、眠気と筋肉の痛みと闘っていた。立ち上がったとしたら、人々は私をひどく恨んだだろう。最初の一時間だけ、いや、二時間は話を聞いていた。しかし、その後は眠りこんでしまわないように、自分と闘っていただけだ。こらえようとしても、頭はぐらぐら左右に揺れ動いていた」

彼は、思い出にふけりながら、低い声で笑った。

「エドウィンは今でも、寝ないで欠伸をこらえ、足を揉《も》んでいたあの晩を思い出して、夢にうなされるのよ」と、シュネル夫人は笑った。

「で、その語り部は？」私は訊いた。

「大きな痣《あざ》があったね」と、エドウィン・シュネルは思い出し、どう言ったものか言葉を探して一呼吸おいた。「私より赤毛でね。ちょっといないね。マチゲンガ族ではセリゴロンピと呼ばれる。つまり、奇形、正常なものとは異なるという意味だ。髪の色がにんじんのように赤いので、私たちは白子とか、グリンゴと呼んでいた」

私の踵《かかと》に、ぶよが攻撃を加えていた。私は、ぶよに針の先で刺されるのを感じた。それが皮膚の下に入っていき、そして刺された箇所が、今度は、耐えがたい痛みを伴って小さく腫れてくるのが見えるような気がした。それは密林に来るたびに支払わなければならない代価だった。アマゾンは私にたいして、その代価の支払いを決して免除してくれたわけではなかった。

「大きな痣だって！」私は言葉につまった。「ウタですか？　今朝、ヌエボ・ムンドで見た少年のような……」

「いや、痣だよ。暗い、大きな痣」エドウィン・シュネルは、手を上げて私を遮った。「顔の右半分を全部覆っている。とても印象的な容貌だった。マチゲンガ族のあいだでもほかのところでも、あんな痣のある人間にお目にかかったことはない。その男にも、それからは二度と会わないな」

私は、服で覆われていない顔、首、腕、手など、身体のいたるところを、蚊にも刺されるのを感じた。覆っていた雲が流れ去って、欠けたカシリが、今、そこに光を放って私たちを見ていた。私は頭から爪先まで全身が総毛《そうけ》だった。

「赤毛だったのですね?」と、ゆっくりとつぶやいた。口は乾き、逆に手は汗ばんでいた。

「私よりも赤かったね」と、彼は笑った。「まったくグリンゴさ。おそらく、白子なんだろう。観察する時間はたいしてなかった。話が終わったあと、私がどんな状態だったかは言った通りだから。感覚が麻痺《まひ》していた。眼が覚めたとき、もちろん彼はもういなかった。私と話したり、顔を合わせるのを避けたんだ」

「いくつくらいに見えましたか?」私は、まるで自分が一晩中話してきたかのような、大きな疲れを感じながら言った。

エドウィン・シュネルは肩をすくめた。

「さあ?」彼はため息をついた。「年齢を推測するのが難しいということは、もうおわかりだと思う。彼らは知らないし、私たちのように数えたりもしない、それにみんなすぐ中年になってしまうから。つまり、マチゲンガの年齢とでも言うのだろう。だが、私よりは間違いなく若かった。あなたと同じくらいか、それ以下だと思う」

私は、自分の不安をごまかすために、わけもなく、二、三度、咳払いをした。私は急に煙草が吸いたくて我慢ができなくなった。一服、いや、猛烈に煙草を吸うことを要求して、身体中の毛穴が開いてしまったかのようだった。私は五年前にこれが最後と思った一本を吸ってから、煙草からは解放されたと思っていた。もう何年も煙草の匂いがするだけで苛々《いらいら》したものだ。ところが、どんな不思議な深みから湧いてきたのか知らないが、その夜、ヌエバ・ルスで、突然、切迫したように無性に煙草が欲しくなったのである。

「マチゲンガの言葉をよく喋れましたか?」自分の声が遠く小さく聞こえた。

「よく?」エドウィン・シュネルは言った。「そりゃ、休みなく、間もとらず、切れ目もなしに、まくしたてていたよ」と、彼は誇張して笑った。「語り部の口調でね。今までに起こったこと、これから起こることを話していた。語り部そのものだよ」

「いえ」私は言った。「私が言いたいのは、マチゲンガ語がうまかったかということなんです。もしかして……」

「えっ?」

「いえ、何でもないんです。何でも、ちょっと、そんな馬鹿な!」

まだ、ぶよや蚊の針の先の感覚や、煙草を吸いたいという欲求を夢の中でのように意識しながら、まるで使い過ぎて疲れたかのように、顎や舌に妙な痛みを感じつつ、それがどれくらい前のことなのか、エドウィン・シュネルに私は無意識に訊いていたのだろう――《三年半ほど前のことだよ》と、彼が答えた――それ以後、その語り部が話すのを聞いたことがなかったか、彼に会ったことはないか、彼のことで何か耳にはさんだりしなかったか、という三つのどの質問にも、エドウィン・シュネルがそういうことはなかったと返答しているのを、私は聞いていたのだろう。だが、訊くまでもなかった。マチゲンガ族は、語り部のことには口を閉ざしてしまうのだから。

シュネル夫妻と別れて――彼らはマルティンの家で寝ていた――自分のハンモックのある小屋に戻ると、ルチョ・リョサを起こして、煙草を一本頼んだ。《いつから吸うようになったんだい?》彼はいぶかしそうに寝ぼけまなこで煙草を差し出した。

私は煙草に火をつけなかった。煙草を吸う仕草を楽しむように、長い夜のなかでそれを指にはさんだり、唇にくわえたりした。ゆったりと、ハンモックのなかでバランスを取りながら、ルチョ・リョサやアレハンドロや操縦士の緩慢な寝息と、森で鳴く虫の音に耳を澄ました。少しずつ、ゆっくりと厳粛に、嘘のような信じられないことに充たされて、時間が刻一刻と流れていくのを感じた。

ヤリナコチャには朝早く引き返した。突然の嵐のため、半分飛んだところで緊急に着陸をしなければならなかった。避難したウルバンバ川の岸辺のカンパ族の小さな村には、フォークナーの小説に出てくるような、一つの考えにこり固まった、頑固一徹で、英雄気取りの危なっかしいアメリカ人伝道師がいた。彼は何年も前から、妻や幼い子供たちと一緒に人里離れたところで暮らしていた。今でも、嵐のような雨のなかで、腕を振りまわして讃美歌を指揮している彼の姿が眼に浮かんでくる。土砂降りの雨でいつ崩れ落ちるかもしれないような庇《ひさし》の下で、男は自身で手本を示そうとして、大声を張り上げて歌っていた。カンパ族の二十人ほどの人々は、ほとんど唇を動かさず、全然声を出していないようだったが、マチゲンガ族が語り部を見ているのと同じように、一心に魅せられたように伝道師に視線を注いでいた。

飛行を再開したとき、シュネル夫妻は私に気分は悪くないかと訊いた。ほとんど寝ていず、少し疲れていたが、元気だと答えた。ヤリナコチャでは、フォーセット航空のリマ便に間にあうように、プカルパまで私たちを運んでくれるジープに飛び乗るだけの時間しかなかった。飛行機のなかで、ルチョは私に言った。《どうしたんだい、その顔は？　今度はどこの具合が悪いのかね？》私は、なぜ黙って、ぼんやりしているのか口にしてしまいそうになった。しかし、口を開けようとしたとたん、打ち明けることができないのに気づいた。それは、かいつまんで話すというわけにはいかなかった。本当とは思えないほど、あまりにも非現実的で物語めいていたし、また、単なる出来事を扱うように冗談として取り上げるには、あまりに厳粛なことだったからである。

今は、そのタブーの理由がわかった。それがわかったかって？　そうだ。そんなことがあるだろうか？　そう、あるのだ。だから、それについて話すのを彼らは避けていたのだ。だから、人類学者や、民族学者や、言語学者や、ドミニコ会の伝道師から、この二十年間、語り部を用心して隠してきたのだ。だから、マチゲンガ族に関する現代の民族学者の著述に現れてこなかったのだ。制度や抽象的な語り部を、彼らは守っていたのではない。肉体と声を持った語り部を守ってきたのだ。おそらく、語り部自身の求めによって。それは部族との特別な繋がりについて、ビラコチャのいらぬ好奇心を惹き起こさないためだ。タブーと言っても、制度の一部となったり、抽象的な観念だけのものになりつつあったが、人々は語り部の求めに従って、彼を一つのタブーのなかに隠してきたのだ。そういうものであったからこそ、彼を尊敬してきたのだ。また、そういうものであるので、語り部は、彼らの一員であるのだ。

私たちは家にシャワーを浴びに帰り、服を着替えてから――私はポマードとぶよのアレルギーに効く薬を探しに薬局に行った――、その日の深夜、放送局で番組の編集にかかった。紀行の形をとり、ヤリナコチャやウルバンバ川上流で収録したインタビューと、解説や回想を組み合わせていくことにした。いつものように、モシェは、フィルムを見ていくあいだ、指示したように撮らず、こういうふうに処理してしまったと言って、文句を言った。そのとき、私は彼もユダヤ人であることを思い出した。

「ここペルーでの選民との付き合いはどうだい？」

「ひどいものさ」と、彼は言った。「どうしてだい？　割礼でもしたいのかい？」

「まさか頼みはきいてもらえないだろうね。イスラエルに行った君たち共同体の家族が、現在どこにいるか、調べる方法があるかい？」

「番組でキブツを取り上げるつもりなのかい？」と、ルチョが訊いた。「それなら、パレスチナの難民についても一回やらなければならないよ。でも、どうやって？　〈バベルの塔〉は来週で終了だぜ」

「スラータス家のことなんだ。父親のドン・ソロモンはブレーニャに小さな店を持っていた。ぼくは彼の息子のサウルと友達だった。たぶん、六〇年代の初めにイスラエルに行ったと思う。あちらでの住所がわかれば助かるよ」

「何か手を考えてみよう」と、モシェは答えた。「共同体のどこかにそういう記録があるはずだよ」

言語学研究所とマチゲンガ族を扱った番組は、予定していたよりもずっと長くなってしまった。それを放映部にまわしたとき、その日曜日は、別の契約で時間が埋まっていて、変更ができず、番組をきっちり一時間に縮めなければ、オペレーターが放送しながら適当に端《は》折《しょ》ることになると通告を受けた。時間が差し迫っていたので、腹を立てながら、大急ぎで短くまとめ直さなければならなかった。もうその頃には、〈バベルの塔〉の最終回、翌週の日曜日の分の編集も始まっていた。私たちは、それをそれまでの二十四回の番組の総集編にすることで意見が一致していた。しかし、毎度のことだが、計画を再度、変更しなければならなかった。番組がスタートした頃から、私は雑誌社の創設者で、編集長であり、独裁政治と闘い、その犠牲となった女性実業家の生涯について、インタビューを取り、経歴を整理するのに協力してくれるよう、ドリス・ギブソンの説得を続けていた。彼女は、〈カレータス〉（一九五〇年代末からペルーの近代化路線を提唱した自由主義的雑誌）の検閲にきた警察官に平手打ちを食わせた武勇伝を持つ女性であり、とりわけ、現在よりも、もっと男性中心で偏見に満ちた社会のなかで、男性だけの世界と考えられてきた支配体制のなかに道を拓き、成功を勝ち取った才気ある女性だった。同時に、百万長者から結婚の申し込みを受けたり、有名な画家や詩人のミューズとなった、リマでもっとも美しい女性の一人だった。烈しくはあれ、そのじつ、とてもナイーブであったドリスは、カメラの前だと物怖じすると言って、私の頼みを断ってきた。しかし、最後の週に考えを変えて、出演を承諾することを伝えてきたのである。

私はドリスにインタビューをした。インタビューは、二十四回の総集編とともに〈バベルの塔〉の最終回になった。モシェとルチョとアレハンドロと私が、私の家で中華料理や冷やしたビールのグラスを並べたテーブルを囲んで見た最終回の番組は、その運命に殉じるかのように、想像もしなかった技術の犠牲になっていた。放送局ではしばしばあったことだが――天の神のサボタージュか――、放送が始まったとたん、予想もしないジャズ音楽がとびだし、オドリア将軍の独裁政治、〈カレータス〉にたいする警察による没収事件、セルブロ・グティエレスの絵画などについてドリスが思い出を話しているあいだ、ジャズがバックに流れつづけたのだ。

　放送が終わって、番組の終了と、もうそれが復活しないことに乾杯していたとき、電話が鳴った。電話はドリスからで、かなり突飛なジャズのリズムの代わりに、アレキーパのヤラビー（ペルー南部の民謡）でインタビューを引き立たせたほうがもっと良かったのではないかと言ってきたのだ（彼女は、いろいろな要素があるが、強情なアレキーパ出身の女性だった）。番組でジャズを使ったことについて、私がとっさに考えたでたらめな説明にルチョとモシェとアレハンドロは大笑いをしたが、笑いがやんだとき、モシェが言った。

「ところで、忘れていたよ。頼みの調査は、すんでいるんだ」

　もう一週間以上過ぎていたが、私はそのことを催促しないでいた。返答を想像し、それが的中するのが怖かったからだ。

「イスラエルには行っていないようだよ」と、彼は言った。「行ったということは、どこで聞いたのだね?」

「スラータスの親子のことかい?」彼の言っていることがよくわかっていたが、そう訊いた。

「少なくともドン・ソロモン・スラータスは行っていない。ここで亡くなっている。コロニアル通りのユダヤ人墓地に眠っているよ」モシェは鞄から紙切れを取り出すと、それを読んだ。「一九六〇年十月二十三日、その日に埋葬された。ほかにもわかったことがある。ぼくの祖父は付き合いがあったので、埋葬にも行ったのだ。彼の息子、君の友人だが、イスラエルに行ったかもしれない。しかし、調べられなかった。ぼくが訊いてみた連中は、何も知らなかったよ」

だが、私はわかっていると思った。いや、もう私にはすべてがわかっていた。

「顔に大きな痣があったかい?」と、モシェは訊いた。「ぼくの祖父はそのことも憶えていた。オペラ座の怪人とでも呼ばれていたのかね?」

「そう、大きなね。みんなマスカリータと呼んでいたんだ」

7

良いことも悪いことも起こる。悪いのは知恵を失っていくことだ。昔はセリピガリが大勢いて、食べられるものや、病気や怪我を治す方法や、キエンチバコリと手下の悪魔を防ぐ石について、わからないことがあったら、放浪している人々は訊きにいったものだ。いつも近くにはセリピガリがいた。煙草をふかし、調合した薬を飲み、瞑想したり、もっと上の世界のサアアンカリテと話し合ったりして、答えを捜してくれた。今はほとんどいないうえに、いてもセリピガリと呼べるほどではない。今のセリピガリには忠告するだけの力がないからである。彼らの知恵は、たぶん、虫のわいた根のように枯れてしまったのだ。それは大きな混乱をもたらしている。行った先々で放浪する人々から、そういう話を聞いた。私たちは動き足りないのだろうかと人々は言っている。怠け者になってしまったのだろうか？　おそらく、義務を忘れてしまったのだろう。

それが少なくとも私の知っていることだ。

　私と知り合いの、もっとも聡明なセリピガリもいなくなってしまった。戻ってきたかもしれないし、戻っていないかもしれない。彼は激流《グランボンゴ》の向こう側の、コンピロシアート川のあたりに住んでいた。名前はタスリンチといった。この世界のことにしろ、ほかの世界のことにしろ、彼にわからないことはなかった。食べられる青虫を、足の色や這い方から見わけることができた。こんな具合に眉根を寄せ、深い眼差しで幼虫を観察した。しばらく見ていた。すると、わかった。私が幼虫について知っていることは、全部彼から教わったことだ。猛葦《カーニャブラバ》の茎にいるチャコキエニは良い虫だが、ルプナにいるやつは悪い虫である。腐った幹にいるシゴピ(ユカなどにつく幼虫で、食用になる)や、ユカの茎にいるのもいいやつだ。亀の甲羅に巣喰っているやつは性質が悪い。一番良くて、旨いのは、マサトを醸《つく》るためにねかしてあるユカや、とうもろこしの搾り滓《かす》にいるやつだ。このココロという幼虫は、口のなかで甘く拡がり、胃をきれいにし、飢えを忘れさせ、ぐっすりと眠らせてくれる。一方、沼の岸辺に寝ころんでいるカイマンの死体につくのは、身体にできものができ、悪い夢を見させる。

　コンピロシアート川の傍《そば》のタスリンチは、人々の暮らしを改善していた。さまざまなことを、またさまざまな問題にたいして、どうしたらよいかを知っていた。私はいろいろと教えてもらった。今、こんなことを思い出す。毒蛇に咬まれた人は、すぐに傷口を火で焼かなければならない。もしそうしなかったら、死体から爬虫類が生じ、まわりの森が有毒な動物で熱を帯びてくるからだ。こういうことも教えてもらった。死者の家を焼くだけでは十分ではなく、それを後ろ向きになってしなければならないということを。なぜなら、炎を見ることは不幸をもたらすからだ。そのセリピガリと話すのは怖かった。知らないことをたくさん調べていた。知らないということはなんと危険なことだろう。《どうしてそんなにたくさんのことがわかったのですか？》と、彼に訊いた。《まるで私たちが歩きはじめる前からあなたは生きていて、何もかもその眼で見、試したみたいだなあ》

《大切なことは、焦らず、起こるべきことが起こるにまかせることだよ》と、彼は言った。《もし人間が苛々《いらいら》せずに、静かに生きていたら、瞑想し、考える余裕ができる》そうすれば、人間は運命と出遭うだろう。おそらく不満のない生活ができるだろう。身につけたことを忘れることもない。だが、もし急《せ》いて苛立ったら、世界が乱れるだろう。魂が泥のなかに落っこちてしまう。それは混迷だ。最悪だそうだ。この世と放浪する人々の魂にとって。そうなったら、どこへ行ったらよいか、何をしたらよいか、わからなくなる。自分を守る方法も見失ってしまう。どうしよう、どうするべきだろうと言いながら。悪魔や小悪魔が、人の生活に忍び込んで人を籠絡《ろうらく》するのは、そんなときだ。子供が蛙を跳ねさせて玩具にしているように、悪魔は人間を愚弄するだろう。間違いは、いつも混乱から起こるようだ。

《平穏な暮らしをつづけていくには、どうしたらいいのですか、タスリンチ？》《決められたものを食べ、禁忌を畏《おそ》れることだ、語り部よ》そうしなければ、あのときのわしと同じ目に遭う。

一体、何があったのですか？

これが起こったことだ。それは、昔のことだった。

タスリンチは猟の名人だった。イノシシを捕える罠《わな》の大きさや、パウヒルをつかまえる紐の結び方をよく知っていた。ロンソコをおびき入れる籠をわからないように仕掛けることもできた。しかし、とりわけ弓には自信を持っていた。彼の矢はいつでも最初の一本で的《まと》を射抜いた。

ある日、彼は必要な物断《ものた》ちと化粧をしたあと、狩りに出かけた。すると、少し離れたところで葉が揺れる気配がした。足をとめ、その形を想像して、大きな獲物だとつぶやいた。気づかれないようにそっと近づいた。確かめもせず急いで矢を放った。見に走った。そこに死んでいた。何が倒れていたのか？　一頭の鹿だった。もちろんタスリンチはうろたえた。何か禍《わざわ》いが降りかかってくるだろう。禁じられた生き物を殺した者には、何が起こるのだろうか？　訊きにいこうと思っても、近くにはセリピガリはいなかった。身体は、あばたでいっぱいになってしまうのだろうか？　怖ろしい痛みが襲ってくるのだろうか？　カマガリーニがやってきて、魂を引き抜き、木に高く吊して、禿鷹《はげたか》についばませるのだろうか？　何か月か過ぎたが、何も起こらなかった。それでタスリンチは思いあがったのだろう。《鹿を殺してはいけないというのは根も葉もないことだ》と、彼が言うのを親戚の人々は耳にした。《臆病者の言うことさ》《なんて怖ろしいことを言うのだろう》と、人々は、まわりや上や下に眼を配りながら、驚いて彼をたしなめた。《一頭殺したが、心は穏やかで、幸せだよ》彼はそう答えた。

こういうことを言って、タスリンチは、日頃から口にしていたことをやりだした。彼は鹿狩りをはじめた。鹿が塩を含んだ土を舐《な》めにくるコルパまで跡を追っていった。水を飲みに集まる水辺まで追っていった。雌鹿が子供を産む洞穴を探した。隠れていて、鹿を見つけると、矢を射た。鹿は大きな眼で、彼を見ながら死んでいった。《どうしてこんなことをするのか？》と問いつめるかのように。鹿は苦しんだ。タスリンチは鹿を肩にかついだ。おそらく大満足していただろう。獲物の血で汚れることをなんとも思わなかった。もう、大切なことも、怖れることもなかったからだ。獲物を持って家に戻ってくると、《ヤマバクと同じように料理しろ》と、妻に命じた。彼女は怖ろしさに身をふるわせながら、夫の命令に従った。時々、夫を諫《いさ》めようとした。《これを食べたら禍いが降りかかるわ》とすすり泣いて。《あんたにも、私にも、おそらく、みんなにも。タスリンチ、これは自分の子供や母親を食べるようなものよ。私たちは鬼のチョンチョイテなの？　いつマチゲンガ族が人の肉を食べたりしたでしょう？》だが、彼はせせら笑った。肉の一切れを喉に詰まらせ、それを噛みながら言った。《鹿が人間の生まれ変わりだったとは。チョンチョイテの言う通りだ。栄養もあるし、旨い。さあ、宴会だ。このご馳走をたっぷり楽しもう》そして、彼は何度も放屁した。森のなかではキエンチバコリがマサトを飲み、祭りをして踊っていた。キエンチバコリの屁は、雷のようだった。げっぷはジャガーの雄叫《おたけ》びのようであった。

鹿を射て、食べたが、タスリンチには何一つ変わりはなかった。怯《おび》える家族もいたが、彼にならって禁じられた肉を食べる者さえ現れた。世界はまた混乱を起こした。

さて、ある日のこと、タスリンチは森で鹿の足跡を見つけた。大喜びだった。足跡は大きく、簡単に跡をたどっていくことができた。経験からそれが鹿の群れだとわかった。心を弾ませ、わくわくして、何か月も跡をつけた。《どれくらい捕れるだろう？》と、想像した。《矢の数だけ捕っていくぞ。一頭一頭、家まで引きずっていって、切って塩づけにすれば、長いあいだ食糧に困らないぜ》

足跡は、水の澱《よど》んだ小さな沼のところで終わっていた。端っこのほうに木の枝や葉で半分隠れた滝があった。草木のために水の音は消え、そこはこの世というよりもインキテのようだった。とても穏やかな。そこに鹿の群れは、水を飲みに来ていたのだ。ここに、鹿は集まり、その日に得たものを食べるのだろう。身体を寄せ合って、温もりを楽しみながら、ここで眠るのだろう。この発見に興奮して、タスリンチはあたりを調べた。そこにあった。それは一番良い木だった。あそこからならよく見えるぞ。あそこから射かけてやろう。彼は木によじ登り、枝と葉のあいだに隠れた。じっと動かずに待った。魂はどこかに行ってしまい、身体は空っぽの皮袋のようだった。

　それほど待つ必要はなかった。少しすると、腕の良い猟師の素晴らしい耳に、トロッ、トロッ、森のなか、遠くに、トロッ、トロッ、トロッという鹿の太鼓のような足音が聞こえた。鹿が現れるのを見た。鹿は背が高く、堂々としていたが、ただ、眼にはかつて人間であったときの悲しみが漂っていた。タスリンチは眼を輝かせた。《なんて柔らかそうなんだろう、なんて旨そうなんだろう》と考えて、舌なめずりをしたことだろう。狙いを定めると、矢を放った。しかし、矢は唸りをあげて、まるで最初から当たらないかのように鹿の傍を通り過ぎ、山の奥に消えてしまった。人は何度死ぬことができるのか？　何度でも死ねるように見える。鹿は死ななかった。驚きもしなかった。どうしたのか？　逃げようともせず、鹿は水を飲みはじめた。沼の岸から首を伸ばして、鼻面を水に突っ込んだり、水から出したり、舌打ちをしたりして、シュッ、シュッと水を飲んでいた。シュッ、シュッと満足そうに。まるで危険を感じていないかのようだった。落ち着きはらって。耳が悪いのか？　耳がない鹿なのか？　タスリンチは、二本目の矢をすでに引き絞っていた。トロッ、トロッ。タスリンチは、別の鹿が枝をかき分け、葉を揺らしてやってくるのに気がついた。鹿は、最初の鹿の横に並んで飲みはじめた。二頭は満足そうに水を飲んでいた。シュッ、シュッ、シュッ。タスリンチは矢を射た。矢は、また当たらなかった。どうしたのだろう？　二頭の鹿は驚きも逃げもせず、水を飲みつづけていた。どうしたのだ、タスリンチ？　手がふるえているぜ。眼が見えないのかい？　距離がわからないのかい？　どうすればいいのだろう？　彼は合点がいかず、首をかしげた。世界が闇になってしまったかのようだった。こうして彼は矢を射ていた。すべての矢を射た。トロッ、トロッ。トロッ、トロッ。鹿が次から次へと現れた。どんどん、かなりの、いや数えきれないほどの鹿が。タスリンチの耳には、蹄《ひづめ》の音がいつまでも反響していた。トロッ、トロッ。この世からというよりも、上や下の世界から鹿はやってくるように聞こえた。トロッ、トロッ。そのとき、たぶん理解しただろう。罠に落ちたのは鹿のほうだったのか、それともおまえだったのか、タスリンチ？

鹿はそこに静かに怒らずにいた。飲み、食べ、行ったり来たり、連れを捜したり。首を絡《から》ませ、角を突き合わせ。何もなかったかのように、何も起こらないかのように。しかし、鹿が彼に気づいていることがタスリンチにはわかった。こうして仲間の死の復讐をしようとしているのだろうか？　彼をじわじわ苦しめるつもりなのか？　いや、これは、ただの始まりにすぎなかった。インキテの太陽のときではなく、その後、カシリのときに起こるべきことが起こった。恨みを持った顔に傷のあるカシリ。日が暮れた。星が満天に輝いた。カシリは青ざめた光を放った。タスリンチは、鹿の眼のなかに、もう人間でない者の郷愁、二本の足で歩くことがなくなった者の悲しみがきらりとするのを見た。突然、鹿の群れは、一つの命令を聞いたかのように、動きはじめた。いっせいに。鹿はみんなタスリンチの隠れている木のほうへ近寄ってきた。そこに立った。その数は限りがなかった。鹿の森だった。次から次へ、整然と、気を荒立てず、邪魔しあわず、鹿は木を角で突いた。最初はふざけてでもいるかのように、それから強く。そして、もっと力をこめて。タスリンチは哀れだった。《落ちるよ》と叫んだ。枝にぶら下がったシンビージョ猿のようになって、黒山のような鹿のあいだに落っこちないように慌てふためくなんてことが、生きているあいだに起こるとは考えもしなかったことだろう。彼は一晩中、力を振り絞った。汗をかき、わめきながら、手足に力が残っている限りがんばった。夜が明けたとき、力尽き、木から滑り落ちた。《自分の運命を受け入れなければならない》と、彼はつぶやいた。

今、タスリンチは、ほかの鹿と同じように鹿になっている。そこを、森の上や下を、トロッ、トロッ、トロッと歩いていることだろう。ジャガーから逃れ、蛇を怖れながら。トロッ、トロッ。ピューマに気を配りながら。知らないにしろ、故意にしろ、兄弟を殺し、食べてしまう猟師の矢を警戒しながら。

鹿に会うとき、コンピロシアート川にいるセリピガリから聞いた話を、私は思い出す。こいつは猟師だったタスリンチだろうか？　そんなことはだれにもわからない。一頭の鹿が、かつて二本足の人間だったかどうか私にもわからない。ただ鹿を見て、そこを去る。もしかすると、その鹿は私を知っているのかもしれない。もしかすると、私を見て、《おれもこいつのようだった》と、考えているのかもしれない。だが、だれにも真相はわからない。

虹の川ヨギエトのマチカナリが、悪い夢の中でジャガーになった。どうしてそうだとわかったのか？　鹿を殺して食べたいと、突然、感じたからだ。《怒りで何をしているのかわからなかった》と、彼は言っていた。飢えて吠えながら、鹿を追って森のなかを走りだした。出くわした一頭を殺した。マチカナリに戻ったとき、歯には肉の切れ端がくっつき、前足で強く攻撃を加えたので、鉤爪《かぎづめ》は血で汚れていた。《キエンチバコリは喜んでいたことだろう》と、彼は言った。たぶん喜んだことだろう。

それが少なくとも私の知っていることだ。

鹿のように、森の動物にはその由来がある。小さいもの、中くらいのもの、大きいもの。蜂鳥のように飛べるもの。ボキチコのように泳ぐもの。ウアンガーナのようにいつも群れをなして走っているもの。すべての動物は、昔は今と違っていた。話になるような何かが起こったのだ。その由来を知りたいかね？　私も知りたい。私の知っている多くの話は、コンピロシアート川のセリピガリから聞いたものだ。あなたたちが今ここで私の話を聞いているように、彼が反対しなかったら、あそこで今でも話を聞いていただろう。だが、ある日、セリピガリは私を家から追い出した。《いつまでここにいるつもりだ、タスリンチ》と、私を叱った。《おまえは行かなければならない。おまえは語り部、私はセリピガリだ。多くの質問に答えてたくさん話してやったが、これではまるで私が語り部じゃないか。おまえはセリピガリになりたいのか？　もしそうなら、もう一度、生まれ変わらなければならない。あらゆる試練を受けて。清らかにならなければならない。良い夢も悪い夢もたくさん体験し、修行しなければならない。だが、知恵は簡単に身につくものではないぞ。おまえは、もう歳を取っている。知恵を手に入れられるようには思えない。それに、それがおまえの運命だろうか？　行け、歩きはじめるのだ。語るのだ、語るのだ。語り部よ、世界の秩序を曲げてはならない》

私はいつも彼に訊いた。彼は何でも知っていたので、好奇心が抑えられなかった。《なぜ放浪する人々は、アチオテの木から採った染料で身体《からだ》を塗るのですか？》と、一度訊いたことがある。《それはモリトニ鳥のためだよ》と、彼は言った。《あの鳥のことですか？》《そう、その鳥のことだよ》そう言われて、私は考えこんだ。マチゲンガ族がモリトニ鳥を殺さないのはどうしてか？　草原でモリトニ鳥を見つけたとき、射ようとしないのはなぜか？　神聖な白い足と、黒い胸のモリトニを眼にするとき、喜びを感じるのはなぜか？　それは、アチオテの木とモリトニのおかげで、人の暮らしができるからだよ、タスリンチ。もしその木とその鳥がいなかったら、放浪する人間はいなくなっていただろう。人間の顔は、あばたで焼けただれ、あぶくだらけになり、煮えたぎってしまっただろう。

それは、昔のことだった。

その頃、モリトニは、放浪する人間の子供だった。母親の一人がイナエンカだったのだろう。肉をめちゃくちゃにしてしまう病気は、その頃、女の姿をしていた。顔を焼けただらせ、穴だらけにしてしまう病い。イナエンカ。彼女は、この病いであり、また、モリトニの母であった。イナエンカは、見かけはほかの女と同じだった。だが、片足が不自由だった。悪魔はみんな足が不自由なのだろうか？　そうかもしれない。キエンチバコリもそうだと噂されている。イナエンカは自分の足が悪いので、いつも癇癪《かんしゃく》を起こした。しかし、足が見えないように、長い、長いクシュマで隠していた。だから、簡単に正体を見破れなかった。女ではなく、悪魔だということがわからなかった。

タスリンチは川岸で魚を捕っていた。突然、大きなスンガロが網にかかった。彼はほくそえんだ。椀いっぱいの油がとれるぞ。そのとき、前方に水を切って進んでくるカヌーが見えた。女と数人の子供が漕いでいた。タスリンチの小屋の屋根に坐って煙草をふかしていたセリピガリは、危険を察知した。《声をかけてはいけない》と、タスリンチに言った。《あれはイナエンカだ》しかし、そう言ったとき、タスリンチは待ち切れずに口笛を吹いて、イナエンカに声をかけたあとだった。カヌーは、押している櫂《かい》を水面の上に立てた。タスリンチは、カヌーが岸に近づくのを見た。女は満足そうに岸に飛び降りた。

《きれいなスンガロが捕れたわね、タスリンチ》と言って、女は近寄った。女はゆっくりと歩いた。だから、女の足が悪いのにタスリンチは気がつかなかった。《行きましょう。家まで持っていきなさい。料理してあげるわ、あんたのためにね》

タスリンチは、得意気になってその言葉に従った。肩に魚をかつぐと、どんな運命と出遭ったかも知らず、小屋の方に歩いていった。先を見通しているセリピガリは、悲しそうに様子を見ていた。家の手前で、眼に見えないカマガリーニに引っぱられて、スンガロは彼の肩から滑り落ちた。地面に落ちると、まるで煮え湯をかけられたかのようにスンガロの皮膜がとれはじめた。驚きのあまり、セリピガリを呼ぶことも、動くこともできなかった。恐怖が全身に走った。歯ががちがちと鳴った。怖ろしくてタスリンチは気を失い、スンガロと同じ危険が自分の身に降りかかっていることを考える余裕もなかった。熱さと肉の焦げる匂いで、ようやく自分の身体を見た。皮膚がむけはじめていた。身体のあちこちは透け、血の流れる体内が見えた。タスリンチはふるえ、叫んで地面に倒れた。足をばたばたさせ、泣いた。イナエンカは近づくと、本当の顔、ぐつぐつ煮える湯のようなあばた面で覗きこんだ。彼女はタスリンチの身体中に熱湯を浴びせ、スンガロと同じように、皮膚を失い、熱を出し、その病いで死んでいくタスリンチを嬉しそうに見つめていた。

イナエンカは上機嫌で踊りだした。《私が、たちどころに人の生命を奪ってしまう病いの主よ》と、人間に挑むように言った。森のすべてに言い聞かせるように大きな声で叫んだ。《私の手にかかったのよ。アチオテで味をつけて、料理したわ。どれ食べてみよう》と言った。キエンチバコリと彼の手下の小さな悪魔は、陽気に森のなかで押し合ったり、噛みつき合ったりして踊っていた。《さあ、さあ、あいつはイナエンカだぜ》と歌った。

そのとき、煮えたぎるあばた面の女は、そこにセリピガリもいることに初めて気づいた。セリピガリは、怒りも怖れも見せず、鼻から煙草を吸いながら、この光景をじっと見ていた。彼女がそこにいないかのように、何もなかったかのように、静かにセリピガリはくしゃみをした。イナエンカはセリピガリを殺してしまおうと考えた。セリピガリに近づき、熱湯を注ぎかけようとした。だが、セリピガリは、首にぶらさげた二個の白い石を、あわてずイナエンカにつきつけた。

《この石がある限り、おまえはわしに手出しはできないぞ》と言った。《この石がおまえや世界のあらゆる害からわしを守ってくれる。知らないのか?》

《ふん、そうかい》と、イナエンカは答えた。《だが、ここらであんたが寝るのを待っているとしよう。あんたが寝たら、石をもぎ取って、川に投げ捨ててから、思いのままにあんたを片づけてやるよ。防げるものか。スンガロみたいに、皮膚がむけ、タスリンチと同じように肌があばたのように崩れてしまうさ》

おそらく、そうなったのだろう。闘いはしたものの、セリピガリは睡魔に抵抗することができなかった。夜になると、顔に傷のあるカシリの偽りの光にだまされて、寝こんでしまった。イナエンカは足を引きずりながら、近づいた。巧みに二個の石をはずして、川に投げ捨てた。こうして、彼女の顔である大きなあばたの汁を、セリピガリに浴びせかけたのだ。セリピガリの身体が煮えたぎり、あばただらけになって膨らみ、皮がむけて崩れていくのを、イナエンカは満足そうに見た。

《楽しい酒盛りをしようよ》彼女が跳びはねて、踊りながら叫ぶのが聞こえた。一方、息子たちは、岸に着いたカヌーの上から、イナエンカのもたらした禍いを眺めていた。おそらく心配していただろう。おそらく悲しんだことだろう。

ところで、その近くにはアチオテの木があった。病いをもたらす女の息子の一人は、その小さな木が枝を伸ばして、彼のほうに葉を揺すっているのを見た。おそらく何か言いたいのだろう。少年は木の傍に行くと、果実の熱い薫気《くんき》の下に立った。すると、《私はポツォチキですよ》と、ふるえる声が聞こえた。《あなたの母親のイナエンカは、どうにかしないと、放浪する人々を滅ぼしてしまうわ》《どうしたらいいの?》少年は悲しんだ。《母さんは魔力を持ってるよ。あっというまに人を殺してしまう病いだよ》《もし、放浪する人々を助けるために力を貸してくれるなら、できないことはないわ。人間がいなくなれば、太陽が落ちてしまうでしょう。この地を暖めなくなってしまうわ。すべてが闇になり、キエンチバコリの手下どもがすべてを支配することになってもいいの？》《手伝うよ。何をすればいいの？》と、少年は答えた。

《私を食べなさい》と、アチオテの木の精は、少年に指図した。《顔が変わってしまえば、あなたのお母さんにはあなただとはわからないわ。お母さんに言うのよ。「不完全なものが完全になれるところを知っているよ。怪物ではなくなって人間になれるんだ。そこへ行ったら、足はほかの女の人と同じようになるよ」と。そして、彼女をここに連れてくるのよ》知恵で葉や枝をそよがせ、楽しそうに果実を揺らしながら、ポツォチキは少年に進む道を教えた。

イナエンカは、腸や心臓を取りだして、死体の残りをばらばらにするのに一生懸命で、こんなことが仕組まれているとは思わなかった。肉を細かく切りわけると、焼いて、大好きなアチオテで味をつけた。そのとき、少年はもうポツォチキを食べていた。赤い、赤土の色、アチオテの実の赤い色の少年になっていた。だから、近づいても、イナエンカは少年がだれかわからなかった。《おまえはだれだい？》と言った。《近くに来ても、どうしてふるえないのだい？　私のことを知らないのかい？》

《知っているよ》と、アチオテの少年は言った。《あんたを捜しに来たんだ。あんたが幸福になれる場所を、ぼくは知っている。土に触れ、川で水を浴びるだけで、曲がっているものがまっすぐになるんだ。失くした手足がまた生えてくる。ぼくがそこに案内してあげるよ。足は良くなる。幸福になれるんだ、イナエンカ。おいで。ぼくについておいで》

自信に満ちた口ぶりなので、イナエンカは、怖がりもせず、一番の願い――不自由のない足――を約束する不思議な色の少年に引き寄せられるように後についていった。二人は果てしのない長い旅をした。森を抜け、川や沼や急流《ポンゴ》をわたった。山を登り、降り、また別の森を抜けた。何度も雨が降った。稲妻が頭上に光り、嵐はごうごうと音をたてた。耳をつんざかんばかりに。羽音をさせている蝶々の舞う湿地を過ぎると、目指すところに二人は到着した。そこはオスティアケだった。そこでは、あちらこちらの世界から流れてくる川が合流する。メシアレニ川はそこまで星の空から降りてくるし、もっと深い世界へ死者の魂を運んでいく水をたたえたカマビリア川もそこを通っている。さまざまの大きさや形の怪物がいて、突き出た鼻や手を振ってイナエンカを呼んだ。《こっちだ、こっちだ、おまえさんは、おれたちの仲間だぜ》と、怪物どもはわめいた。

《おまえ、どうしてここに連れてきたんだい?》イナエンカはだまされたことに気づき、苛立って癇癪を起こして、つぶやいた。《地面を踏んでも、足は曲がったままじゃないか》

《アチオテの木のポツォチキに頼まれて、ここに連れてきたんだよ》と、少年は本当のことを打ち明けた。《放浪する人たちを、もうこれ以上苦しめないようにするためだよ。あんたのせいで太陽が落ちないようにするためだよ》

《それは結構！》と、イナエンカは自分の運命を観念したかのように言った。《たぶんおまえの力で人間は救われただろう。だが、昼も夜も、おまえを追いかけまわしてやる。昼も夜も、火のような熱湯を浴びせてやる。あばただらけにしてやる。見るがいい、皮がむけ、地団駄《じだんだ》を踏むことになるさ。おまえが苦しむのを笑ってやろう。私から逃げられるものか》

だが、少年は逃げた。そう、イナエンカから逃げるためには、彼の魂は、人間の装いをかなぐり捨てなければならなかった。少年はそこを離れ、隠れ場所を捜して、放浪に放浪をかさね、足が白く、身体が黒い小鳥のなかに宿ったのだ。それが今のモリトニ（アマゾンカッコウ）である。今は、川の近くで暮らし、叢《くさむら》に寝、草の蔭に身を隠している。モリトニとポツォチキのおかげで、皮を剝ぎ、焼き、たちどころに生命を奪ってしまう病い（天然痘をさす）から放浪する人々は救われた。だから、私たちは身体をアチオテの木から採った染料で塗るのだろう。ポツォチキの加護を求めてだろう。叢《くさむら》で眠るモリトニを見つけても、だれも射かけない。むしろ、その場から遠ざかる。猟師が水飲み場に仕掛けた鳥もちの棒にモリトニがかかっているときには、はずし、食べ物をやって寒さや恐怖を取りのぞいてやり、女たちは飛べるようになるまで、胸に抱いてモリトニをあやしてやる。それにはそういうわけがあるのだろう。

コンピロシアートのセリピガリであるタスリンチが言っていたように、物事は勝手に起こるわけではない。どんなことも説明ができる。どんなことも何かの原因か、結果である。おそらく。一番大きな沼や河の水の粒よりも多くの神や悪魔がいるとタスリンチは言っていた。それはいろいろなもののあいだに紛れ込んでいる。キエンチバコリの子供たちは世界の秩序を乱すために、タスリンチの子供たちは秩序を維持するために。原因や結果を知るものは、おそらく知恵を授かった者だ。少しはわかるし、ほかの者にできないことができるが、まだ、知恵が完全に自分のものになってはいないとタスリンチは言っていた。どんなことができるのですか、タスリンチ？　飛び、死者の魂と話し、上や下の世界を訪ね、生き物の身体に入り、未来を予言し、いくつかの動物の言葉を理解する。たくさん知っていると思うけどなあ。いや、ほかに知らないことは、いくらでもあるよ。

それが少なくとも私の知っていることだ。

たしかに、彼は何でも言い当てた。もし、私が語り部でなかったら、私もセリピガリになりたかった。いつもいい夢であるように、知恵で夢を導いていくセリピガリに。夢と言えば、私は一度、バクの川キマリアートで悪い夢を見て、そのなかで思い出したくない目に遭った。だが、その夢のことをいつも思い出す。

これがそのときの話だ。

それは、あとで起こったことだ。バクの川にいたときのことである。

私は人間だった。私には家族があった。私は眠っていた。そのとき、眼が覚めた。眼を開けたとたん、ああ、タスリンチ、私はわかった。私は昆虫に変わっていた。たぶん、蟬《せみ》のマチャクイに。タスリンチ－グレゴリオだった私が。私は仰向けに寝ていた。世界は、だんだん大きくなっていったのだろう。様子が呑《の》み込めてきた。毛が生えた節《ふし》のある足が私の足だった。土色で透明の、動かすと音を立てる羽は——とても痛かったが——以前は腕であったのだろう。私の臭いなのか？　私を包み込む鼻持ちならない臭い。違って見える世界。上も下も、前も後ろも同時に見えた。なぜなら、今は昆虫なので、複眼だからだ。一体、何が起こったのだろう、タスリンチ－グレゴリオ？　おまえの髪の毛の束を食べて、悪い魔法使いがおまえを変えたのか？　悪魔のカマガリーニが尻の穴からおまえのなかに入って、おまえをこんなにしたのか？　私は自分の姿を知って、とても恥ずかしかった。家族の者はどう言うだろう？　放浪する人々と同じように、私にも家族がいた。汚らわしいちっぽけな動物になった私を見て、どう思うだろう？　マチャクイなんて、踏みつぶされるだけのことだ。食べ物になるだろうか？　病気を治すのに役立つだろうか？　たぶん、マチカナリのきたない飲み薬を作る役にも立たないだろう。

だが、親戚の人々は何も言わなかった。私の身に起こった不幸を見て見ぬふりをして、しらばっくれて、小屋と川のあいだを行き来していた。彼らも恥じていたのだろう。どうして変わってしまったのだろうと言っていた。そのために私の名前を呼ぶのを、はばかったのだろう。それはわからない。ともかく、一部始終を観察することができた。人々は、以前と同じように満足しているようだった。子供たちは、蟻の巣の石を持ち上げて、争って嬉しそうに殻の甘い蟻を食べていた。男たちがユカ畑の除草に出かけていったり、猟に出る前にアチオテやウイットで化粧しているのが見えた。女たちはユカを切り、それを噛み、吐き出し、マサト用の鍋にねかせたり、クシュマを織る綿をほぐしていた。日暮れになると、年寄りは火を熾《おこ》した。二本のかずらの枝を切り、短いほうの端のあたりに穴を開け、それを地面に置き、足で押さえ、もう一本のかずらを穴のなかに入れて、小さな煙が出てくるまで、辛抱強く何度もまわすのを見た。火の粉をバナナの葉にのせ、今度はそれを綿でくるみ、燃えだすまでそれを煽《あお》っているのが見えた。こうして火のついた焚き火のまわりでは、何組かの家族が寝ていた。男も女も、おそらく、不満もなく生活を続け、出ては戻ってきた。彼らは私の姿が変わったことを口にしなかったし、怒っている様子も、驚いている様子もなかった。だれか語り部のことを訊いただろうか？　だれも訊かなかった。だれかが、《もう一度、二本足の人間に変えてやってくれ》と、訴えにセリピガリのところへユカととうもろこしの袋を持って行っただろうか？　だれも行かなかった。多くの人が出入りした。だが、私のいる家の隅からは眼をそむけているのだ。ああ、かわいそうに、タスリンチ－グレゴリオよ。私は羽と足を怒りながら動かした。うつぶせになろうと、起き上がろうと、もがいた。ああっ、ああっ。

だが、言葉なしでどうして助けを呼べるだろう？　それは無理だった。それはたぶん一番ひどい拷問だろう。ふたたび幸福にしてくれる人が来てくれないと諦めて、苦しまなければならないのだろうか？　もう二度と、歩くことはできないのだろうか？　私は亀を思い出した。卵を埋めにくる川辺の砂の上に亀をつかまえにいったときのことを。甲羅をつかんで、ひっくり返してやったことを。ちょうどその亀のような目に遭い、仰向けになって足をばたばたさせて、身体を起こすことができなかった。マチャクイになった私は、自分が亀のように感じた。亀と同じように喉が渇き、腹を空かせ、最後に魂は死んでしまうだろう。蟬のマチャクイの魂は、この世に戻ってくるだろうか？　たぶん、戻ってくるだろう。

ふと気がつくと、私は閉じ込められていた。だれの仕業か？　おそらく、親戚だ。彼らは小屋の入口にふたをし、逃げることができないように穴という穴をふさいだ。まるで初潮を迎えた少女のように私を閉じ込めた。だが、だれがタスリンチ－グレゴリオを湯浴みさせ、身体を浄め、きれいにしてもとの生活に返してくれるのか？　おそらくだれも来ないだろう。なぜそんなことをしたのか？　恥ずかしいからだ。だれかがやってきても、私を見かけたり、吐き気を感じたりしないように、また、自分たちが笑い物にならないようにするためだ。私の家族の者は、私の髪の毛の束を抜いて、私がタスリンチ－グレゴリオに戻れるように、マチカナリのところへ持っていっただろうか？　いや、どうせどこかの悪魔のところか、キエンチバコリのところへ行ったのだろう。蟬になってしまうというような苦しみに加えて、悪者みたいに閉じ込めるとは、私に何か落度があるのだろう。私の衣装を返してもらうために、どうしてセリピガリを連れてきてくれないのか？　おそらく、彼らはセリピガリのところへ出かけたのだ。たぶん、そのあいだにおまえが外に出て害をなさないように閉じ込めていったのだ。

こう思うと、気持が救われた。タスリンチ－グレゴリオよ、まだ、諦めるのは早い。それは嵐の合間にさしてくる細い太陽の光のようなものだった。私はうつぶせになろうと、もがきつづけた。あちこちばたばたさせると、足は痛み、力を入れたために裂けるように羽はきしんだ。どれだけ時間が経ったか私にはわからない。だが、突然、向きを変えることができた。がんばれ、タスリンチ－グレゴリオ！　必死で身体を動かしたり、足を伸ばしたりしたのだろう。私にはわからない。身体に力を入れ、横向きになり、くるっと回転した。私は感じた。足の下に固いものを。固く、堅固なもの。それは地面だった！　私は酔ったように眼を閉じた。しかし、立てたという喜びは一瞬にして消えてしまった。背中の痛烈な痛みは何なのか？　まるで背中が燃えているようだった。急に跳んだときか、あるいは、その前にもがいていたときに、右の羽の一部がちぎれてしまったのだ。そこに二つに折れて引きずるようにぶら下がった羽。それがおそらく私の羽だった。空腹も感じはじめた。怖ろしかった。世界は自分の知らないものに変わってしまった。おそらく危険な。いつ踏みつぶされるかわからなかった。ひねりつぶされて。蜥蜴《とかげ》に食べられてしまうかもしれなかった。ああ、タスリンチ－グレゴリオ！　もしもが！　私はぶるぶるとふるえた。ゴキブリや黄金虫《こがねむし》など、つかまった昆虫が食べられているのを見たことはないだろうか？　羽の傷ついたところがだんだん痛くなり、ほとんど動くことができなかった。おまけに、空腹でお腹が掻きむしられるように痛かった。私は仕切りに詰まった乾いた藁《わら》を呑み込もうとした。だが、嚙み砕くこともできず、口を切り、口に入れたものを吐き出した。私は、湿った地面のあちこちを掘りかえしてみた。すると、やっと幼虫の巣が見つかった。小さいやつが逃げようとして、蠢《うごめ》いていた。それは木に巣くう小さい虫だった。眼をつむって、ゆっくりとそれを呑み込んだ。幸福感。消えかかっていた魂の片《かけら》が身体に戻ってくるように感じた。そう、私は幸せだった。

だが、虫が胃袋に収まらないうちに別の嫌な臭いで跳び上がった。飛ぼうとした。近くで何か喘《あえ》ぐような息づかいがしたのだ。その息の温かみが、私の鼻のあたりに伝わってきたのだ。臭いを嗅いだ。それはおそらく危険だった。蜥蜴《とかげ》！　それは顔を覗かせた。虫の食った二つの板壁のあいだに三角形の頭があった。そこでただれ目で私を窺《うかが》っていた。腹を空かせた眼をらんらんと輝かせて。痛みどころではなく、私は必死で跳びはねた。しかし、どんなにもがいても、身体は空中に持ち上がらなかった。愚にもつかない跳躍をしていたらしい。バランスをくずし、びっこを引いて。傷の痛みはひどくなるばかりだった。そこへやってきた、そこに。蛇のように身をすくめ、傾けて、仕切りのあいだに身体を滑り込ませると、小屋のなかに潜り込んできた。そう、そこに蜥蜴がいた。そいつは私から眼を離さず、ゆっくりと近寄ってきた。なんと大きく見えたことだろう。ぴゅっ、ぴゅっと、そいつは二本足で私のほうへ走ってきた。大きな口を開けるのを見た。二列の曲がった白い歯が見え、吐く息で息が詰まりそうになった。嚙みつかれ、痛んだ羽が引きちぎられるのを感じた。恐怖のあまり痛みはなかった。私はだんだん眠りに落ちていくように夢の中に入っていった。大きな口に呑み込まれるとき、みっともない緑の肌、食べ物を消化するために鼓動している肚、半ば閉じた瞳を見た。私は自分の運命を観念した。おそらく悲しみを抱いて。呑み込まれるのを待っていた。そして、食べられてしまったとき、蜥蜴の内部、蜥蜴の魂のなかから、その飛び出た大きな眼を通して、緑色の世界のなかを帰ってくる家族を見た。

家族は、前と同じように心配そうに小屋に入ってきた。おい、いないぞ。どこへ行ってしまったのだろう、と彼らは言っていた。蟬のマチャクイがいた隅に近づいて、覗き込み、あたりを捜していた。いないぞ。彼らは危険から解放されて、ほっと息をついた。満足して笑っていたことだろう。もう恥から手が切れたよ、と考えていただろう。もう客に隠す必要もない。また今まで通り、毎日、生活できるよ、と。

こうして、あそこ、バクの川キマリアートで起こった、タスリンチ－グレゴリオの話は終わった。

私はセリピガリのタスリンチに悪い夢で経験したことの意味を訊いてみた。彼はしばらく考えていたが、眼の前の何かを追い払うような仕草をした。《そう、それは悪い夢だね》と、最後に思案顔でうなずいた。《タスリンチ－グレゴリオよ。どうしてそんなことになったのか？　だが、とにかくそれはよくない。たぶん蟬のマチャクイに変わったのは、カマガリーニの仕業だ。断言はできない。小屋の上の棒を昇っていって、雲の世界にいるサアアンカリテに訊かなければならない。彼がおそらく知っている。でも、忘れるのがもっとよい。そのことは口にしてはいけない。思い出すと、また本当になり、同じことが起こるから》だが、忘れることができなかった。だから行った先々で、私はこの話をする。

ところで、私は昔、今の私ではなかった。私が言っているのは顔のことではない。この紫色の痣《あざ》は昔からついていた。笑ってはいけない。これは本当のことだ。私はこんな顔で生まれてきた。実際、笑えるようなことじゃない。あなたたちが私の話を信じていないのはわかっている。あなたたちが考えていることがわかる。《もし生まれたとき、あんな顔だったら母親が川に投げ捨てたはずだよな、タスリンチ。ここにいて、旅をしているということは、清らかに生まれてきたということじゃないか？　あとになってから、だれか、あるいは何かのせいで今のようになったんだろう？》これがあなたたちの考えていることだろう。ほら、私は占い師ではないが、煙草や夢を使わなくても当たっただろう。

私はセリピガリに何度も訊いた。《どうして私はこんな顔をしているのか？》と。どこのサアアンカリテも、理由を説明することができなかったようだ。なぜタスリンチは、私にこんなふうに息吹きを吹き込んだのだろう。落ち着いて、落ち着いて。興奮するんじゃないよ。何をわめいているんだ。よろしい、それはタスリンチではなかった。では、キエンチバコリだったのですか？　そうなんですか？　うーむ。彼でもなかった。何にでも原因があるとセリピガリは言うじゃありませんか。私の顔は、何が原因なのかまだわからない。いくつかのことは原因がない。ただ起こるのだろう。あなたたちが納得していないのがわかる。それは眼を見れば察しがつく。たしかに、原因がわからないからといって、原因がないことにはならない。

以前、私はこの痣をたいへん気にしていた。そのことに触れないようにしていた。自分にしか、私の魂にしか打ち明けなかった。胸のなかに秘め、秘密をぐっと呑み込んだ。少しずつ、この胸のなかに呑み込んでいった。私は悲しい生活をしていただろう。だが、今はどうってことはない。少なくともそう思う。たぶん、それはあなたたちのおかげだ。おそらくそうだった。私が訪ね、話しに行く人々にとって、それがたいしたことではないことがわかった。もう何か月も前にコシレニ川の傍で一緒に暮らした家族に、初めて訊いた。《私に会ってもかまわないのかい？　私のようなものであってもいいのかね？》《人が何をし、何をしないかが問題だよ》と、最高齢のタスリンチは説明してくれた。

彼は言った。《旅をし、運命を全うすることが大切だ。猟師は捕えた獲物に、漁師は釣った魚にさわらないことが大切だ。禁忌を畏れることだ。太陽が落ちないように旅に出ていけることが大切だ。世界の秩序が保たれるように。闇と禍いが戻ってこないように。それが大切なことだ。顔の痣。おそらくそれは違う》知恵とはそういうものだそうだ。

言いたいのは、この顔のことではなく、私は、昔、語り部じゃなかったということだ。語り部になる以前、私は、今この瞬間にあなたたちがしていること、つまり聞き手だった。そう、聞き手だった。なりたくてなったのではない。それは少しずつそうなったのだ。自分の運命を発見しつつあるのだということさえ気がつかなかった。ゆっくりと静かに。少しずつ。煙草のエキスを吸ったからでも、アヤウアスカの煎じ薬の力を借りたからでもない。セリピガリの助けもなかった。私は一人で見つけた。

私はあちらこちら放浪する人々を訪ね歩いた。いるかね？　うん、ここだよ。私は宿を借り、ユカ畑の雑草を抜いたり、罠を仕掛けるのを手伝った。どこの谷や川であれ、放浪している人間がいると聞くと、すぐ訪ねていった。長い長い旅をし、激流《グランポンゴ》を横切らなければならないとしても、行った。そして、やっとたどりついた。そこに彼らはいた。来たのかね？　ええ、私ですよ。私を知っている者もいれば、そこで次第に知り合うこともあった。家のなかに通され、食べ物や飲み物を出された。寝るためにござを一枚貸してくれた。何か月も彼らと一緒に過ごした。家族の一員のように接してくれた。《こんなところまで何をしに来たのだね？》と訊かれた。《鼻の穴から吸い込む前に、どういうふうに煙草をこしらえるかを知るためだ》と答えた。《煙管《キセル》にするシャクケイのカナリの骨を、どうやってタールでくっつけるのか知りたいんだ》と言った。傍らで話を聞き、彼らがどういう人々なのかを知った。彼らの生活が知りたかった。それを彼らの口から直接聞きたかった。どんな人々なのか、何をしているのか。どこから来て、どのように生まれ、どのように旅に出ていくのか、どのように戻ってくるのか。放浪する人々。《よし》と、彼らは言った。《行くぞ》

彼らの話に、たいへん驚かされたものだ。私は聞いたことを一つ残らず憶えた。この世界のこと、別の世界のこと。昔のこと、それ以後のこと。わけや原因を憶えた。最初、セリピガリは私を信用しなかった。だが、次第に信頼してくれるようになって、話を聞かせてくれた。タスリンチの物語、キエンチバコリの悪巧み。雨や稲妻や虹、猟に出かける前に男が身体に施す化粧の色や線の秘密。聞いていくことをすべて心に刻みつけた。時々、私は行った先で見たことや憶えたことを話した。みんなが何でも知っているわけではないし、また、知っているにしろ、彼らは何度でも聞くことが好きだったからだ。私もそうだ。雷神のモレナンチイテのことを初めて聞いたとき、ずいぶんその話に驚いた。私はモレナンチイテのことをみんなに訊いた。一回だけでいいからと言って、何度も同じ話をさせた。雷神は弓を持っているのか？　そう、弓を持ってるよ。でも、矢のかわりに雷を落とすんだ。ジャガーに囲まれて歩いているのか？　そう、ピューマもたぶんいるよ。ビラコチャでないのに髭があるのかい？　うん、髭を生やしているんだ。私は行く先々で、モレナンチイテの話を繰り返した。彼らは話を聞き、おそらく喜んでくれた。《その話をもう一度してくれ》と言った。《話しておくれ、話しておくれ》少しずつ、私は何が起こっているかもわからないまま、今していることをやりはじめたのだ。

ある日、ある家族を訪ねていくと、後ろで声がした。《語り部が来たよ。聞きに行こう》はっきり聞こえた。びっくりした。《私のことを言っているのだろうか？》私は訊いた。人々は首を縦に振った。《そうとも、あんたのことだよ》と言った。こうして私は語り部になっていた。驚きでいっぱいだった。呆然とした。心臓は鐘のようだった。この胸のなかでボン、ボンと鳴っていた。もしかすると、自分の運命と出遭ったのだろうか？　おそらくそのときがそうだったのだろう。それはマチゲンガ族がいたティンプシア川の小さな谷でのことだ。もう今はだれもそこには残っていない。だが、その谷の近くを通るたびに、心臓は早鐘を打つ。《私が二度目に生まれたのはここだ》と考える。《死なないで、ここに戻ってきた》と、私は言う。こうして、今の自分になりはじめた。

そうなってよかった、おそらく。それ以上によいことがあるだろうか？　それからというもの語りつづけている。旅をしながら。おそらく死ぬまでそうするだろう。なぜなら私は語り部だからだ。

それが少なくとも私の知っていることだ。

私のような顔は悪いことなのだろうか？　生まれてきたとき、指が多すぎたり、足りなかったりするのは、悪いことだろうか？　怪物でもないのに、怪物に似ていることはないのに、この世の創造の日にキエンチバコリがあの激流《グランポンゴ》で息を吹き込んだ、身体が不幸なことだろうか？　それは悪いことであり、同時に不幸である。おそらく。怪物で曲がっていたり、腫れものやできものがある者、せむしや、獣《けもの》のような牙や鉤爪のある者に似ていることは。本当はタスリンチの息を吹き込まれた人間なのに、悪魔や小悪魔に似ていることは禍いであり、不幸なことだ。おそらく、そうだろう。

放浪を始めた頃、足や鼻がなかったためとか、痣があったとか、一人ではなくて二人生まれたとかいうことのために、母親が生まれたばかりの娘を川に投げ込んで殺したということを聞いた。私にはわからなかった。《どうしてそんなことをするのか？　なぜ殺してしまったのか？》《完全でなかった。だから、死ななければならないんだ》わからなかった。すると、《タスリンチが息を吹き込んだのは、完全な男や女なんだ。怪物に息を吹き込んだのはキエンチバコリだよ》と説明してくれた。よくわからない。こんな私、こんな顔、これはどうなるのだろう？　《小悪魔が生まれたから川に捨てた》とか、《悪魔が生まれたから殺した》そう言うのを聞くと、またわからなくなってくる。私の話のどこが可笑《おか》しいかね？

もし不完全なものは不純で、キエンチバコリの子供だというのであれば、なぜ足が不自由だったり、肌に傷があったり、眼が見えなかったり、手の動かない人がいるのだろう？　どのように彼らはそこで暮らしているのだろう？　なぜそういう人が殺されなかったのだろう？　私だってこんな顔をしているのに、どうして殺されなかったのだろう？　私は訊いた。彼らも笑っていた。《どうしてキエンチバコリの子供だなんて言えるだろう？　どうして悪魔や怪物であるのだろう？　そんなふうに生まれてきたのかい？　もとは清らかだったんだ。生まれたときは完全だったんだ。あとでそんなになったのさ。キエンチバコリのせいか、どこかのカマガリーニのせいか、キエンチバコリの別の手下のせいか、そんなところだよ。どうして変わったのかはだれにもわからない。でも、怪物なのは見かけだけで、中は常に清らかだよ》

信じないかもしれないが、私はキエンチバコリの悪魔のためにこんなになったのではなかった。私は生まれたときから怪物だった。母親が川に捨てなかったのだ。生かしておいたのだ。昔はそのことが残酷に思えたものだが、今は幸運に思う。まだ知らない家族を訪ねていくと、どこでも決まって私を見て驚く。《怪物だ。小さい悪魔だよ》と、私を見て言う。おや、また、あなたたちは笑っているね。私が訊くと、みんな笑う。《悪魔かね？　この顔は悪魔の顔かね？》《違う、違う、そうじゃない。怪物とも違うよ。あんたはタスリンチだよ。語り部だよ》私は落ち着く。おそらく、心が充《み》たされる。

母親が川や沼で溺死させた子供の魂は、激流《グランポンゴ》の底に沈んでいく。人々はそう言っている。下へ、深いところへ。汚い水の渦巻や滝のずっと奥へ、蟹がいっぱいいる洞穴のなかへ。水の音でかき消されているが、大きな岩のあいだで子供たちの魂は苦しんでいるのだろう。子供たちの魂は、タスリンチと闘ったときにキエンチバコリが息を吹き込んだ怪物と、そこで一緒になるのだろう。それが始まりだったようだ。それ以前は、私たちが暮らしている世界には何もなかったのだろう。激流《グランポンゴ》で溺れ死んだものは戻ってくるだろうか？　彼らの魂は沈み、瀑布のなかへ沈んでいき、渦巻に引き込まれ、ぐるぐるまわりながら降りていく。怪物の住んでいる暗い泥だらけの底にたどりつくだろう。そこで溺れたほかの子供たちの魂のあいだに居場所を見つけるだろう。そこでタスリンチが生き物に息を吹き込んだあの日を恨んでいる、悪魔や怪物の声を聞くことだろう。マチゲンガ族がたくさんこの世界に現れた日を恨んでいる声を。

今から話すのは天地創造の話である。

これはタスリンチとキエンチバコリの闘いの物語だ。

それは、昔のことだった。

それは激流《グランポンゴ》で起こった。そこですべてが始まった。タスリンチは、一つの考えを抱いてインキテからメシアレニ川を下ってきた。胸をふくらませ、息を吹きはじめた。良い陸地、魚のいる川、深い森、食糧になる多くの動物が現れた。太陽は空にしっかりととどまり、世界を暖めた。太陽は誕生したものを満足そうに見ていた。一方、キエンチバコリは怖ろしい癇癪を起こした。彼は上のほうで起こったことを見て、蛇や蛙を吐き出した。タスリンチは息を吹いた。その息からは、マチゲンガ族も現れはじめた。キエンチバコリは、ガマイロニの水と黒雲の世界を出て、小便とうんこの川を上っていった。腹を立て、怒りにまかせて、《おれがもっと良くしてやろう》と言った。激流《グランポンゴ》に着くと、さっそく彼は息を吹いた。だが、その息からはマチゲンガ族は出てこなかった。何も育たない腐った土地。吸血こうもりだけが我慢のできる臭気に包まれた泥深い沼。蛇が出てきた。毒蛇や、蜥蜴や、鼠や、蚊や、こうもりが。蟻や禿鷹が。熱が出たり、肌がただれたりする草木。食べられない草木。こういうものしか出てこなかった。キエンチバコリは吹きつづけた。マチゲンガ族のかわりにカマガリーニや、蹴爪がのび、足が曲がったり、切れるように尖っている小悪魔が現れた。ろばの顔の小悪魔や、土や苔を食べる女の悪魔が現れた。また、四つ足のずんぐりとした、毛深い、血に飢えた人間が現れた。キエンチバコリは怒った。とても怒ったので、息を吹き込まれたものは、今まで以上に不純で邪《よこしま》な禍いや獣となって現れた。吹き終わって、タスリンチがインキテに、キエンチバコリがガマイロニに帰っていったとき、この世界が今のような世界になったのである。

これが、すべてに先立つ始まりだそうだ。

私たちは暮らしはじめた。激流《グランポンゴ》で。そのときから暮らしつづけている。禍いと闘い、キエンチバコリの悪魔や小悪魔の残酷な仕打ちに悩まされながらも。激流《グランポンゴ》は昔は行ってはならないところだった。ただ、死んだ者、死んで二度と戻ってこない魂が、そこへ戻っていった。しかし、今は多くの者が行く。ビラコチャやプナルーナが行く。マチゲンガ族も行く。なかば怖れ、なかば畏敬の念を抱いて。彼らは考えるだろう。この大きな音は、落ちるときに岩にあたる水の音なのだろうか？　岩の壁のあいだに閉じ込められた川なのだろうか？　いや、そうではないらしい。その音は下から上がってくるようでもある。たぶん、溺れ死んだ子供の呻《うめ》きや泣き声なのだろう。底の洞穴から上がってくる。月夜に聞こえる。悲しそうに泣いている。おそらくキエンチバコリの怪物が、子供たちをいじめているのだろう。そこにいさせてやるかわりに、拷問を加えているのだろう。おそらく汚れているからではなく、マチゲンガ族だからというので。

それが少なくとも私の知っていることだ。

一人のセリピガリが私に言った。《一番悪い禍いは、君のような顔で生まれてくることではない。自分の義務を知らないことだ》自分の運命を知らないというのが悪いことではないか？　今の私になる前、私は義務を知らなかった。外皮、殻、つまり、頭の上から魂が逃げ出してしまったあとの肉の塊にすぎなかった。家族や村にとっても義務を知らないことが最大の禍いである。それは手や足が足りなかったり、余分にあったりする怪物の家族、怪物の村である。私たちは旅をし、太陽は頭上にある。おそらく、それが私たちの義務だ。私たちは義務を果たしているようだ。なぜ多くの悪魔や小悪魔の悪巧みにもかかわらず、暮らしてこれたのか？　たぶん義務を果たしてきたからだ。だから、ここにいて、私が話し、あなたたちが聞いているのだろう。おそらく。

放浪する人々、今ではそれが私の村である。以前、別の村の人たちと放浪していたときは、それが私の村だった。私はまだ目覚めていなかった。マチゲンガ族として放浪するようになって、私は本当の意味で生まれた。その別の村はあっちのほう、後方にある。その村にもその村の物語があった。彼らは、小さな、かつては自分のものであった土地、ここから遠く離れた場所で暮らしていた。今、そこは他人のものとなっている。というのは、強い邪《よこしま》なビラコチャに横取りされてしまったからだ。木の流血のようにか？　そうだ。森に敵が現れたにもかかわらず、人々はバクをつかまえ、ユカを栽培し、マサトを醸《つく》り、踊り、歌って暮らしていた。その人々は、強力な精霊の息吹きから生まれた人々だった。その精霊には顔も身体もなかった。それがタスリンチ－エホバだった。その精霊は人々を守護したようだ。するべきことと、してはならないことを教えた。こうして人々は義務を知った。彼らは静かに暮らしていただろう。おそらく満足して、腹も立てず暮らしていただろう。

ある日、人知れぬ小さな谷で一人の子供が生まれた。その子は違っていた。セリゴロンピだったのか？　おそらくそうだったのだろう。彼は言いはじめた。《我《われ》はタスリンチの息吹きにして、タスリンチの子にして、タスリンチなり。我は同時にこの三者なり》そう言った。放浪することを忘れ、堕落した人々の習慣を変えさせるために、彼自身である父タスリンチの遣いとして、インキテから降りてきたのだと言った。人々はそれを聞いて驚いたことだろう。《語り部だ》と、人々は言った。《話す人だ》彼は私と同じようにあちらこちらに行った。話し歩いた。ものごとを結び、もつれを解き、忠告を与えた。異なった知恵を授かっているようだった。新しい習慣を人々に教えようとした。

なぜなら、彼によれば、人々が実行している習慣はもう不純なものであったからだ。それは悪いものであった。不幸をもたらすものであった。あらゆる人々に繰り返し言った。《我はタスリンチなり》人々は、彼の言葉に服従し、それを敬わなければならなかった。彼だけに従うべきで、彼以外のだれに従ってもならなかった。ほかの者は神ではなく、キエンチバコリが吹き込んだ悪魔か、小悪魔だった。

彼には強い説得力があったと言われている。いろいろな力を備えたセリピガリだった。魔力も持っていた。悪い魔法使いのマチカナリだったのだろうか？　良い魔法使いのセリピガリだったのだろうか？　私にはわからない。彼は、わずかのユカやなまずを人々が食べられるように、かなりの、いや、多くのユカや魚に変えることができた。腕のない者には腕を、眼の見えない者には眼を、旅立った魂には自分の身体を貸し与えた。心を打たれた人々のなかから従う者が現れ、教えを守りはじめた。人々は昔の習慣を捨て、古い禁忌に従わなかった。彼らは生まれかわったのだろう。

セリピガリは、たいへん警戒した。彼らは旅をし、一番の長老の家に集まった。ござの上に車座《くるまざ》になって、マサトを飲んだ。《わしらの村が消えてしまう》と、セリピガリは言った。おそらく雲のようにちぎれてしまうぞ。最後には風となってしまうぞ。《我々はどうやってほかのものと区別がつくのだろう？》と、彼らは怖れた。我々はマシュコのようになってしまうのだろうか？　アシャニンカやヤミナウアになるのだろうか？　だれがだれだかわからなくなり、自分にも他人にも自分がわからなくなってしまうだろう。《我々は我々の信じているもの、自分に塗る線、罠を仕掛ける方法ではないか》と、彼らは議論した。もしその語り部の言うことを聞いて、今までと逆様《さかさま》にしたら、太陽が落ちるのではないだろうか？　ほかの者と同じになってしまったら、何が自分たちを結びつけてくれるのだろう？　だれも、何も、結びつけてくれない。そして、何もかも混乱してしまうだろう。こうして、セリピガリたちは、この世に現れ、世界の明るさを混乱させたことで彼を非難した。彼らは言った。《詐欺師だ。嘘つきだ。マチカナリにちがいない》

ビラコチャや、力のある人々も騒いだ。秩序は失われ、人々は語り部の話に動揺し、疑いを抱いた。《本当だろうか、嘘だろうか？　彼の言うことに従うべきだろうか？》人々は彼の言葉をじっと考えた。そして、彼と手が切れると考えて、支配者たちは彼を殺したのだ。人が悪いことをしたり、盗んだり、禁忌を犯したりしたときの決まりに従って、ビラコチャは彼を鞭打ち、チャンビラの棘《とげ》の冠をかぶせた。その後、パイチェを干すときのように、二本の木を十字に組んで、それに磔《はりつけ》にした。彼の身体から血が流れた。彼らは間違っていた。なぜなら、死んだあと、語り部は還ってきたからだ。以前にましして世界を揺るがすために、戻ってきたのだろう。人々のあいだに、次のような話が拡がりはじめた。《本当に、タスリンチの子にして、タスリンチの息吹きから生まれ、タスリンチ自身だ。三位一体だ。彼は来た。行き、また、やってきた》こうして、人々は彼の教えに従い、禁じられたことを畏れるようになりはじめた。

そのセリピガリ、すなわち、神が死んだとき――そう、彼は死んだのだが――、彼の生まれた村には怖ろしい禍いが起こった。タスリンチ－エホバの息吹きを吹き込まれた村では。ビラコチャは、それまで暮らしてきた森から彼らを追放した。出ていけ。失せろ。マチゲンガ族のように、彼らは山のなかを歩かなければならなかった。世界の川や沼地や谷で、到着し、ふたたび出発していく光景が見えた。たどりついたところに永住できる保証もなく、放浪の暮らしをはじめた。暮らしは危険だった。いつジャガーが襲いかかってくるかも、マシュコの矢が飛んでくるかもしれなかった。禍いを怖れながら生きていた。マチカナリの魔法を怖れて。おそらく、自分の運命を嘆きながら暮らしていただろう。

彼らは、落ち着いた行く先々でまた追放された。小屋を組み立てると、ビラコチャが襲ってきた。プナルーナやヤミナウアが非難して襲いかかってきた。禍いや不幸が起こると、非難の的になった。タスリンチの死も彼らのせいにされた。《人間の姿になって降臨したのを、おまえたちが裏切ったのだ》と、石をもって追われた。たとえどこかでイナエンカの熱湯を浴びたせいで、皮がむけ、死んでいくとしても、《煮えた泡の禍いだ、イナエンカのくしゃみと屁だ》とはだれも言わなかった。《タスリンチを殺した悪いよそ者のせいだ。主人であるキエンチバコリとの契約を果たすために、今、魔法を使ったのだ》と言った。そういう噂がいたるところで囁かれた。おそらく、悪魔を助け、一緒にマサトで酒盛りをして、踊っていると。だから、あらゆるところで、人々は、タスリンチ＝エホバの息吹きを吹き込まれた者の小屋にやってきた。彼らを打ち、持ち物を奪い、矢を射かけ、生きたまま焼き殺した。走らなければならなかった。逃げ、隠れて。この世の森のあちこちを散りぢりになって、さまよい歩いた。《いつ殺しに来るのだろう？》と、思ったことだろう。《今度はだれが殺しに来るのだろう？　ビラコチャだろうか、マシュコだろうか？》どこにも泊めてやろうというところはなかった。訪ねていって、家の主人に《どなたかみえるかね？》と訊くと、《いや、おれはいないよ》と、いつも返答が返ってきた。放浪する村のように、受け入れてもらうために家族もいくつかに分かれなければならなかった。少数で邪魔にならなければ、種を播《ま》き、狩りをし、魚を釣る場所をあけてくれる村もあった。時々、彼らは指図を受けた。《種を播いたり、狩りをしないのだったら、いてもかまわないぜ。それが習わしだからな》こうして何か月か、おそらくかなりの年月が流れた。しかし、いつも最後には破局がきた。大雨や旱《かん》魃《ばつ》など、何か禍いが起こると、人々は彼らを憎みはじめた。《おまえたちのせいだ》と、人々は言った。《出ていけ》彼らはまた追放され、消滅しそうになった。

この物語は、ありとあらゆるところで繰り返されてきた。悪い夢から戻ることができず、雲のなかをぐるぐるまわって、方向を見失ってしまったセリピガリのように、同じことが何度も起こった。しかし、たび重なる不幸にもかかわらず、結局、消滅しなかった。苦しみに耐えて生き延びた。戦士ではなかった。だから、闘いに勝ったことはない。彼らはそこにいる。家族はこの世の森のなかを逃げまわって、散りぢりになって生き残った。マシユコや、ビラコチャや、大きく強い戦闘的な村が、賢明なセリピガリの村が、壊れそうもない村が失くなった。姿を消していった。その人々の跡は、この世に残らなかった。あとになって、思い出す者もいなかった。だが、放浪する人々の暮らしは、そこで続いている。旅をし、行き、帰り、逃れて。生き、放浪して。悠久のとき、広大な世界を。

こうしたすべての試練にもかかわらず、タスリンチ－エホバの村の人々は、自分の運命を忘れなかったのだろう。常に義務を守っていたのだろう。禁忌も怖れたのだろう。ほかの者と違うから憎まれるのだろうか？　それが、いることを許された村々で、結局、受け入れられなかった理由だろうか？　だれにもわからない。人々は、自分と違った連中と生活するのを好まない。おそらく信用しない。習慣や話し方の違いは、突然、世界が混乱し、光が消えたかのように人々を動揺させる。普通、人々は、すべての者が同じであることを求める。別の連中がそれまでの習慣を忘れ、それまでのセリピガリを殺害し、それまでの禁忌を捨て、新しい禁忌をまねることを望む。だが、もしそうしていたら、タスリンチ－エホバの村はなくなっていただろう。村の物語を伝える語り部もいなくなっていただろう。おそらく私もここで話していなかった。

《放浪する人々は放浪するのがよい》と、セリピガリは言った。それが知恵だと思う。それはよいことだろう。人間があるべきものであることは。私たちマチゲンガ族は昔とどこも違わない。タスリンチが激流《グランポンゴ》で息吹きを吹き込んだあの日と同じだ。だから、消えていかなかった。だから、放浪を続けているのだろう。

これはほかでもない、あなたたちが教えてくれたことだ。今の私に生まれかわる前、よく考えた。《村は変わったほうがよい。強い村の習慣や、禁忌や、魔術を自分のものとしなければならない。賢い村の神や小さい神々、悪魔や小さい悪魔を取り入れなければならない。そうすれば、すべてがもっと清らかになるだろう》そう思った。そうすればもっと幸せにもなるだろうと。それは思い違いだった。今はそうでないことがわかる。

そのことを教えてくれたのはあなたたちだ。自分の運命をないがしろにして、だれがより清らかで、より幸福になれるだろう？　だれにもそんなことはできないことだ。私たちはあるべき者になるのがよい。ほかの決まりを果たそうとして、自分の義務を放棄すれば、魂を失う。悪い夢の中で蟬になったタスリンチ－グレゴリオのように、魂の容れ物も失うだろう。もし人が魂を失ったら、いやらしい、もっと害のある獣が、空いた肉体に棲みかをつくるかもしれない。あぶが蚊を吞み込み、小鳥があぶを吞み込み、小鳥を蛇が吞み込むように。我々はだれかに吞み込まれていいのだろうか？　いや。跡形もなく、消滅してしまっていいのだろうか？　そうなってはいけない。もし私たちがいなくなれば、世界も終わってしまうだろう。放浪しつづけるのがよい。太陽を空に、川をその窪みに、木を根っこに、山を大地の上にしっかりととめて。

それが少なくとも私の知っていることだ。

タスリンチは元気でいる。放浪している。私はティンピニア川の彼の家を訪ねていく途中、小径で出会った。彼は、セパウア川の岸で暮らしている白人の神父たちのところから、二人の息子を連れて戻ってくるところだった。白人の神父たちに、穫れたとうもろこしを持っていったのだ。かなり前からそうしていると言った。白人の神父は、種や、山を拓くのに必要な山刀《マチェーテ》や、土をのけ、じゃがいも、カモテ、とうもろこし、煙草、コーヒー、綿などを育てるためのスコップをくれる。それから、いらない物を売って別の物を買う。タスリンチはその品々を見せてくれた。服、食べ物、灯油ランプ、釣り針、ナイフ。《今度は鉄砲も買うんだ》と言った。山でどんな獲物でも捕れるからさ。だが、タスリンチは満足していなかった。何か危惧していた。額に皺をよせ、険しい眼をしていた。《ティンピニアの土地では同じところに二、三度しか種は播けない。それ以上は絶対だめだ》と、ため息をついた。《場所によっては一回限りだ。土地が良くないんだ。この前、ユカとじゃがいもを植えたときは、ほとんど収穫がなかった》そこはすぐに痩せてしまうようだった。《構わないでもらいたいんだよ》と、タスリンチは言った。彼は嘆いた。《ティンピニアの土地は怠け者なんだ。働かせると、すぐ休みたがる。本当に、これだから》

あれこれ話しているうちに、彼の家に着いた。彼の妻がそわそわして迎えに出てきた。喪に服するように額を塗り、手を動かし、指さして、川は盗っ人だと言いだした。三羽の鶏のうちの一羽が盗《と》られたのだと言う。病気のようだったので、椀で水をすくうときも、腕に抱いて温めていた。そのとき、急にすべてが揺れだした。地面も、森も、家も、すべてのものが揺れだした。《何か禍いが起こったように》と、彼女は言った。《踊っているように揺れたわ》驚いて、彼女は鶏を放してしまった。取り戻す間もなく、水にさらわれ、呑み込まれてしまったそうだ。たしかに、ティンピニアの谷は、水が逆巻いている。岸辺の近くでさえ荒れ狂っている。

タスリンチは怒って、彼女を叩きはじめた。《川に落としたから叩くのじゃない。そんなことはだれにでもあることだ》と、タスリンチは言った。《おまえは大嘘つきだ。地面が揺れ動いただと？　居眠りしてしまったと言ったらどうだ。おまえの手からすり抜けていったのだろう？　それとも、川岸で放しておいたら、転げ落ちたんじゃないのか？　腹を立てて、おまえが川に投げたんじゃないのか？　ありもしないことを言うんじゃない。おまえは語り部なのか？　嘘を言うと家族に禍いが降りかかるぞ。地面が踊りだしたなんてことを、だれが信じるものか。もしそうなら、おれも揺れを感じたはずだ》

タスリンチは怒って罵《ののし》り、叩くのをやめなかった。ところが、そのとき、地面が揺れだした。笑ってはいけない。それは絵空事でも、夢でもなかった。本当に揺れたのだ。まるで雷神が地面の下にいて、ジャガーどもに吠えさせているかのような深い唸り声が、耳に届いた。遠くの戦《いくさ》のようなざわめき、それに混じって鳴る軍鼓の音が、地面のなか、下の方から聞こえた。何か威嚇するような響き。私たちは、もう世界が平穏でないのを感じた。大地は動き、踊り、酔っぱらっているかのようにぐらぐら揺れた。木立やタスリンチの家が動き、鍋のなかでユカが煮えているかのように、川の水は波打っていた。おそらく大気には怒りがあった。空は怯《おび》えた小鳥で覆われ、梢ではオウムがかまびすしく鳴き、森からは驚いた動物の呻き、叫び、があがあ鳴く声が聞こえた。《ほら、またよ！》と、タスリンチの妻は叫んだ。私たちもじっとしていたものか、走ったものかわからず、戸惑って左右を見まわした。子供たちは泣きだした。タスリンチにつかまって、泣いていた。彼も私も驚いた。《この世の終わりがきたのだろうか？　闇と混沌がくるのだろうか？》と、彼は言った。

揺れが収まると、今度は太陽が落ちだしたかのように空がかげった。急に暗くなった。あたり一面に土煙が立ちこめ、この世は灰色に包まれた。地上にはタスリンチも、タスリンチの家族の姿も、ほとんど見えなかった。すべては灰色だった。《これはただならないぞ。一体どうしたのだろう？》と、タスリンチはおそるおそる言った。《放浪する私たちの最後なのだろうか？　おそらく、死ぬときがきた。太陽は落ち、もう昇るまい》

私は太陽が落ちたのではないことを知っている。もし太陽が落ちてしまったのだったら、私たちは、今、ここにはいない。土煙が消えると、空はふたたび明るくなり、地面にはようやく静けさが戻ってきた。塩からい臭い、腐った植物の臭い、むかつくような臭いがした。たぶん、この世は幸福でなかったのだろう。《ほら、嘘じゃなかったでしょう。ほんとに揺れたでしょう。だから、川が鶏を呑み込んでしまったのよ》と、タスリンチの妻は言った。しかし彼は頑固者だった。《どうしてそうだとわかる!》彼は怒っていた。《おまえは嘘つきだ》と大声で言った。《おそらく、おまえが嘘を言ったから、今、地面が揺れたんだ》彼は膨れて、あらん限りの声で怒鳴りながら、また彼女をぶった。ティンピニアのタスリンチは強情だった。腹を立てるのは、それが初めてではなかった。私は前にも見たことがある。そのためにあまり訪ねてくる者もいなかったようだ。彼は自分の間違いを認めなかった。だが、どんなことがあったにしろ、彼の妻が本当のことを言っているのがわかった。

私たちは食事をし、ござを敷いて休んだ。少しして、まだ夜明けにはほど遠いのに、タスリンチが起き上がる気配がした。出ていくと、小屋の傍にある石の上に坐るのが見えた。タスリンチは月の明かりの下で煩悶《はんもん》していた。私は薄闇の中を起き上がり、話しにいった。彼は煙草を粉に碾《ひ》いて、吸う準備を整えていた。シャクケイの髄を抜いた骨にひとつまみの粉を入れると、タスリンチは私に吹いてくれるように言った。私はまず彼の片方の鼻の穴にあて、吹き込んだ。彼は眼をつむって、不安そうに強く吸い込んだ。その後、もう一つの鼻の穴にも同じようにした。それから、残っている粉を使って、今度は、彼が私の鼻に吹き込んだ。タスリンチは落ち着かなかった。苦悩していた。《今夜は眠れない》と言った。声には元気がなかった。《考えてみなければならないことが二つ起こったからね。川がうちの鶏を一羽さらっていったことと、大地が揺れたことさ。そのうえ、空は暗くなった。私は何をすべきだろう?》語り部の私にはわからなかった。私も不安だった。タスリンチ、どうして私に訊くのですか?《こういう二つのことが立て続けに起こったということは、何かしなければならないということなのさ》と言った。《だが、何をしたらよいのだろう? ここには訊くべき者がいない。セリピガリは、セパウアの上流を何か月も行ったところにいるからなあ》

タスリンチは一日中、だれとも口をきかず、石の上に坐っていた。飲み物も、食べ物も、口にしなかった。妻がバナナをつぶして持っていっても、近づけさせさえしなかった。彼はまた殴らんばかりの剣幕で、手を振り上げて彼女を脅《おど》した。その夜は家に入らなかった。カシリは高く輝いていた。その場を動かず、胸に顔を埋め、このような異変を理解しようと懸命になっているタスリンチの姿が見えた。何をするよう命じられたのだろう? それはわからない。家族のみんなが、赤ん坊でさえ心配そうに黙り込んでいた。じっとして、どうなるのだろうと思いながら、不安そうに彼を窺《うかが》っていた。

翌日の昼頃、ティンピニア川のタスリンチは、石から立ち上がった。元気な足どりで家のほうに歩いていった。両手を上げて、私たちを呼びながら、こちらに来るのが見えた。表情は晴れ晴れとしていた。

《旅に出よう》と、彼は重々しい声で命令するように言った。《旅に出よう。今、すぐ。ここからずっと離れたところへ行かなければならない。それがあの意味だ。もしここにいたら、禍いが起こり、破局がやってくるだろう。これが兆《し》らせだ。私にはやっとわかった。この地は私たちに愛想をつかしている。だから、出ていかなければならない》

決心するのはたいへんなことだっただろう。男や女の顔から、親戚の人々の悲しみから、出ていくことがどんなに辛いことかがわかった。ティンピニア川で暮らしだして、もうかなりの月日が過ぎていた。セパウアの白人の神父たちに穫れた物を売り、それで物を買っていた。おそらく、暮らしにとりたてて不満はなかっただろう。自分の運命も探しあてたのではなかったか？　そうではなかったらしい。長いあいだ、移動しないで暮らしてきたことで、堕落しつつあったのだろうか？　私にはわからない。どこに行くかも、残していくものを取りに帰ってこれるかもわからないまま、突然、すべてをそのままにして出ていくとは、何という大きな犠牲ではないか。すべての人にとっての胸の痛み。

だが、家族のだれも逆らわなかった。妻も子供たちも、タスリンチの長女との結婚を望んで近くで暮らしていた青年も、不平を言わなかった。大人も子供もすぐに用意を始めた。《急げ、急げ、ここを出ていかなければならない。ここは私たちを今では敵視しているのだ》と、タスリンチは人々を急《せ》き立てた。彼は生きいきし、出発をいまや遅しともどかしがっていた。《急げ。行こう。ここを出ていこう》と、彼は気持を急かせ、自分を励ました。

私は、旅の支度を手伝い、彼らと一緒に出発した。いよいよ出発する前に、だれかが亡くなったときにするように、二つの小屋と持っていけないものすべてに火を放った。《ここには身につけていた不純なものが、みんな残っている》と、タスリンチは家族に言った。私たちは何か月も歩いていった。食べ物はわずかしかなかった。動物は罠にかからなかった。ようやく、ある沼でなまずを捕えた。食事をした。夜、私たちは坐って話をした。おそらく、ほとんど一晩中、私は話した。

何か月かあとで、彼らと別れるとき、《今はずっと気持が落ち着いたよ》と、タスリンチは言った。《もう、腹を立てたりしないと思う。この前は怒りすぎた。今はおそらく、そんなことはない。うまくあそこを引き払うことができた気がする。この胸がそう感じている》《どうしてあそこを出なければならないとわかったのですか?》と、私は訊いた。《生まれたときに知ったあることを思い出したのだよ》と、彼は言った。《あるいは、夢で占ってわかったのだろう。もしこの世に禍いが起こるとしたら、この地のことに注意を払わないからだ。人間の気持がおろそかになっているからだ。この大地をするべき仕方で大切にしないからだ。大地は、私たちのように話すのだろうか？　言いたいことを言うためには、何かしなければならないだろう。たとえば、揺すってみせるとか。私のことを忘れてはいけないと大地は言うのだよ。私も生きていると。私だって手荒い目に遭いたくないと。だから、踊りながら、嘆いていたのさ。たぶん、私が慌てさせるようなことをしたんだ。おそらく白人の神父たちは、見かけと違って、キエンチバコリの仲間のカマガリーニで、ずっとそこで暮らすように勧めておいて、この地に禍いを起こそうとしていたのだろう。私にはわからない。しかし、大地が嘆いているのなら、何かしなければならない。どうしたら太陽や川の力になれるか？　どうしたらこの世界と生きている者の力になれるか？　放浪に出ることだ。私は義務を果たしたと思う。ほら、もうその結果が現れはじめている。足元の大地の声を聞きなさい。それを踏んでごらん、語り部よ。なんと静かで堅固なことだろう。今、ふたたび、私たちがその上を歩いていくのを感じて満足しているのだ》

今、タスリンチはどこにいるのだろう？　私は知らない。私たちが別れたあたりにまだいるのだろうか？　私にはわからない。いつかわかる日が来るだろう。おそらく元気でいるだろう。満足して。おそらく旅を続けているだろう。

それが少なくとも私の知っていることだ。

タスリンチと別れてから、私は踵《きびす》を返し、ティンピニア川の方へ歩きだした。もう長いあいだ、私はそのあたりにいるマチゲンガ族を訪ねていなかったからだ。ところが、旅の途中でいろいろ不思議なことが起こり、私は別のほうに進まなければならなかった。それで、今はここで、あなたたちと一緒に日を送っている。

いらくさの叢《くさむら》を跳びこえようとしたとき、棘《とげ》が刺さった。足のここに。私は傷口を吸って吐いた。だが、中に毒が残っていたのだろう。というのは、しばらくすると、痛くなってきたからだ。痛みはひどかった。私は歩くのをやめて、坐った。《どうしてこんなことになったのか？》私は大袋のなかを捜した。そこには蛇に咬まれたときや、病気や、異常な出来事に効くという、セリピガリがくれた薬草がいつも入れてあった。それに、袋の紐には、悪い魔法を防ぐお守りも結んであった。その小石は、今でも袋の紐にくくりつけてある。なぜ薬草も、お守りも、いらくさの小悪魔から私を護ってくれなかったのだろう。足は腫れあがり、まるで他人の足のようだった。私は怪物に変わってしまうのだろうか？　汗と一緒に毒を出してしまおうとして、火を燃やし、炎の近くに足を投げだした。痛みは消えなかった。私は唸って、痛みを吹き飛ばそうとした。そのうち、汗をかき、呻きながら、寝てしまったのだろう。夢の中でオウムのお喋《しゃべ》りと笑い声が聞こえた。

足の腫れがひいてしまうまで、私は何か月もそこを動くことができなかった。歩こうとすると、うっ、うっ、激しい痛みが走った。幸い食べ物には不自由しなかった。袋にはユカや、とうもろこしや、バナナが入っていた。そのうえ、運がよかったのだろう。横になったまま這っていって、柔らかい小枝を地面に刺し、その枝に紐を結わえて曲げたあと、見えないように紐を土のなかに埋めた。少しすると、しゃこがかかった。それは二、三日分の食料になった。だが、毎日苦痛なのは棘ではなくて、オウムだった。なぜそんなにいるのだろう？　なぜ見張っているのだろう？　その数は数えきれなかった。まわりの枝という枝、灌木という灌木にオウムはとまっていた。次から次へやってきて、どのオウムも私を見ているのだ。何かが起こりつつあるのだろうか？　なぜこんなにぴいぴい鳴いているのか？　オウムのお喋りは私と関係があるのだろうか？　私のことを話しているのだろうか？　彼らはしばらく高笑いをした。オウムの鳴き声なのに、人の声に似ていた。からかっているのだろうか？　君はここから出ていかないのかね、語り部よ、と言っているのだろうか？　私は石を投げて脅《おど》かした。だが、鳥は一瞬騒いだだけで、すぐに元のところにおさまっていた。頭の上には無数の鳥がいた。何をしようというのだろう？　何が起こるのだろう？

翌日、鳥は突然、姿を消した。オウムは何かに驚いていなくなってしまった。敵が近づいてきたかのように、ぴいぴいと鳴き、ぶつかりあって羽を飛ばしながら、鳥はあっというまに消えてしまった。おそらく危険な匂いがしたのだろう。というのは、そのとき、私の頭の上を木から木へと跳びながらホエザルが通ったからだ。ヤニリ。大きいかん高い声を出す赤いヤニリ。図体が大きく、騒がしい雌の群れを従えたヤニリ。雌猿どもは一緒にいることを喜んで、傍で手を振りまわしながら跳ねまわっていた。たぶん、彼の雌猿になったことを喜んでいたのだろう。《ヤニリ、ヤニリ！》と、私は猿に向かって叫んだ。《助けてくれ。おまえは昔セリピガリじゃなかったかい？　降りてこい。この足を治してくれ。先に行きたいんだ！》だが、ホエザルは耳を貸さなかった。本当に昔は放浪するセリピガリだったのだろうか？　セリピガリだったので、ホエザルを捕えたり、食べたりしてはならない。料理しようとすると、あたりに煙草の匂いが充満してくると人々は言っている。昔、夢の中で煙草を吸ったり、飲んだりしたセリピガリだったからだと。

ヤニリが雌猿どもを連れていってしまうと、またオウムが現れた。さっきよりさらに多くのオウムを従えていた。私は観察した。いろいろな種類の鳥がいた。大きいのや、小さいのや、さらに小さいのもいた。短い嘴《くちばし》、とても長い嘴、平べったい嘴。オウム、オオハシ鳥、インコがいた。だが、とくにコトラが多かった。彼らがいっせいに力いっぱい、立て続けに鳴くので、オウムの声が雷鳴のように伝わってきた。私はじっと動かないで眺めていた。ここかしこの鳥をゆっくりと見た。そこで何をしているのだろう？異常なことが起こるのを防ぐ薬草が手元にあったが、何かが間違いなく起こりそうだった。《何が欲しいのだ？　おまえたちは何を言っているのだ？》と、私は大声で叫んだ。《何を話しているんだ？　何をふざけているんだ？》私は、驚きと同時に好奇心に捉えられた。こんなにたくさん一緒にいるのを見たことはない。これは偶然でも、勝手に起こったのでもない。何が原因なんだろう？　だれが彼らを遣わしたのだろう？

私は、蛍の友人であったタスリンチを思い出しながら、オウムのお喋りを理解しようと努めた。傍でそんなに憑かれたように鳴いているとは、私のことで現れたのではないのだろうか？　何か言いたいのだろうか？　眼を閉じ、耳を傾け、彼らのお喋りに心を集中した。自分がオウムになろうと努めた。それは簡単ではなかった。だが、そうしていると、足の痛みを忘れることができた。私は囀《さえず》りや、ががら声をまねた。そのつぶやきをまねた。すべての鳴き声を。暗がりのなかの仄かな光のように放たれる短い言葉を、間をとりながら、私は少しずつ聞いていった。《落ち着いて。タスリンチ》《びっくりしなくていいよ。語り部さん》《だれも君に害を加えないよ》おそらく、彼らの言うことを理解することができたと思う。笑ってはいけない。夢ではなかった。オウムたちの話すことがわかったのだ。言葉はますますはっきりしてきた。心は落ち着いた。身体のふるえもとまった。今は寒気も感じなかった。キエンチバコリがよこしたのではないのだろう。マチカナリの魔法でもない。好奇心からか？　それとも、私と一緒にいてくれるためなのか？

《その通りだよ、タスリンチ！》と、一つの声がほかの声のなかからひときわ際だって聞こえた。もう疑いはなかった。オウムが話し、私が理解した。《君の傷が癒えるまで、傍で励ますためにいるんだよ。また歩けるようになるまで、どこにも行かないよ。どうしてぼくたちに驚いたのだい？　歯ががちがち鳴っていたよ、語り部さん。君はオウムがマチゲンガ族の人間を食べるのを見たことがあるかい？　反対に、ぼくたちはマチゲンガ族がオウムを食べるのを何度も見たよ。さあ、笑顔になって、タスリンチ。ずっと前から君についていたんだ。どこへ行っても、ぼくたちは近くにいる。今の今まで知らなかったのかい？》

そのとき初めて気がついた。私は声をふるわせて訊いた。《おまえはからかっているのかね？》《疑っているのかい？》と、オウムは、羽で木の葉や枝を揺らしながら言った。

《連れがいるってことが、棘が刺さらないとわからなかったね、語り部さん》

私たちは長いあいだ話していたようだ。毒が消えていくのを待ちながら、そこにいるあいだじゅう話をした。痛みを消そうと、汗が出るように足を火にあてながら、私は話した。そのオウムと、そして、別のオウムとも。お喋りになると、相手に負けまいとしてみんなが声を張り上げた。最初のうちは、彼らの言うことがわからなかった。《静かに、静かに。もっと、ゆっくり話して。一羽ずつ》彼らは私の言うことに従おうとしなかった。ちょうど、あなたたちと同じだった。何か可笑《おか》しいかね？　まるでオウムのようだ。オウムたちは何もかも話そうとして、ほかのオウムが話し終わるのを待っていなかった。ようやく私たちが理解しあえたことに、彼らは満足していた。羽をばたばたさせて、急《せ》き込んで話した。私も気持が爽やかだった。心が充たされていた。《なんて不思議な事が起こったのだろう？》と、私は思った。

《やあ、やっとわかったようだね。ぼくたちは語り部だということが》と、突然、一羽が言った。ほかの鳥は黙っていた。森は深閑としていた。《なぜぼくたちがここにいるのか、君についているのかが、今こそわかっただろう？　君が生まれ変わって、語り歩くようになってから、なぜぼくたちが君についていたかが。昼も夜も。森を川を。君も語り部だからだよ。違うかい、タスリンチ？　もしかすると、ぼくたちは似ていない

かい？》

そのとき、思い出した。二本足のどの人間にも一緒にいる動物がいる。そうではないか？　たとえ眼に見えないにしろ、それが何かわからないにしろ。その人間がどんな人間で、何をしているかで、動物の母親が選んで子供に言う。《この人を守ってやりなさい》そして、その動物は、その人の影となるのだろう。私を守っているのはオウムだったのか。そうだったのだ。それは話す動物ではないか。私はわかった。ずっと前から知っていたような気がした。そうでなかったら、なぜいつもオウムを贔屓《ひいき》にしたのだろうか？　旅をしているとき、私は何度もじっとオウムのお喋りに耳を澄まし、彼らの羽ばたきや騒ぎを見ると笑みが浮かんだものだ。たぶん私たちは親戚だったのだろう。

私の動物がオウムだとわかってよかった。今は以前にもまして安心して旅をしている。おそらく、もう孤独だと感じることはないだろう。疲れや恐怖が襲ってくると、また何かに腹が立ってくると、何をしたらよいかがわかる。木々を見上げ、待つ。期待にたがわず、暑さのあとの通り雨のようにお喋りが起こる。そこにオウムが現れる。《そう、ここにいるよ。君を見捨てたりしたことはないさ》と、オウムは言う。だから私はたった一人でも、長い期間、旅をすることができたのだろう。なぜなら、一人で旅をしていたわけではないからだ。

私がクシュマを着て、ウイットとアチオテで化粧をし、鼻から煙草を吸い、歩きはじめると、多くの人が一人で旅をしていることに怪訝《けげん》そうな顔をした。《それは無謀だよ》と警告した。《山のなかはキエンチバコリが息吹きを吹き込んだ、怖ろしい悪魔や汚れた悪魔がいっぱいじゃないか。もし出てきたら、どうするんだね？　マチゲンガ族のように旅はしたほうがいい。最低、子供を一人と女を一人連れていくんだ。そうすれば、倒れた動物を女や子供が運んでくれるし、罠にかかったのを取り集めてくれる。捕えた動物を持ってくれる。殺した動物にさわって、身体を腐らせてはいけない。それに話し相手にもなる。カマガリーニが出てきても、何人かいれば助け合うこともできる。森にマチゲンガ族が一人でいるなんて見たことがないよ》私はそんなことは考えてもみなかった。なぜなら、歩いていて一人だと感じたことはないからだ。そこの枝のあいだで、木々の葉に紛れて、相棒が大きな緑色の眼で私を見て、ついてくるからだ。姿は見えなくても、おそらく、彼らがいるのを私は感じるだろう。

しかし、ここにいるオウムを連れているのは、そういう理由ではない。それには別の話がある。今、寝てしまったから、それを話してあげよう。もし急に私が黙って、妙なことを口走ったとしても、頭がおかしくなったと思わないでほしい。黙るとしたら、眼を覚ましたオウムに、話を聞かせたくないからだ。ちょうどいらくさの棘で私が痛い思いをしたのと同じで、心をちくりと刺す、聞きたがらない話だからさ。

それは、後々のことだった。

私はタスリンチを訪ねて、カシリアリへ向かっていた。罠を仕掛けて、パウヒルをつかまえた。それを料理し、食べはじめた。そのとき、頭のところで鳥の囀《さえず》りがしたような気がした。見ると、枝のあいだに、大きな蜘蛛の巣で半分隠れて、鳥の巣があった。こいつが生まれたところだった。まだ眼は開いていなかった。殻を割ろうとする雛《ひな》のように白い粘液が身体を包んでいた。母親のオウムの気を荒立てないように、雛に近づきすぎて怒らせないように、私は動かないで静かに雛の様子を眺めていた。母鳥は私のことなど眼もくれなかった。生まれたばかりの雛を一心に調べていた。母鳥は不満気だった。急に雛をつつきはじめた。そう、曲がった嘴で。白い粘液を取りのぞくためか？いや、そんなものじゃなかった。殺しかねない勢いだった。腹を空かしているのだろうか？　私は、つつかれないように注意しながら、羽をつかむと母鳥を巣から引き離した。そして、落ち着くようにパウヒルの食べ残しをいくらか与えてやった。母鳥は満足そうに食べた。囀り、羽をばたばたさせながら、食べていた。だが、大きな瞳から怒りは消えなかった。食べ終わると、すぐ巣に飛んで戻った。見に行くと、また嘴でつついている。オウムの子よ、眼が覚めなかったかい？　まだ、起きてきちゃいけない。おまえの話を終わりまでさせておくれ。どうして雛を殺そうとしたのか？　腹を空かせていたからではなかった。私は母鳥の羽をつかみ、力いっぱい空に投げた。何度か宙返りをして、母鳥は戻ってきた。私につっかかってきた。怒り、嘴でつつき、ぴいぴい鳴いて戻ってきた。雛を殺そうと頑《かたく》なに決めているようだった。

そのとき、やっとわけがわかった。おそらく、生まれたとき、母鳥が望んでいたのと違っていたのだ。足は曲がり、爪は三つしかなかった。そのときまで、あなたたちすべてが知っていることを理解できなかった。違う形をして生まれてきた子供を、動物の親は殺すということを。なぜピューマは足が不自由だったり、片目の子にその鋭い爪を立てるのか？　なぜハイタカは羽が動かない雛をばらばらにしてしまうのか？　完全でないので、生きていても苦しむばかりだ。身を守ることも、飛ぶことも、獲物を捕えることも、逃げることもできず、義務を果たすことができないと先のことを案ずるのだろう。たいして生きられない、ほかの動物にすぐに食べられてしまうだけだと。《だから、少なくとも私の血や肉になるから食べてしまうのだ》と、母鳥は言っているのだろう。つまり、マチゲンガ族と同じように、動物も不完全なものを受け入れようとしないのだろうか？　動物も、完全でない子供は、キエンチバコリが息吹きを吹き込んだと考えているのだろうか？　私にはわからない。

これがこのオウムの話だ。いつも、こういうふうに私の肩で身をすくめている。清らかでなく、いかつい足をし、びっこをひき、この高さまで飛び上がったかと思うと落ちる。だが、それにどんな差し障りがあるだろう。落ちるのは生えている羽が短いせいかもしれない。私は完全かい？　私たちは似ていて、互いに理解し、いつも一緒だ。彼はこの肩にのって旅をし、ある時間が経つと、息抜きからか、私の頭によじ登り、反対側の肩に移る。行き、戻り、来て、行く。よじ登るとき、私の髪の毛をつかむ。《気をつけてくれよ。落ちるよ。地面から拾い上げたりしないでくれよ》と、注意を促すように髪を引っぱる。彼は全然重くない。それを感じもしない。ここ、私のクシュマのなかで眠る。お父さんとも、親類とも、タスリンチとも呼べないから、彼のために考えてやった名前で私は呼んでいる。オウム語だ。どれ、みんなも言ってごらん。そろそろ起こして、呼んでみよう。憶えたんだ。上手に言うよ。

マ・ス・カ・リ・タ、マ・ス・カ・リ・タ、マ・ス・カ・リ・タ……

8

イタリアでは、フィレンツェの人々は自尊心が強く、毎年、夏になるとアマゾンの河のように氾濫する旅行者を憎んでいることで有名である。そのことを確かめることは難しい。なぜなら、今、フィレンツェにこの町の住人は残っていないからだ。暑さが増し、午後の風が凪《な》いでしまい、アルノ川の水が乾き、蚊が町を占領するにつれて、少しずつ人々は出ていった。蚊は、虫よけや殺虫剤をあざ笑うかのように、昼も夜も、とくに美術館で犠牲者を見つけては容赦なく襲いかかってくる。フィレンツェの蚊は、レオナルドやチェリーニやボッティチェリやフィリッポ・リッピやフラ・アンジェリコの作品の守護天使にも擬《なぞら》えることのできるトーテムの動物なのだろうか？　そうかもしれない。なぜなら、ペルーの密林《セルバ》を旅行するたびにできるような腕や脚に残る虫刺されの大部分は、そうした彫像や、フレスコ画や、絵画の前で受けたものだからだ。

それとも、蚊は、町をあけるフィレンツェの人々が、憎むべき侵入者を撃退しようとして利用する武器なのだろうか？　だが、それは無益だ。蚊も、暑さも、どんなことをしても、押し寄せてくる侵入者を防ぐことはできないだろう。夏の不快さにもかかわらず、フィレンツェが大勢の外国人をこのように惹きつけるのは、ただ入り組んだ古い地区に残る絵画や宮殿風の建物や石垣のためなのだろうか？　それとも、住人のいなくなった暑さで息のつまるようなこの町が我々を虜《とりこ》にするのは、狂信と過激、献身と残酷、精神主義と洗練された官能、政治的腐敗と大胆な知性という過去の面妖な取り合わせなのだろうか？

この二か月、街のどこもかしこも次々に閉まっていった。商店、クリーニング店、川沿いの居心地の悪い国立図書館、夜の避難場所であった映画館、そして、最後にはダンテやマキアヴェリを読んだり、マスカリータのことや、ウルバンバ川上流やマードレ・デ・ディオス川の村に集められたマチゲンガ族のことを考えに出かけたカフェも閉まった。最初に、家具とアール・デコの内装が施され、暑い午後の素晴らしいオアシスで、冷房のきいたこざっぱりとしたカフェ・ストロッツィが閉まり、次に、汗ばんでくるが、深紅のビロードのカーテン、革の家具の備わった古めかしい雰囲気の、二階で一人になることのできるカフェ・パツォクフスキーが閉まった。それから、カフェ・ジリオが。最後には、一杯のマッキアートが、街の食堂の夕食とほとんど同じ値段だったシニョーリア広場の、旅行者相手の騒がしいカフェ・リヴォイレが閉まった。アイスクリームやピザの店で読んだり、書いたりすることはまったく不可能だったので（それらの店は開いている数少ない人をもてなす飛地である）、サンティ・アポストリ通りの宿で、私は大汗をかきながら、読書ができないようにすぐに切れる、いこじな読み手を罰するためにしつらえられた古ぼけた電灯を頼りに、あきらめて読書しなければならなかった。このフィレンツェ滞在中、予期しないことに、伝記作家ロドルフォ・リドルフィの伝記を通して、名誉を失墜したサヴォナローラは、結局、興味深い、おそらく火刑に処した連中よりも善良な人間であったということを発見したが、サン・マルコ修道院のその修道士（サヴォナローラ（一四五二—九八）は、一四九一年、フィレンツェのサン・マルコ修道院院長をつとめ、教会の改革、市政の改革を行ない、有力者層と対立した）なら、このような不便さは、地獄をさすらうダンテの苦しみを生き直したり、人間の都市と諸事件をかかえた政府について歴史の冷徹な分析家であったマキアヴェリが、共和国の官吏としての経験から引き出した怖るべき結論について、静かに瞑想したりする精神的素地をつくってくれると言ったことだろう。

眼鏡屋と食料品店のあいだにあって、ダンテの教会と向かいあっている、ガブリエレ・マルファッティのマチゲンガ族の写真を展示していたサンタ・マルゲリータ通りの小さな画廊も閉まった。しかし、私は夏季の休館の前に何度か写真を見ることができた。

私が三度目に入ってくるのを見て、画廊を任されている眼鏡をかけた華奢《きゃしゃ》な女性は、急に自分には恋　人《フィダンツァート》がいると言った。私はへたなイタリア語で、この展示に足繁く通うのは、一種の愛国的な、無心の感情から出たことで、彼女の美しさとではなく、マルファッティの写真と関係があることだと念を押さなければならなかった。自分の土地にたいする郷愁の念だけで、何分も写真を眺めて過ごしていることが、彼女には腑に落ちなかったのだ。身振りを交えて話している男の話を、胡坐《あぐら》をかいて坐って、うっとりとして聞いているインディオの集団の写真が、なぜとくに気を惹くのか？　ウフィツィ美術館の「春」や「サン・ロマーノの戦い」を眺めるのと同じように、写真が秀れた総合芸術であって、ゆっくりと味わうべきものだと断言しても、本気にしていなかったと思う。しかし、最後に人気《ひとけ》のない画廊を四度か五度訪ねたあとのある日、不信感はいくらか引っ込み、親切な様子さえ見せて、サン・ロレンツォ教会の前で、毎晩、「インカの楽団」が民族楽器を使ってペルー音楽を演奏していると教えてくれた。聞きにいらしたら？　故国《くに》のことを思い出しますよ。勧めに従って出かけたが、そのインカというのが、サンタ・クルス地方(ボリビアの一地方)のカーニバル風のものとポルトガルの民謡とを無理やりくっつけたものを演奏する、二人のボリビア人とローマに住む二人のポルトガル人のバンドだということがわかった。一週間前、サンタ・マルゲリータ通りの画廊も閉まり、眼鏡の華奢な女性も、今は両親《ジェニトーリ》のいるアンコナで夏休みを送っている。

いずれにせよ、その写真をもう見る必要はない。細部の一ミリ一ミリに至るまで心に刻んだからだ。不思議なことに、垂れた髪をなびかせて坐っている裸の人々、立っている話し手のシルエット、灰色のこんもりした雲が湧き出てくる下で、枝と太い幹の交錯した木々が羽飾りのように見える地平線、それがフィレンツェの夏の永久の思い出になるほどに、私はそれを何度も反芻した。それは、ルネサンスの壮麗な建築や彫像、ダンテの流麗な叙情詩の香りのするつぶやき、マキアヴェリの散文の技巧的な反復形式(それは常に悪魔的な知性と比較されようが)よりも、フィレンツェの思い出としていつまでも心に残ることだろう。

写真の人物は、マチゲンガ族の語り部に間違いないと思う。それについては自信を持って言うことができる。我《われ》を忘れた聴衆を前に話している男は、マチゲンガ族の人々に、好奇心、幻想、過去の出来事、夢や虚構への渇望をかき立てる役割を幾世代も前から担ってきた、あの人物でなくてだれであろう。ガブリエレ・マルファッティは、どうやってこの集まりに立ち合い、写真を撮ることを許されたのだろうか？　イタリア人である彼がこの地域を訪ねたときには、部外者がマチゲンガ族の語り部になりすましているだけで、語り部を取り巻く秘密の理由がもはや存在していなかったのだろうか？　あるいは、この数年でウルバンバ川上流の状況が急速に変わり、語り部はこれまで数百年にわたって保持しつづけてきた役割を果たすことができず、典拠を失い、アヤウアスカを使った儀式や、ほかの部族のシャーマンの行なう治療のような旅行者相手の無言劇を演じているだけなのだろうか？

しかし、そうだとは思わない。あの地域では生活が変わった。むろん観光客が増えたというような意味ではない。最初に、油井《ゆせい》が、そして労務者として契約をしたたくさんのカンパ族、ヤミナウア族、ピロ族、そして言うまでもなく、マチゲンガ族のためのキャンプが出現した。その後、あるいは、ほぼ同時に、コカイン取引にともない、聖書にあるペストのように秘密のコカイン畑、精製所、飛行場が網状にアマゾンに拡がりはじめ、当然のことながら、コロンビアとペルーの反目するグループの周期的な殺し合いや復讐、警官隊による畑の焼き打ち、捜査、掃討戦が起こった。そして最後に――恐怖の総仕上げ《トライアングル》とでも言うか――テロリズムとテロリズムにたいする報復活動が発生した。アンデスで厳しい追及を受け、密林に降りたセンデーロ・ルミノーソの革命軍も、政府軍の周期的な攻撃や、また聞くところでは空軍による爆撃を受けながら、アマゾンで作戦を展開している。

これは一体、マチゲンガ族の村にどんな影響を与えただろうか？　分裂と解体を早めたか？　五、六年前に集住をはじめた村は今もあるだろうか？　シェルやペルー石油の悪くない給料とか、コカインの取引で儲けたドル札の詰まった箱とか、コカインの運び屋、ゲリラ、警察、兵隊などの血なまぐさい争いに巻き込まれる危険など、文明という矛盾につきものの、社会を揺るがし、だれも進行を止めることのできないメカニズムに村はさらされていたが、彼らは周囲で何が起こっているのかまったく理解していなかった。インカの軍隊、スペイン人の探検家、征服者、伝道師、共和政下のカウチェーロや材木商、二十世紀の金山師や密林への移住者が侵入してきたときと変わらない。マチゲンガ族にとって歴史は前進も後退もしていない。めぐり、繰り返している。しかし、これらすべてから部族は大きな打撃を受けたが、近年の社会の変動を前に、おそらく、彼らの大部分は、伝統、すなわち離散《ディアスポラ》を思い起こすことによって、生き延びることにしたのだろう。神話のなかに絶えず現れてくるように、もう一度放浪に出ていくことで。

アマゾンの部族の人々に特徴的な、水掻きのあるような扁平足《へんぺいそく》の短い足で、私のかつての友人で、元ユダヤ教徒で、元白人で、元西欧人であったサウル・スラータスは、人々のあいだを歩きまわっているのだろうか？　私は、マルファッティの写真の語り部は彼だと思った。もちろん、客観的な根拠はない。確認の手がかりとなる右側の痣のあった顔の部分には、かなり濃い影がかかっているからだ。その距離では思い過ごしかもしれず、単なる太陽がつくる影の可能性もある（顔の向こう側で沈んでいく夕暮れの光が、人々や木々や雲の右側を影にしているように、片頬だけに光を浴びているのかもしれない）。だが、その人影の輪郭がより確かな決め手である。離れていても間違いない。密林のインディオなら、普通背が低く、脚は短く丸みがあり、広い胸をしているが、そのような特徴の身体ではない。話している人物は、背が高く、裸の上半身は、耳を傾けている人々の肌よりもずっと明るい。ただ頭髪はたしかにマチゲンガ族の男のように、中世のおかっぱ風に丸く刈り整えられていた。私は、また、写真の語り部の左の肩にとまっているのは、オウムだろうと思った。トーテムであり、伴侶であり、小坊主でもあるオウムをつれて、語り部が密林を行き来しているのは、ごく自然なことではないだろうか？

何度もやり直したり、あれこれ組み合わせていると、ジグソーパズルのピースがぴったりあう。ルイス・デ・レオン神父（十六世紀のスペインの哲学者、文学者）が言う《事物に隠れた本質的な原理》を持ち出さなくても、丹念に逸話を拾っていくと、多少とも一貫性のある話の輪郭が浮かびあがるだろう。

マスカリータは、畑いじりをしている母方の親戚の住むキジャバンバに初めて旅行してから、彼を罠にかけ、誘惑した世界と関係を持ちはじめた。最初はマチゲンガ族の社会や生活習俗への知的な好奇心や共感だったものが、彼らをよく知り、言語を理解し、彼らの歴史を学び、一緒に生活する時間が増えるにつれて、文化的な、そして、宗教的な意味での回心、マチゲンガ族の習慣や伝統との同化へと変化していった。その理由を直感的に感じるだけで、完全に理解できるわけではないが、新しい習慣のなかで、サウルは、それまで生きてきたユダヤ人や、キリスト教徒や、マルクス主義者といった、ペルーのほかの集団のなかでは見つけることのできない精神的糧、刺激、人生の理由づけ、責務などを見つけたのである。

変化はゆっくりと、サン・マルコス大学で民族学を学んでいた年月に意識されないところで始まっていたのだろう。研究から冷め、民族学の科学的行動に、原始的で古代的な文化への脅威（彼はもう原始的とか古代的とかいう形容詞を使うこともなかっただろう）、破壊的な近代の侵入、一種の姦通を見たことは理解できなくもない。土地と人間の均衡という考え、産業と近代技術による環境の破壊の自覚、人間を取り巻く環境を守らなければ滅ぶだろうと考えている原始人の知恵の再評価は、あの頃、まだ知的な流行とはなっていなかったにしても、ペルーを含め世界のあらゆるところに拡がりはじめていたもののひとつである。文明人が密林で犯している大きな破壊と、マチゲンガ族の人々が自然の世界と調和して暮らしている在り方の、両方を自身の眼で確かめて、マスカリータはこれを特別に凝縮させて生きたのである。

その大きな踏み出しを決定づけた出来事は、疑いもなく、サウルが絆を切ることができず、自分の生活を報告しなければならないと感じていた唯一の人物、ドン・ソロモンの死去であった。大学の二、三年のときに行動を変えたように、それ以前から、父親が死んだら、すべてを投げ棄てて、ウルバンバ川上流に行こうと決めていたのだろう。そこまでは彼の話に取り立てていうことはない。消費の倫理に反対して学生の反乱が起こった六〇年代、七〇年代には、数多くの中産階級の学生が、冒険への渇望と首都での生活への嫌悪の混じりあった感情に導かれて、リマを棄て、時にはかなり不安定な条件のもとで生活するために山岳や密林をめざした。テレビ番組〈バベルの塔〉は、あるとき——不幸にもアレハンドロ・ペレスの変則的なカメラワークで、大部分歪められていたが——クスコに移住したリマの青年のグループを追った。彼らはそこで一風変わった仕事をしながら、暮らしを続けていた。彼らのように、マスカリータがブルジョアとしての未来を放棄し、アマゾンへ冒険に行って戻らない決心——基礎への、根源への回帰——をしたとしても、とくに注意を惹く理由はない。

だが、サウルは彼らとは違っていた。彼は、自分の出発や意図を消し去り、知り合いの人々の前ではイスラエルに行くふりをしていた。移住《アリヤー》をするユダヤ人という偽装工作《アリバイ》は、リマを離れていくとき、サウル・スラータスが、肌の色、名前、伝統、神など、それまでのものすべてを捨てる決心をしたというほかに、一体どんな意味があるだろうか？　明らかに彼は二度と戻ってくる気はなく、永久に別の存在になるつもりでリマを出ていったのだ。

少し努力が要るが、ここまでは彼についていくことができる。たぶん、自己とアマゾンの疎外された流浪する小さな部族との同一視は、彼の父が指摘したように、歴史を通して、ちょうどペルーのマチゲンガ族のように、ある社会のなかにいるものの、すべてから受け入れられることも混じりあうこともない、社会と社会の狭間にいる賤民であるユダヤ人という、もう一つの疎外された流浪する共同体の一員であった事実と、いくらか、いや、おおいに関係があったと思う。また、私がよくからかったように、疎外された人々のなかの疎んじられた人、醜さの刻印によって永遠に責められる運命に生まれた人にしている大きな痣が、その連帯感に影響を与えていた。木や雷や精霊の崇拝者や、煙草やアヤウアスカの煎じ薬で儀式を行なう者のあいだに混じっているときのマスカリータは、自分の国のユダヤ人やキリスト教徒のなかにいるときよりも、集団に溶け込んで受け入れられていることだろう。ウルバンバ川上流に行き、生まれ変わり、サウルは自分だけの先鋭的な移住《アリヤー》を行なったのだ。

彼を追跡することの難しさ——私を悩ませ、挫折させる——は次の点である。つまり、彼は、コンベルソ（ユダヤ教からキリスト教への改宗者）から語り部に転生したということだ。もちろん、それが、もっとも心を動かされ、何度となく組み立てたり、崩したりして考えてきたことであり、これで彼の追跡に終止符を打つことができるかどうかわからないが、そこに私の書く動機もあった。

というのは、語り部になることは、嘘のようなことに不可能なことを付け加えることだからだ。時間のなかを、ズボンやネクタイからふんどしや入れ墨へ、スペイン語からマチゲンガ語の膠着語《こうちゃくご》の捻髪音《ねんぱつおん》へ、理性から呪術へ、一神教あるいは西欧の不可知論から異教のアニミズムへ回帰することは、想像できなくはないが、そのまま認めることは難しいからだ。それに、香りを嗅ごうとすればするほど、闇は深くなり、私の前に立ちはだかってくる。

なぜなら、語り部が話すように話すことは、その文化のもっとも深奥のものを感じ、生きることであり、その底部にあるものを捉え、歴史と神話の真髄をきわめて、先祖からのタブーや、言い伝えや、味覚や、恐怖の感覚を自分のものとすることだからだ。それは、これを書いているこのフィレンツェが、思想、彫像、建築、犯罪、陰謀などの眼の眩むような興奮を産み出していた時代に、散らばった人々を一つの共同体としてまとめ、共生感や密接で兄弟的な帰属感を維持する、逸話やほらばなしや寓話や冗談を携えて、我が国の森のなかを旅していったマチゲンガ族の伝統を守る人間、その古き家系を継ぐ一人に、もっとも本質的な意味でなることである。友人のサウル・スラータスが眼の前に在るもの、また思えばなれたかもしれないものを放棄し、あらゆる障害を克服して、とりわけ、近代的なものと進歩という観念に逆らって、アマゾンの密林を旅する語り部という、人目に触れない系譜を引き継ごうと二十年以上も前から考えていたことは、時とともに私の記憶のなかに蘇ってきて、ヌエバ・ルス村の星のかがやく暗がりのなかでそのことを知ったあの日と同じように、恐怖や愛をはるかに超えた力で私の心を激しく揺さぶるのである。

日は暮れた。フィレンツェの夜にも密林の星ほど明るくはないが、星が瞬いている。もうインクがいつ切れてしまうかわからない(インクのスペアを置いている市内の店も、もちろん夏休みに入っている)。暑さは耐え難く、ペンション〈アレハンドラ〉の部屋は、蚊が羽音をさせて頭のまわりをしつこく飛びまわっている。シャワーを浴びたら、息抜きに散歩に出かけよう。アルノ川河畔は風がそよいでいるだろう。ぶらぶら歩いていけば、堤や橋や照明に輝く宮殿のいつも変わらない美しい光景の次に、昼間は婦人や子供の至福の散策場所だが、この時間には売春婦や、ホモや、マリファナの密売者の巣窟となるカシーネのいかがわしい光景が立ち現れてくるだろう。サント・スピリト広場で音楽とマリファナに酔った若者に混じるのも、また、この時間には四つか五つの、時には十もの出し物が同時に即興で演じられ、艶《あで》やかな奇跡の宮廷《コルテ・デ・ミラグロ》となるシニョーリア広場に行くのもいいだろう。カリブ海のマラカスと太鼓のバンド、トルコの軽業師、モロッコの火を呑み込む男、スペインの学生の楽団《トゥナ》、フランスのパントマイムの役者、アメリカのジャズマン、ジプシーの占い師、ドイツのギタリスト、ハンガリーのフルート奏者。時折、色とりどりの若い群衆のなかで一時的に自分を忘れることは楽しい。しかし、今夜はどこに行っても無駄だ。アルノ川に架かった黄土色の石橋の上、カシーネの売春婦がたむろする木々の下、あるいは鳩の糞で汚れたチェリーニのペルセウスの青銅像やネプチューンの噴水の筋骨隆々とした海神像のもとに、暑さと蚊を避け、興奮を静めようとして避難してみても、私の耳元にはマチゲンガ族の語り部の時を超えた弾けるような声が絶え間なく聞こえてくることだろう。

フィレンツェ　一九八五年七月

ロンドン　一九八七年五月十三日

後　記

これまでの作品と同じように、この小説はさまざまな団体や個人の援助に与っている。とくに、夏季言語学研究所、ウルバンバのドミニコ会伝道所、CIPA（アマゾン情報開発センター）などの機関や、アマゾンの旅行に同行してくれたビセンテ・デ・シシュロ、ルイス・ラモンの両君にたいして、密林での親切なもてなしと協力にお礼を言いたい。また、この本で取りあげた多くのマチゲンガ族の歌や神話の収集家であり、翻訳者でもあるドミニコ会のホアキン・バリアレス神父にも感謝する。

訳者あとがき

二〇一〇年、マリオ・バルガス＝リョサが長年にわたる作家としての活動を評価されてノーベル文学賞を七十四歳で受賞したことは、まだ記憶に新しい。彼は一九三六年三月二十八日、ペルーのアレキーパで生まれた。両親が離婚し、母親とともにペルーを離れ、幼少時を祖父母のもとボリビアで過ごしたが、十歳の頃にペルーに戻り、ピウラでの高校生活を経て、一九五三年、サン・マルコス大学の文学部に進んだ。在学中から放送局でニュース原稿を書いたり、雑誌や新聞に短編小説を発表し、文学の道を志した。そのときの習作の一つ「決闘」は、一九五八年、『ルビュー・フランセーズ』の短編小説のコンクールで入選している。この年、大学を卒業し、アマゾンへの小旅行をした後、スペインに留学し、マドリッドで一年を過ごした。その後、パリに住まいを移し、作品を書きながらの海外生活が始まった。アルバイトで生計をたてて執筆に取り組み、一九五九年にはそれまでに書いてきた短編を『ボスたち』としてまとめて、刊行した。そして、ラテンアメリカ文学が隆盛を迎えるなか、長編小説『都会と犬ども』(一九六三)、

『緑の家』(一九六六)でいっきょにラテンアメリカの現代作家としての地位を確立した。

小説を中心に大きく区分すると、彼の活動は、『都会と犬ども』『緑の家』『ラ・カテドラルでの対話』(一九六九)の長編を刊行した六〇年代、『パンタレオン大尉と女たち』(一九七三)、『フリアとシナリオライター』(一九七七)が書かれた七〇年代、『世界終末戦争』(一九八一)、『マイタの物語』(一九八四)、『誰がパロミーノ・モレーロを殺したか』(一九八六)、『密林の語り部』(一九八七)、『継母礼讃』(一九八八)などが書かれた八〇年代、『アンデスのリトゥーマ』(一九九三)にはじまる九〇年代以降の四つの時期に分けることができる。

一九八七年に出版された『密林の語り部』は、第三期の傑作の一つである。構成は、一章と最終章の八章のあいだに六つの章が対位法的に配されている。二、四、六章は、首都リマが主な舞台で、バルガス＝リョサと彼の友人サウル・スラータスの学生時代と、ほぼ二十五年後のアマゾン再訪の場面からなり、三、五、七章は、アマゾンの密林を行き来するマチゲンガ族の語り部が話す、部族の暮らしや伝説の物語からなっている。そして、フィレンツェにいる著者がペルーとペルーの人々について回想する、物語の開幕と閉幕を告げる一章と最終章が置かれている。

ストーリーは、ペルー・アマゾンを舞台として、顔の右半分に大きな痣のあるサウル・スラータスというペルーに流れてきたユダヤ系の友人が、アマゾンの未開部族の文化に共鳴し、自己の民族学者としての研究も将来も捨てて、人々の前から姿を消し、〈密林の語り部〉へと転生していったというもので、友人の魂の選択をミステリアスに描いている。

ここでバルガス＝リョサは、古くから密林で活動しているカトリックの伝道師や、アメリカの援助のもとに近代的な設備を利用しながら研究と布教を続ける言語学研究所の人々ではなく、ユダヤ人であった民族学の一人の学徒のアマゾンを守る闘いをテーマにした。主人公が選んだのは、原住民がキリスト教の洗礼を受けて村を作って暮らしたり、機械文明の恩恵に浴したりできるように手助けすることではなく、未開の部族に自己を同化させるという、いわば文明から野蛮への旋回だった。サウル・スラータスは、伝道師や言語学者に苛立ち、非難を浴びせるが、最後は、その感情を超克して、遮二無二、密林へと自己を駆り立てていくのである。バルガス＝リョサが問題にしているのは、その善良な愛から生まれた行為、宗教家や研究者とは別の、だれ一人まねすることもできない、狂気に近い決意だった。この物語の魅力は、平穏で明日を約束された日常から脱却し、激しく理想を追い求め、殉教に突き進んでいく、そういう狂気である。日常、安定、怠惰、惰性、妥協、協調、そうした凡庸の対極にあるもの、それがスラータスの選んだ道だった。

バルガス＝リョサの密林をテーマにしたものとしては、言うまでもなく、大学卒業後のアマゾンへの旅での見聞をもとにした大作『緑の家』がある。そのなかで、バルガス＝リョサは、アマゾンの密林の下を縫うように流れるマラニョン川の流域とペルー北部の砂漠にあるピウラの町を二元として、そこに生きる中下層の白人、混血、インディオの姿を執拗に描いた。それは、リマからはるかに離れた密林の奥地の人間たち、はみ出し、歪んだ存在のうごめきを、伝道師、守備隊兵士、飲んだくれ、日本人の流れ者、インディオの酋長や女など多数の人物を登場させて描いた全体小説であった。しかも、同情や感傷を排除して、冷徹な目でどこまでもリアリスティックに事象を追究していくのが、『緑の家』でバルガス＝リョサが選んだ方法である。

それから、数十年の年月が経ったが、アマゾンの現実は改善されてはいない。グローバリゼーションのなかで、新たな投資や経済活動の場所となり、破壊は大規模になり、加速している。ブラジル側では、世界市場を相手に、放牧、大豆の栽培、バイオ燃料になるトウモロコシやサトウキビの栽培、地下資源の発掘で、土地は荒らされている。ゴムも世界のタイヤ産業の動向を睨みながら、栽培農園が生まれている。ペルー側では、武装した業者がマホガニーの伐採に入り、多くの原住民を殺害するという事件も起きているし、ペルー政府が発展を目指して、ダムの建設や石油の採掘のために原住民を無視して、事業を進めようとしている。コカインの栽培もあとを絶たない。前貸商や事業主（パトロノ）から食料や道具を現物で前借りして、密林に分け入った、かつての樵、皮革商、ゴム採取人、金山師たちのほかに、国家、内外の企業、不法なコカインの密売人という新たな破壊者が群がっている。部族の保護や森林の保全を訴える人々は、この地域に利権を持つボス連中の標的になっている。アマゾンを横断する道路は、産物を運び出すとともに、熱帯林と未開の人々の生活圏を破壊する大量の貧しき労働力を導き入れた。ペルーではアンデスの高地の人々がアマゾンへと下っている。『緑の家』で、バルガス＝リョサは、現実から受けた衝撃、市民的規範とはあまりにも隔たった救いなき人々の世界をたたきつけるように描いたが、それは、新たな簒奪者のもとにある今日のアマゾンの姿に通じている。

アマゾンの恐るべき下層民の現実を主題にした『緑の家』と比べると、『密林の語り部』には、二つの相違点がある。その一つは、この話は、アマゾンの現実の真っ只中にいる人々のどろどろした人間関係ではなく、バルガス＝リョサ自身を含め、同僚、言語学研究所の女性コーディネーター、人類学者マトス・マル、指導教官のバレネチェア教授、テレビ局の関係者など主にアマゾンと関わってきた、リマで暮らす比較的恵まれた人々、指導的な知識階級を登場人物にしているということだ。そうした人々は、青年期のバルガス＝リョサに少なからぬ影響を与えた、思想や歴史研究において行動的な、五〇年代後半の良きペルー時代の進歩的な市民だった。

もう一つの違いは、バルガス＝リョサが、白人たちが踏み入ることの出来ない境界線の向こうで営まれてきたインディオの生活や信条、生存の感覚を、インディオの血の通った言葉で描こうとしたことだ。ここで描かれるのは、『緑の家』の登場人物ボニファシアやフムのような白人社会のメカニズムに組み込まれて、未開と文明の境界で生きていくインディオではなく、密林のなかで自己のメカニズムに従って生きているインディオである。文明と接触を始めながらも、文明が立ち入ることのできない未開の人々の心の内奥が彼の関心事だった。インディオについては伝道師の記録、民族学者や言語学者の研究、あるいは、今日も続いているが、この地域への旅行者、学術調査隊の報告やテレビの取材などから知ることができる。だが、それがどれだけ生きる主体の素顔や内面を伝えているだろうか。バルガス＝リョサは部族の人々が聞いて楽しむ話に彼らの生の核心を発見するのである。そのうえ、それは、稚拙で素朴な口承の語り物ではなく、人と世界を表現する高度な文学性を内包している。三、五、七の各章の話は、未開の人々が呼吸しているもの、肌で触れているものであり、彼らが日常、また、祝祭日に見聞きするものすべてを含んでいる。それはすべての時間と空間から順序を無視して、いっきょに集めてきたものである。また、部族のなかにいる賢者たちが何世代にもわたって自身に問いかけ、自分たちのものとしてきた思索や信条――平静の哲学や魂の復活の思想――も存在している。彼らは、ダンテの『神曲』の世界に似た天上と地上と冥界をもつ世界観を持ち、天の川や彗星や火星など天空の事象も観察していた（本書では触れられていないが、七章のアチオテの精ポツォチキは、天に帰って、赤い星、火星になったとマチゲンガ族は伝えている）。形式にとらわれず、合流し、うねり、進んでいく何百年と語り継がれてきた数々の話には、断片的なものが多いにしろ、我々の文学と同じように、さまざまな人間劇や思索も語られている。深刻な口調ではないが、例えば、三章の盲目のタスリンチの話では、目が見えるからといって真実が見えるわけではなく、失明したことで逆に事物の本質を捉えることができるというギリシア悲劇の「オイディプス王」に見られる逆説的な思想が認められる。

こうした素材にたいして、この作品でバルガス＝リョサが選んだ描き方は、重厚で、折りかさなった構成の、現実にメスを入れる全体小説でスタートした六〇年代の作風とは大きく異なっている。この作品での彼は、肉薄していくこともあるが、自分の同僚を描いたり、インディオの語りを解きほぐしたり、それなりのスタンスを置いて、やわらかい視点で対象を捉えようとしているからだ。

さらに、この作品で見逃せないのは、まず第一に彼が語ることの意味について考えていることだ。すでに、彼はいろいろな形で作家の役割について話してきた。ガルシア＝マルケスの『百年の孤独』に触れて、「小説とは、秘めやかな神殺し、現実を象徴的な形で暗殺する行為に他ならない」と述べて、神が創りだした秩序にさえ、異議を申し立てる作家の使命について語っている。『密林の語り部』では、言葉の使い手としての作家について考えている。言葉から動物を創りだすパチャカムエ（五章）は、作家の原形である。口唇の震え＝空気の振動は、風、あるいは、息吹きとなって生命を出現させる。出現した後は、言葉は生命のあるそのものを指し示す。しかし、言葉は世界を映しだしているだけではなく、能動的な力を秘めている。また、現実とは別の、無数の言葉からなる世界をつくっていく。西洋古代の思索者たちは、言葉を「言うこと、言ったこと」から「あるべきものとして述べられたこと＝秩序に内在する理性」へと発展させた。それが、キリスト教の「ヨハネの福音書」では、この理性という部分が神の意志に置きかえられて、言葉は「神の言うことを担う存在としてのキリスト」とされた。そうした哲学や神学と異なるとはいえ、作家とは、観念のもつ力、言葉の極限的な神秘に触れて、古い言い方をすれば、対象を捉え、真や美をつかみとる者でなければならない。

　しかし、興味深いことは、彼がもう一方で、言葉を共同体の同胞の共生感や兄弟的な感情を育むものとして考えていることである。バルガス＝リョサは、どちらかというと、言葉は神と作家だけに許されたものとして、言葉を武器に激しく闘ってきた作家という印象が強かったが、『密林の語り部』のなかの彼は、マチゲンガ族、ユダヤ人、アイルランド人、あるいは、ペルーという運命の共同体の人々の心を結び付けていくものとして、言葉あるいは物語の重要性を捉えている。ペルーという国について一種感傷的な言葉が近年の作品のなかに出てくるのも、こうしたことと関係があるだろう。たとえば、八章で、ペルーの楽団が広場で演奏していることを紹介して、「聞きにいらしたら？故国《くに》のことを思い出しますよ」（三二五頁）と画廊の女性が言うシーンがある。たとえスペイン国籍を得て、一年の大半を海外で暮らしている今でも、バルガス＝リョサにとって、ペルーは自らの心を結び付けている謎と愛着の土地なのである。バルガス＝リョサは、言葉に仕える者という自負と、共同体にたいしての責務という二面から作家の責任を述べている。それはアマゾンの語り部にも、現代作家にも要求されることだ。しかも、それは堅苦しく、しかつめらしい説教ではなく、面白い、含蓄のある話を語ることによってなされなければならない。カトリックの国で育ち、聖書に親しんできたバルガス＝リヨサは、自己の仕事を天職 vocación とまで言っている。そしてスペイン語は、ローマ時代に年代記や詩など様々な散文、韻文を生みだした豊かなラテン語の伝統を受け継ぐ、物語を紡ぐ彼に相応しい言葉でもある。

第二に指摘したいことは、バルガス＝リョサがこの作品でも小説の方法の模索、実験を試みていることだ。これは、『パンタレオン大尉と女たち』以降の作品について言える傾向である。『誰がパロミーノ・モレーロを殺したか』は、推理小説仕立てで、ピウラで起きた青年と恋人の事件を扱い、『継母礼讃』は、エロス的な夢物語の意匠をこらしている。ブラジルのカヌードスの乱に取材した長編小説『世界終末戦争』は、カーチンガと言われる熱帯低木しか生えない、旱魃の常襲地帯、セルタンゥで十九世紀末に起こった狂信徒とブラジル共和制の政府の戦争を扱った。このなかで、社会からはみ出した盗賊や人殺しのような信徒を何人か登場させているが、バルガス＝リョサは、個人を描くことに終わるのではなく、彼らがコンセリェイロという教祖のもとで宗教的エネルギーの巨大な塊となっていく集団を描いてみせた。また、共和制の政府の軍隊と狂信徒との戦闘も、大スペクタクル映画さながらに、集団と集団との激闘、破壊される陣地、散乱する死体といった刻々変わる生々しい場面を映像や音声の力を借りることなく、文字によって表現している。また、西欧のアナーキスト、ブラジルの新聞記者、地方を巡業するサーカスの小人の語り部、狂信徒の福音書記の四人の違った目を据えることで、この惨劇は、いろいろな語り手によって、反響しあいながら、伝播していく。つまり、この作品は、ある主人公の物語ではなく、ギリシア古典『イリアス』のように、地方を席巻した反乱とそれに関係した運命共同体の盛衰を集団レベルで描いている。

『密林の語り部』も、どのようにすれば、インディオたちの生を表現できるのか、語りの方法にバルガス＝リョサは工夫をこらした。ここで取られた方法は、時間や空間の枠組みを取り外して、毎日の出来事も、過去の出来事も、目の前のことも、遠い森のなかで起こっていることも、言葉の嵐のように同時に語っていくやり方である。それは、実行されてみると、特別、変わった方法ではない。私たちは、だれでもそうやって、とりとめのない話を行きつ戻りつしながら、交わしているからだ。しかし、そこに息を吹き込み、血を通わせる話のうまさは、だれにでもできることではない。しかも、心の襞に刻まれた記憶を思い出すための呟きのようなものではなくて、彼は鮮烈な映像を重ねて、私たち観客を舞台の上に引っぱりだす。私たちは密林の木蔭に坐って、語り部の話を聞き、語り部と一緒に、川で溺れそうになったり、鷺につかまって空を飛んだり、蟬に変身させられたりするような気になる。また、彼とともに山中を一人旅し、病気で倒れ、鳥に慰められる。つまり、バルガス＝リョサは聞き手を自在に自分の思うところに運んでいく。光と闇が交互に支配する天地創造期を思わせる世界。蛇行する河川を擁する緑の樹海の下で、文明やキリスト教の原理とは異なって、自然と調和して暮らしてきた生きとし生けるものの姿とその胸中が、民族学者や言語学者の解説抜きで伝わってくる。

第三に、この作品は、人類への警告の書、預言の書という側面がある。七章では、タスリンチは平穏に暮らしていたが、ある日、大地が激しく揺れだす。動物たちも騒ぎ、土煙が立ちこめ、空は灰色に覆われてしまう。この大地震が何を意味するのか、タスリンチは一晩、思案をつづける。「大地が嘆いているのなら、何かしなければならない。（中略）どうしたらこの世界と生きている者の力になれるのか？」（三一〇頁）と自問する。そして、自分たちが平穏な生活を得た反面で、自分たちを支えてきた自然を忘れていたことに、人間の存在の根底にあるものに気づく。こうして、彼は、義務（人間と自然の均衡を保つ）を果たし、「太陽や川の力になれる」（三一〇頁）ように、旅に出る決心をするのである。人々はタスリンチに率いられて、「どこに行くかも、残していくものを取りに帰ってこれるかもわからないまま、突然、すべてをそのままにして」（三〇八頁）、周囲とのあいだで築いてきた、不自由のない生活に別れを告げ、慌しく出発していく。発端はちがうけれども、それは、この春の地震、津波、原発事故という災害のあと、突然、長年暮らした土地をあとにしなければならなくなった多くの日本人の心の痛みと重なるように私には思えた。

小説は訓戒めいたものではないのだろうが、本書は、豊かさを求め、発展を追いつづける地球人に警鐘を鳴らしている。人間が存続するためにはどうするべきか、人間の生き方の見直しを求めている点で、福音書を意識した作品でもあろう。

四章で述べているように、一九五八年にアマゾンに旅をしたとき、言語学者からマチゲンガ族のなかに〈語り部〉がいると聞いて以来、バルガス＝リョサは、『緑の家』ではなく、最初、〈語り部〉を小説化したいと考えていた。スペイン留学中、伝道師であったセニタゴヤ神父の報告を読んだり、密林で暮らしたことのある伝道師を訪問したりしたのもそのためだった。結局、その企ては失敗に終わってしまうが、いったん断念された構想は、あるべき形態を探りながら、それ以後、新しい資料を加えつつ、何度も練り直されていった。また、その間、話によっていまだに人々の心をつかんで離さない、世界中に生きながらえている〈語り部〉たちがバルガス＝リョサの関心を惹き続けた。こうして、マラニョン川を舞台にした『緑の家』に対して、ウルバンバ川上流域を舞台にした『密林の語り部』が完成したのは、アマゾンへの旅からほぼ三十年後、『緑の家』からは四半世紀後のことで、彼の半生をかけた作品になった。

二〇一一年六月、東京大学で行なわれたバルガス＝リョサの講演も、半分が『密林の語り部』のことにあてられ、彼にとって本書がいかに思い入れの深い作品であるかがわかる。読者は、この小説から、文学の可能性、人類の未来、少数派《マイノリティ》の生き方など、それぞれに隠されたメッセージを読みとることができるだろう。

最後に、『密林の語り部』刊行後のバルガス＝リョサの歩みを簡単にたどっておこう。

彼は、政治的にはユートピア的なものを語ることよりも、理性と常識が機能する民主政治、欧米的な安定と発展を求めて、一九九〇年に、自由主義的政府を目指してペルーの大統領選挙に出馬した。彼の立場は少し右寄りの自由主義だと思われる。結果は、大衆路線を掲げる日系のアルベルト・フジモリに敗れた。

選挙後は、一九九三年に小説『アンデスのリトゥーマ』で作家活動を再スタートさせ、今日までに、『継母礼讃』の続編『官能の夢――ドン・リゴベルトの手帖』(一九九七)、ドミニカ共和国の独裁者トルヒーヨを描いた『チボの狂宴』(二〇〇〇)、社会活動家フローラ・トリスタンとその孫である画家ゴーギャンの二人を主人公に、十九世紀のフランスを舞台にした『楽園への道』(二〇〇三)、ペルーのある少女の人生の顛末を描いた『悪い女の子の悪戯《いたずら》』(二〇〇六)などの多くの長編小説を発表した。二〇〇〇年以降のものは、実験的手法をやめて、ほぼリアリズムに戻っている。

これらの作品についての詳しい説明は割愛するが、二〇一〇年に出た最新作『ケルト人の夢』は、コンゴやペルー・アマゾンでイギリス領事をつとめ、その地域で非人道的なゴム採取経営を調査し、それを告発したアイルランド人ロジャー・ケースメントという実在の人物の生涯を扱っている。バルガス＝リョサのアマゾンものとしては、奇想天外なドタバタ劇『パンタレオン大尉と女たち』を抜きにすることはできないけれども、『ケルト人の夢』は、二十世紀初めのアマゾンのイキートス周辺のペルー人たちの描写も全体の三分の一近くあり、彼のもう一つのアマゾン小説と言えなくもない。ここでは、アマゾンで働く原住民の悲惨な現実を、十九世紀末から二十世紀初めのゴムブームという国際的な経済と先進国の政治的利害のなかで、外国人の調査官の目で捉えている。それは、『緑の家』の前史を書く試みでもある。

＊

翻訳には、Mario Vargas Llosa, *El hablador*, Barcelona, 1987, Editorial Seix Barral, S.A. の一九九一年の版を用いた。この翻訳は、一九九四年、「新潮・現代世界の文学」の一冊として出版されたが、今回、岩波文庫に収めるにあたり、訳を改める機会をいただいた。岩波文庫編集部の入谷芳孝氏にはひとかたならぬお世話になった。また訳には多方面から援助をいただいた。とくに、ホセ・ルイス・ベラスコ氏、玉井陽子氏には御厚意を感謝したい。

二〇一一年八月

西村英一郎

アマゾンの動植物・その他

アチオテ　ベニノキ。パナマ、ブラジル、ペルーなどで、原住民がその実の赤い汁を顔や身体に彩色をほどこすのに使っている。アチオトルはメキシコのナウアトル語。マチゲンガ語では七章にあるようにポツォチキ。

ウイット　チブサノキ。樹高二〇メートル。その実は、顔や身体への彩色(青灰色)、蚊などの虫除け、食器や鍋の染料などに使われる。

ウングラビ　椰子の木の一種。葉は家の屋根を葺くのに用いられる。また、実から採れる椰子油はチチャに加えられる。その他多くの種類の椰子がある。

クーモ　魚毒の植物の一つ。バルバスコと同じものかもしれないし、シダ(ケチュア語でカム)の一種かもしれない。

チャンビラ　椰子の木の一種。葉からは強い繊維がとれ、袋やハンモックを作ることができる。幹には鋭い棘がある。

チョンタ　チョンタシュロと訳したが、チョンタという椰子。硬いので弓矢や棍棒の材料になる。

フロリポンディオ　大きなラッパのような花を鈴なりにつけ、芳香を放つナス科の植物。民間療法で葉は痛みをとり、膿を出すのに使われる。

ユカ　ユカ芋。キャッサバ。トウダイグサ科の灌木で、サツマイモに似た根茎部を澱粉にして食用とする。マニオク、タピオカなどとも呼ばれる。

ルプナ　樹高六〇メートル。アマゾンで一番高い樹木。上部は傘のようにはりだす。現在は合板の材料として伐採されているが、水分が多く、本来は建材としては不向きである。高いので、道標になる。

＊

アグチ　齧歯類。天竺鼠。体長五〇センチ程の鼠。

アルマジロ　ペルーではカラチュパ(ケチュア語で毛のない尻尾の意味)と呼ばれる。マチゲンガ族やピロ族のあいだではヤゴントロという。味は旨いという本もある。

ウアンガーナ　クチジロイノシシ。背中に液を出す腺があり、その形が臍に似ているので、ヘソイノシシとも呼ばれている。数十頭から百頭ほどの大群をなすのが特徴。

オオハシ鳥　大きな嘴を持つのでこの名前がある。羽の部分は黒いが、胸部に明るい斑点があり、黄色や白の大きな嘴がある。中米でトゥカンという名の鳥はこの仲間である。

カナリ　シャクケイ。キジの類。パウヒルとあまり区別がつかない。

ガミターナ　カラシン科の魚。木の実を食べるのに適した臼のような歯を持ち、成魚は七、八〇センチになる。体形のせいか、学名はピラニアに似ているが、特徴はコロソマに近い。

カメ　チャラパという亀は、砂地に卵を産み、砂をかけて埋める。三十日くらいで孵化す

カラチャマ　る。親亀を捕獲しにいくとき、逃げないようにひっくりかえす。肉、卵とも食料になる。

キリゲティ　頭が三角、黒い鎧のような大きい鱗で覆われ、胸鰭が大きい、泥地を這い回るのが得意な草食性の魚。口は下向きで、吸盤がある。プレコストムス。

クビワイノシシ　キツツキ。

コトラ　サヒーノ。色は薄茶色で、首のまわりに白い輪がある。

金剛インコ　インコに似た小鳥。群れる習性がある。

サバロ　グアカマーヨ。鮮紅色のオウムに似た鳥。尾が長い。

シンビージョ猿　カラシン科の魚(ブリコン)。フナに似た魚で大きいものは五〇センチ。

スンガロ　シンビージョ即ちインガ(マメ科ネムリグサ属)の低木の実を好物とするサル。オマキザル科のサルと思われるが、どのサルを指すかは不明。

チクア　ナマズの仲間で、胸から尾にかけて斑点がある。体長五〇センチ。

チョビブリティ　小鳥で、チチチ、あるいは、チ、クワ、チ、クワと鳴くという。原住民にとってその声は不吉な予兆と考えられている。

トロンペテロ　ベティ・シュネルの辞書(一九九八)ではチョビビンティ。セキレイ。クモや小さな魚を食べる。天然痘やはしか、その他の災難を予言する鳥。

ニワトリ　ラッパチョウ。ツルの仲間だが、体色は黒い。

パイチェ　『インカ皇統記』によると、スペイン人がもちこむ以前に、類似の家禽がいた。ブラジルではピラルク(赤い魚)と呼ばれる。大きいものは三―四メートルにもなる。

パウヒル　古代形の怪魚。

蜂鳥　ホウカンチョウ。キジの類で、長い尾を持つが、飛ぶ力は退化し、普通、鶏のように地面を這い回っている。体色は黒っぽい。家禽。

ボキチコ　スペイン語ではピカフロール。マチゲンガ語ではツォンキリ。コリブリという呼び名はカリブ海地域が起源ではないかとされている。

マハス　小さな口の意味。カラシン科の魚。フナに似た魚で英名はスモールマウスとか、黒っぽいのでブラックプロキロとかいう。草食性で、おとなしく、群れをなして泳ぐ。

モリトニ　体長三〇センチ。

ヤクママ　齧歯類。ロンソコよりも小さく、川辺に生息する。

ヤニリ　アマゾンカッコウ。ガイラカッコウ。木にいるが、地面にいることも多い。

ヤマバク　水の母という意味。大きいものは一〇メートルに達する水に住む王蛇。アナコンダの名前で知られている。

ロンソコ　ホエザル。樹高性があり、雄は雌ザルのハーレムを支配。

ヤマバク　ペルーではサチャバカ(密林の牛、バカはスペイン語で牛のこと)とか、タピール・デル・モンテ(タピール＝バク、モンテ＝山)とかいう、大きなバク。体長一八〇センチ。セルバで一番大きい畜類。

ロンソコ　齧歯類。ブラジルではカピバラ(草原の支配者)と呼ばれる豚程の大きさの鼠で、泳ぎも得意。

＊

カウチョ　ゴム。南米のゴムは、二十世紀の初め東南アジアのゴム栽培に国際市場で敗れた。ペルーの日本人移民は一九一五年頃、ゴム栽培から撤退した。しかし、規模は小さいが、近年までゴムの採取は続いてきた。採取人をスペイン語ではカウチェーロ、ブラジルではセリンゲーロと言う。

クシュマ　襟や袖のない普通木綿地の白いゆったりした短衣や長衣。

コルパ　いろいろな種類の動物が、水や塩を取りながら憩うために集まる場所。

ソパイ　悪魔。ケチュア語でもソパイと言う。アマゾンの原住民の言葉にはケチュア語と共通するものがあり、文化の相互の浸透を窺わせる。

ビラコチャ　古代インカの創造神。インカの人々は、神あるいは神の使いだと思い、スペイン人をビラコチャと呼んだ。このことから、原住民を無慈悲に支配する白人という意味がのちに派生した。この作品では主に白人という意味で使っている(本文三四頁)。

プナルーナ　プナすなわち高原(メセータ)の人々。あるいは、プナに住む蛮族。

ポンゴ　アンデスから流れ出る水がアマゾンへと落ちていく途中にある、山塊が迫り、川幅の狭まった急流。流れは速く、渦を巻いている。『緑の家』の舞台となっている、サンタ・マリア・デ・ニエバ近くのマンセリチェ渓谷はマラニョン川にあり、その険しさで有名である。

マシュコ族　マードレ・デ・ディオス川流域に住む、マチゲンガ族と境界を接する部族。

密林《みつりん》の語《かた》り部《べ》　バルガス=リョサ作

2011年10月14日　第1刷発行
2024年9月25日　第11刷発行

訳　者　西村英一郎《にしむらえいいちろう》

発行者　坂本政謙

発行所　株式会社　岩波書店
〒101-8002　東京都千代田区一ツ橋 2-5-5

案内 03-5210-4000　営業部 03-5210-4111
文庫編集部 03-5210-4051
https://www.iwanami.co.jp/

印刷・三陽社　カバー・精興社　製本・中永製本

ISBN 978-4-00-327963-2　Printed in Japan

読書子に寄す

――岩波文庫発刊に際して――

岩波茂雄

真理は万人によって求められることを自ら欲し、芸術は万人によって愛されることを自ら望む。かつては民を愚昧ならしめるために学芸が最も狭き堂宇に閉鎖されたことがあった。今や知識と美とを特権階級の独占より奪い返すことはつねに進取的なる民衆の切実なる要求である。岩波文庫はこの要求に応じそれに励まされて生まれた。それは生命ある不朽の書を少数者の書斎と研究室とより解放して街頭にくまなく立たしめ民衆に伍せしめるであろう。近時大量生産予約出版の流行を見る。その広告宣伝の狂態はしばらくおくも、後代にのこすと誇称する全集がその編集に万全の用意をなしたるか。千古の典籍の翻訳企図に敬虔の態度を欠かざりしか。さらに分売を許さず読者を繋縛して数十冊を強うるがごとき、はたしてその揚言する学芸解放のゆえんなりや。吾人は天下の名士の声に和してこれを推挙するに躊躇するものである。このときにあたって、岩波書店は自己の責務のいよいよ重大なるを思い、従来の方針の徹底を期するため、すでに十数年以前より志して来た計画を慎重審議この際断然実行することにした。吾人は範をかのレクラム文庫にとり、古今東西にわたって文芸・哲学・社会科学・自然科学等種類のいかんを問わず、いやしくも万人の必読すべき真に古典的価値ある書をきわめて簡易なる形式において逐次刊行し、あらゆる人間に須要なる生活向上の資料、生活批判の原理を提供せんと欲する。この文庫は予約出版の方法を排したるがゆえに、読者は自己の欲する時に自己の欲する書物を各個に自由に選択することができる。携帯に便にして価格の低きを最主とするがゆえに、外観を顧みざるも内容に至っては厳選最も力を尽くし、従来の岩波出版物の特色をますます発揮せしめようとする。この計画たるや世間の一時の投機的なるものと異なり、永遠の事業として吾人は微力を傾倒し、あらゆる犠牲を忍んで今後永久に継続発展せしめ、もって文庫の使命を遺憾なく果たさしめることを期する。芸術を愛し知識を求むる士の自ら進んでこの挙に参加し、希望と忠言とを寄せられることは吾人の熱望するところである。その性質上経済的には最も困難多きこの事業にあえて当たらんとする吾人の志を諒として、その達成のため世の読書子とのうるわしき共同を期待する。

昭和二年七月

《東洋文学》〔赤〕

楚辞　小南一郎訳注

杜甫詩選　黒川洋一編

李白詩選　松浦友久編訳

唐詩選 全三冊　前野直彬注解

完訳 三国志 全八冊　小川環樹・金田純一郎訳

西遊記 全十冊　中野美代子訳

菜根譚　洪自誠　今井宇三郎訳注

阿Q正伝・狂人日記 他十二篇（吶喊）　魯迅　竹内好訳

朝花夕拾　魯迅　松枝茂夫訳

歴史小品　郭沫若　平岡武夫訳

家 全二冊　巴金　飯塚朗訳

新編 中国名詩選 全三冊　川合康三編訳

聊斎志異 全二冊　蒲松齢　立間祥介編訳

李商隠詩選　川合康三選訳

白楽天詩選 全二冊　川合康三訳注

文選 全六冊　川合康三・富永一登・釜谷武志・和田英信・浅見洋二・緑川英樹訳注

曹操・曹丕・曹植詩文選　川合康三編訳

ケサル王物語 —チベットの英雄叙事詩　アレクサンドラ・ダヴィッド＝ネール　アプル・ユンテン　富樫瓔子訳

バガヴァッド・ギーター　上村勝彦訳

ダライ・ラマ六世恋愛詩集　今枝由郎・海老原志穂編訳

朝鮮童謡選　金素雲訳編

朝鮮短篇小説選 全二冊　大村益夫・長璋吉・三枝壽勝編訳

尹東柱詩集 空と風と星と詩　金時鐘編訳

アイヌ民譚集 付 えぞおばけ列伝　知里真志保編訳

アイヌ叙事詩 ユーカラ　金田一京助採集並ニ訳

《ギリシア・ラテン文学》〔赤〕

ホメロス イリアス 全二冊　松平千秋訳

ホメロス オデュッセイア 全二冊　松平千秋訳

イソップ寓話集　中務哲郎訳

アイスキュロス アガメムノーン　久保正彰訳

アイスキュロス 縛られたプロメーテウス　呉茂一訳

アンティゴネー　ソポクレース　中務哲郎訳

ソポクレス オイディプス王　藤沢令夫訳

ソポクレス コロノスのオイディプス　ソポクレス　高津春繁訳

ヒッポリュトス —パイドラーの恋　エウリーピデース　松平千秋訳

バッカイ —バッコスに憑かれた女たち　エウリーピデース　逸身喜一郎訳

ヘシオドス 神統記　廣川洋一訳

女の議会　アリストパネース　村川堅太郎訳

アポロドーロス ギリシア神話　高津春繁訳

ダフニスとクロエー　ロンゴス　松平千秋訳

ギリシア・ローマ抒情詩選 —花冠　呉茂一訳

オウィディウス 変身物語 全二冊　中村善也訳

サテュリコン —古代ローマの諷刺小説　ペトロニウス　国原吉之助訳

ギリシア・ローマ神話 付 インド・北欧神話　ブルフィンチ　野上弥生子訳

ギリシア・ローマ名言集　柳沼重剛編

ローマ諷刺詩集　ペルシウス　ユウェナーリス　国原吉之助訳

《南北ヨーロッパ他文学》〔赤〕

- ダンテ 新生　山川丙三郎訳
- 夢のなかの夢　タブッキ　和田忠彦訳
- カヴァレリーア・ルスティカーナ 他十一篇　G・ヴェルガ　河島英昭訳
- カルヴィーノ イタリア民話集 全二冊　河島英昭編訳
- むずかしい愛　カルヴィーノ　和田忠彦訳
- パロマー　カルヴィーノ　和田忠彦訳
- カルヴィーノ アメリカ講義 ―新たな千年紀のための六つのメモ　米川良夫・和田忠彦訳
- まっぷたつの子爵　カルヴィーノ　河島英昭訳
- 魔法の庭・空を見上げる部族 他十四篇　カルヴィーノ　和田忠彦訳
- ペトラルカ ルネサンス書簡集　近藤恒一編訳
- ペトラルカ 無知について　近藤恒一訳
- 美しい夏　パヴェーゼ　河島英昭訳
- 流刑　パヴェーゼ　河島英昭訳
- 祭の夜　パヴェーゼ　河島英昭訳
- 月と篝火　パヴェーゼ　河島英昭訳
- ウンベルト・エーコ 小説の森散策　和田忠彦訳
- バウドリーノ 全二冊　ウンベルト・エーコ　堤康徳訳
- タタール人の砂漠　ブッツァーティ　脇功訳
- ラサリーリョ・デ・トルメスの生涯　会田由訳
- ドン・キホーテ 前篇 全三冊　セルバンテス　牛島信明訳
- ドン・キホーテ 後篇 全三冊　セルバンテス　牛島信明訳
- 娘たちの空返事 他一篇　モラティン　佐竹謙一訳
- プラテーロとわたし　J・R・ヒメーネス　長南実訳
- オルメードの騎士　ロペ・デ・ベガ　長南実訳
- サラマンカの学生 他六篇　エスプロンセーダ　佐竹謙一訳
- セビーリャの色事師と石の招客 他一篇　ティルソ・デ・モリーナ　佐竹謙一訳
- ティラン・ロ・ブラン 全四冊　J・マルトゥレイ M・J・ダ・ガルバ　田澤耕訳
- ダイヤモンド広場　マルセー・ルドゥレダ　田澤耕訳
- 完訳アンデルセン童話集 全七冊　大畑末吉訳
- 即興詩人 全二冊　アンデルセン　大畑末吉訳
- アンデルセン自伝　大畑末吉訳
- 王の没落　イェンセン　長島要一訳
- イプセン 人形の家　原千代海訳
- イプセン 野鴨　原千代海訳
- 令嬢ユリェ　ストリントベルク　茅野蕭々訳
- アミエルの日記 全四冊　河野与一訳
- クオ・ワディス 全三冊　シェンキェーヴィチ　木村彰一訳
- 山椒魚戦争　カレル・チャペック　栗栖継訳
- ロボット (R・U・R)　チャペック　千野栄一訳
- 白い病　カレル・チャペック　阿部賢一訳
- マクロプロスの処方箋　カレル・チャペック　阿部賢一訳
- 灰とダイヤモンド 全二冊　アンジェイェフスキ　川上洸訳
- 牛乳屋テヴィエ　ショレム・アレイヘム　西成彦訳
- 完訳千一夜物語 全十三冊　豊島与志雄・渡辺一夫・佐藤正彰・岡部正孝訳
- ルバイヤート　オマル・ハイヤーム　小川亮作訳
- ゴレスターン　サアディー　沢英三訳
- アブー・ヌワース アラブ飲酒詩選　塙治夫編訳
- 王書 古代ペルシャの神話・伝説　フェルドウスィー　岡田恵美子訳
- 中世騎士物語　ブルフィンチ　野上弥生子訳
- コルタサル短篇集 悪魔の涎・追い求める男 他八篇　木村榮一訳

遊戯の終わり　コルタサル　木村榮一訳
秘密の武器　コルタサル　木村榮一訳
ペドロ・パラモ　ファン・ルルフォ　杉山晃・増田義郎訳
伝奇集　J.L.ボルヘス　鼓直訳
創造者　J.L.ボルヘス　鼓直訳
続審問　J.L.ボルヘス　中村健二訳
七つの夜　J.L.ボルヘス　野谷文昭訳
詩という仕事について　J.L.ボルヘス　鼓直訳
汚辱の世界史　J.L.ボルヘス　中村健二訳
ブロディーの報告書　J.L.ボルヘス　鼓直訳
アレフ　J.L.ボルヘス　鼓直訳
語るボルヘス ―書物・不死性・時間ほか　J.L.ボルヘス　木村榮一訳
シェイクスピアの記憶　ホルヘ・ルイス・ボルヘス　内田兆史・鼓直訳
20世紀ラテンアメリカ短篇選　野谷文昭編訳
フエンテス短篇集 アウラ・純な魂 他四篇　木村榮一訳
アルテミオ・クルスの死　フエンテス　木村榮一訳
緑の家 全二冊　バルガス＝リョサ　木村榮一訳

密林の語り部　バルガス＝リョサ　西村英一郎訳
ラ・カテドラルでの対話　バルガス＝リョサ　旦敬介訳
弓と竪琴　オクタビオ・パス　牛島信明訳
鷲か太陽か？　オクタビオ・パス　野谷文昭訳
ラテンアメリカ民話集　三原幸久編訳
やし酒飲み　エイモス・チュツオーラ　土屋哲訳
薬草まじない　エイモス・チュツオーラ　土屋哲訳
マイケル・K　J.M.クッツェー　くぼたのぞみ訳
ミゲル・ストリート　V.S.ナイポール　小沢自然・小野正嗣訳
キリストはエボリで止まった　カルロ・レーヴィ　竹山博英訳
クァジーモド全詩集　河島英昭訳
ウンガレッティ全詩集　河島英昭訳
クオーレ　デ・アミーチス　和田忠彦訳
ゼーノの意識 全二冊　ズヴェーヴォ　堤康徳訳
冗談　ミラン・クンデラ　西永良成訳
小説の技法　ミラン・クンデラ　西永良成訳
世界イディッシュ短篇選　西成彦編訳

シェフチェンコ詩集　藤井悦子編訳
死と乙女　アリエル・ドルフマン　飯島みどり訳

《ロシア文学》〔赤〕

- オネーギン　プーシキン　池田健太郎訳
- スペードの女王・ベールキン物語　プーシキン　神西清訳
- 外套・鼻　ゴーゴリ　平井肇訳
- 日本渡航記 —フレガート「パルラダ」号より　ゴンチャロフ　井上満訳
- 二重人格　ドストエフスキー　小沼文彦訳
- 罪と罰　全三冊　ドストエフスキー　江川卓訳
- 白痴　全二冊　ドストエーフスキイ　米川正夫訳
- カラマーゾフの兄弟　全四冊　ドストエーフスキイ　米川正夫訳
- アンナ・カレーニナ　全三冊　トルストイ　中村融訳
- 戦争と平和　全六冊　トルストイ　藤沼貴訳
- トルストイ民話集 人はなんで生きるか　他四篇　中村白葉訳
- トルストイ民話集 イワンのばか　他八篇　中村白葉訳
- イワン・イリッチの死　トルストイ　米川正夫訳
- 復活　全二冊　トルストイ　藤沼貴訳
- 人生論　トルストイ　中村融訳
- かもめ　チェーホフ　浦雅春訳
- ワーニャおじさん　チェーホフ　小野理子訳
- 桜の園　チェーホフ　小野理子訳
- チェーホフ 妻への手紙　全二冊　湯浅芳子訳
- カシタンカ・ねむい　他七篇　チェーホフ　神西清訳
- ゴーリキー短篇集　上田進・横田瑞穂訳編
- どん底　ゴーリキイ　中村白葉訳
- ソルジェニーツィン短篇集　木村浩編訳
- アファナーシエフ ロシア民話集　全二冊　中村喜和編訳
- われら　ザミャーチン　川端香男里訳
- プラトーノフ作品集　原卓也訳
- 悪魔物語・運命の卵　ブルガーコフ　水野忠夫訳
- 巨匠とマルガリータ　全二冊　ブルガーコフ　水野忠夫訳

岩波文庫の最新刊

永井荷風著／中島国彦・多田蔵人校注
断腸亭日乗(一) 大正六―十四年

永井荷風(一八七九―一九五九)の四十一年間の日記。荷風の生きた時代が浮かび上がる。大正六年九月から同十四年まで。(総解説＝中島国彦、注解・解説＝多田蔵人)(全九冊)〔緑四二―一四〕 定価一二六五円

蜂飼 耳編
吉本隆明詩集

詩と批評の間に立った詩人・吉本隆明(一九二四―二〇一二)。初期詩篇から最終期まで半世紀に及ぶ全詩業から精選する。詩に関する「評論」一篇を併載。〔緑二三三―一〕 定価一二二一円

ガリレオ・ガリレイ著／田中一郎訳
新科学論議(上)

一六三八年、ガリレオ最晩年の著書。三人の登場人物の対話から「二つの新しい科学」が明らかにされる。近代科学はこの一冊から始まった。(全二冊)〔青九〇六―三〕 定価一〇〇一円

……今月の重版再開……

久松潜一・久保田淳校注
建礼門院右京大夫集
―付 平家公達草紙―

〔黄二五―一〕 定価八五八円

ボードレール作／福永武彦訳
パリの憂愁

〔赤五三七―二〕 定価九三五円

定価は消費税 10% 込です　2024. 7